Kadokawa Fantastic Novels
田中
TANAKA THE WIZARD
年齡等於單身資歷的魔法師
2
Story by Buncololi, Illustration by M-da S-taro
U0075197

古龍
克莉絲汀
Ancient Dragon Christina

鍊金術師
艾迪塔
Alchemist Edita

Kadokawa Fantastic Novels

年齡等於單身資歷的魔法師

作者
ぶんころり
Story by Buncololi

插畫
Mだ Sたろう
Illustration by M-da S-taro

CONTENTS

"Tanaka the Wizard"
2
Story by Buncololi, Illustration by M-da S-taro

鍊金術師艾迪塔

Alchemist Edita

麻煩全解決後，翌日。

「有自己的房子真是太棒了……」

完成保屋大事的中年單身狗，在自家床上迎接清爽的早晨。

絕對的充實、無上的充足、終極的滿足。

沒有比這更美好的幸福了。我以全身感受著令人不禁咬牙的喜悅。滿窗陽光所帶來的暖意與朝氣，照得我一身皮膚通透晶亮，彷彿是人世祥和的縮影。

啾啾吱吱吱。類似麻雀的不明鳥鳴，為這早晨更增添了幾分綿柔。有種神奇的力量，讓我不禁想永遠在這裡發呆。

好幸福。此時此刻，我非常地幸福。

感覺就像主角經過漫長冒險而終於擊敗魔王，卻落得意識不明的下場，然而現在終於在病床上醒來。故事接近尾聲，接下來是恬淡的結局。

「我是勇者……」

我是有房子的勇者。而且我也實際打倒了巨龍。今天就慢慢來享受有家的感覺吧。啊啊，有家真是太棒了，我期盼的這個瞬間，透天樓。我慵懶地躺在床上，任憑時間流逝。

過了將近一小時吧。

肚子裡的蟲發出難聽的咕嚕聲。

「……來吃午餐吧。」

不知現在幾點鐘，總之差不多是午餐時間。

我鑽出床鋪，整理儀容。

這時，敲門聲彷彿就等這一刻似的響了。叩叩叩，輕快的敲門聲上了樓，傳到臥房這。我不記得和人有約，不曉得會是誰。

說不定是昨天的憲兵真的帶上司來了。或是蘇菲亞找我出門，宣布邁入第二季。搞不好會有段全新故事咧。

光是在床上揣測不會有結果，我便下樓一探究竟。

「來了來了，請問哪位？」

下樓到門口。

解鎖開門。

門外是意想不到的人物。

「……咦？」

是金髮蘿莉和帥哥騎士這對小情侶。

沒有柔菲的影子。

「找、找我有事嗎？」

特地找上門來，應該是想討回昨天的錢吧，我只想得到這麼多了。錢我都沒動，馬上就能如數奉還。為了往後良好的心理健康，我也想盡可能不欠他們人情。

但氣氛上，似乎不是這麼回事。

金髮蘿莉看起來非常緊張。

帥哥則是一臉難得的焦躁神情。

兩人一左一右站在門口。

「我、我有點話想和你說……」

金髮蘿莉開口了。

與平時的她相比，態度不知在莊重什麼，令人在意。不過我愛死莊重了。還是安靜一點好。

「……好、好啊，我知道了。進來說吧。」

我這棟房子第一個超越工作室來訪的客人，偏偏就是這兩個亂交團的成員。有種專屬於我的聖域被精液和淫水玷汙的感覺，無語問蒼天。

沒有啦，說得太過分了。

反正處男就是這種生物。

請多包涵。

「你們先坐一會兒，我去泡個茶。」

我帶他們到二樓客廳，在沙發上等，然後到廚房沖之前在學校咖啡廳也喝過的茶類飲料。用小火球快速煮水，嘩啦啦地沖過類似茶篩的工具。

不消幾分鐘，托盤上就多了三只冒煙的杯子。

接著就是迅速送回客廳桌上。

擺好茶杯後，我也坐了下來。我家客廳有兩張面對面的三人座沙發，金髮蘿莉和帥哥坐一邊，我坐一邊。

畫面有點像「岳父大人，請把女兒交給我！」那樣。

「那麼，請問你們是來說什麼？」

我先端茶發問。

這個茶類飲料真好喝。

回答我的是金髮蘿莉。

「那、那個……」

她基本上是翹個二郎腿，跩得二五八萬，唯有今天雙腿端莊併攏，兩手還緊握著擺在大腿上，簡直變了個人。就像是來到新環境的貓。

「是難以啟齒的事嗎？如果是獎金的事，現在還來得及……」

聽我繼續說之後，她下定心意般開口吠了。

「能、能、能請你和我結婚嗎？」

好大聲。

「咦？」

為什麼？

「……是要我以媒人的身分參加妳和亞倫先生的婚禮嗎？」

「不、不是啦！我、我是要你以結婚為前提，跟我交往！」

金髮蘿莉的臉瞬間爆紅，連耳垂都紅了。

又吠幾聲之後，她低下了頭。

但不時一瞥一瞥地抬眼偷瞄我。

哪來的可愛生物。

「我實在不懂這是怎麼一回事……亞倫先生，能請你解釋一下嗎？」

出於無奈，我將話題轉到她身旁帥哥。

談這種事，找男朋友來做什麼？

有夠難懂。

「艾絲特……呃，似乎是愛上你了……」

他說得非常煎熬。

從認識這位帥哥以來，還是第一次見到他這個樣子。

「在我記憶中，她應該是你的女朋友才對……」

「……她昨晚已經堅決地甩掉我了。」

喔呼。

好個急轉直下。

話說回來，既然這讓你這麼地痛苦，又何必逼自己跟來，到底是來做什麼的。他崩潰邊緣似的悲苦表情，看得我都過意不去了。

「不好意思，我還是有點聽不懂。」

「總、總、總總、總、總之就是！結婚！」

金髮蘿莉又吠起來，臉變得更紅了。

興奮與緊張都來到最高點了吧。

「拜託你跟我結婚！我我我我我、我、我要和你，結婚！」

這金髮蘿莉到底是多想結婚啊。

剛也說希望我以結婚為前提和她交往。

會是新招的仙人跳嗎，好有名分地把我這個在王城裡鋒芒稍露的異邦人宰掉。劇本就是賤民也敢對大貴族千金出手，罪該萬死之類，回報是允許她和亞倫交往。啊啊，背後原因愈想愈糟。

但我不會讓她得逞。

我不是過去的我了，現在是情報強者，不是前天那個情報弱者了。知道小姐拉客的伎倆，也會分辨黑店，簡直無所不知。壞人想幹什麼好事，都逃不過我的法眼。

「對不起，恕我無法接受這件婚事。」

「我、我就知道配不上你！要我做什麼都可以！只要是你的吩咐，我、我什麼都肯做！不能結婚的話，當情婦還是小妾，奴、奴、奴、奴隸也可以！」

可以個屁啦。

愈來愈可疑了。

到底是在拚命什麼？

「我們身分畢竟差太多了。再說，妳還是多珍惜自己的身體比較好喔。妳還年輕，不要因為一時衝動而誤了一生。而且更重要的是，妳身邊這位亞倫先生也是非常值得敬重的人物啊。」

這麼好的帥哥世上少有啊。

我是女人也會愛上他。

今天就報名當小四了。

「不要管亞倫了啦！我、我、我就是要你啦！想和你結褵啦！想和你結婚啦！以前的事，我知道都是我不對，我、我有在反省了，也做好了跟你鄭重道歉的準備！」

和剛認識時的毒舌相比，實在是謙卑很多。

「！……」

這讓亞倫眼淚忍到臉都皺了。

還能聽到咿咿吁吁的呼吸聲。

「所以那個，跟、跟我結婚吧……」

不要一直結婚結婚地叫好不好。

會害我也想結婚耶。

妳到底要可疑到什麼地步才甘心？

「我不曉得妳對我有什麼誤會，總之我沒有偉大到足以讓妳這麼可愛的女生迷上我。如妳所見，我長得一副衰樣，年紀也大妳一輪了。」

「人、人是要看內在啦！」

「內在也很糟喔。」

小●縫！打炮！強●蘿莉！

怎麼樣，怕了吧！

「沒有內在也沒關係！只要是你就好了！」

「…………」

內在外在都沒有，那我還剩什麼。

好像拐個彎說生理上無法接受一樣。

「無論如何，結婚這麼重大的事不應該決定得這麼草率。不好意思，亞倫先生，艾絲特小姐就麻煩你照顧了。下午我還有些行程，不能在家待太久。」

肚子好餓。

好想拿蘇菲亞的豐臀巨乳嫩大腿當配菜，吃我的每日特餐。

沒時間聽非處女的妖言。

膜長回來以後再來。

「對、對不起……」

帥哥答得很徬徨，打從心底難過。

讓我覺得很對不起他。

「你們很快就會復合了啦，加油喔。」

「……是這樣就好了。」

話說，這也是一種曬恩愛吧。

在飛空艇裡也見過類似的情境。

一這麼想，就有點不耐煩了。

誰要繼續陪你們鬧啊。

「我不會跟他復合！所以那個！跟、跟我結婚！拜託你，結婚！」

「不好意思，有機會再說吧，就這樣。」

金髮蘿莉用哀求似的眼神看著我。

一樣吊著眼，整張臉紅通通。

我拿亞倫當擋箭牌結束對話，總算是請了他們回去。

她發瘋了似的始終吠結婚結婚，吠個不停。

＊

趕走曬恩愛情侶一段時間後。

我洗好杯子、關好門窗，做好一整套出門準備，從二樓客廳下到一樓，穿過工作室側邊前往正門時——

「……？」

聽見了怪聲。

喀噠喀噠，好像有小東西在堅硬地面上滾動。

「什麼聲音？」

會是有老鼠之類的小動物入侵嗎？

工作室裡的確是擺滿了值得一啃的東西，潛藏一兩隻害獸也不奇怪。不過，認定有害獸存在以後，事情就完全不同了。

「……非宰了牠不可。」

我的房子不需要那種東西。安心與安全的代名詞裡，不許有害獸存在。現在驅逐害獸比什麼都重要，不是吃午飯的時候。

我往聲響的方向慢慢地走過去。

最後在工作室角落的石牆邊發現了那隻小動物。

乍看之下像沒有尾巴的老鼠，耳朵很長，往背後伸，以害獸而言有點可愛。然而那髒兮兮的體毛告訴我，牠不是寵物。

「有危險的病菌就糟了。」

我決定送牠一發淨化。

怎麼做呢，當然就是火球了。

「喝呀！」

我將意識集中於小動物身旁，造出一顆迷你火球。

滋一聲就整個蒸發掉了。

如此一塊骨頭都不剩的殺傷力，稱之為淨化也不為過吧。不愧是十五級，威力沒話說。不只可以燒茶驅害獸，還能用來屠龍，火球真的是終極魔法。

「很好很好……」

不弄髒一根手指就搞定了。

而這時，我這和風臉眼中忽然注意到一樣東西。

「……這是蓋子？」

工作室的牆和地都是石造，地板是由切割均勻的漂亮石板所鋪成，一部分有類似接縫的痕跡。順過去看，發現角落有塊和周圍地板同樣構造的方形石板，像人孔蓋那樣與地面嵌合。

做得很仔細，完全與地板合一。若不仔細注意接縫走向，根本不會發現那是蓋子。從我住進來之後，事實上也從未發現它。從大小來看，可供一個人出入。

「想不到還有地下設施，熱血沸騰啊。」

我從工作室架上找個扁平的工具插進接縫稍微扳開，手指伸進細縫中慢慢抬起，結果輕易掀開了。

因而顯現的洞口，還裝了道供人往下爬的梯子。

底下是一片黑暗，不曉得會有什麼等著我。不管在洞口怎麼探頭，都看不出個所以然。實在有夠暗。

「……這下真的不是吃午飯的時候了。」

冒險時間開始啦。

*

下了梯子，出現的是約二十平方公尺的石室。

上下左右都是石造的地下室，自然沒有窗口。我找不到光源，便弄出一顆小火球飄在身邊當提燈，開始探險。

很快地，我在房裡找到值得研究的東西。

「這什麼啊……」

在橘色光輝照耀下，我發現了她。

一個光溜溜的幼女。

「天啊，全部看光光……」

巨大柱狀玻璃水槽裡注滿無色透明的液體，一個赤裸的幼女在裡頭漂浮。似乎沒有意識，雙眼緊閉，人也直立不動，像個福馬林標本。胸部和小縫縫都看得一清二楚，這設計真是太棒了。

今晚配菜就決定是她了。

『誰、誰啊？』

這麼想時，某處傳來人聲。

女性的聲音。

而且近似幼童。

「呃，啊。對、對不起，敝稱田中……」

仍未抹去的社畜素養，使我下意識報出姓氏。

『……田中？』

「我是這裡的屋主。」

『……！』

繼續說下去，我感到對方抽了口氣。

讓我發現她的位置而送出火球。

照出一個蹲坐在房間角落的身影。

乍看之下像是人類，和水槽中的幼女一模模一樣樣。

只是顏色很淡，還能看見背後的牆，也就是所謂的幽靈吧。我不禁想起房仲所說的一連串這房子凶宅背景的事。

她身高約一百四十幾，年紀恐怕在個位數邊緣，是

個有過腰金色長髮和圓滾滾藍色大眼睛的可愛少女。最大的特徵是一對尖尖的耳朵，所以是所謂的精靈吧。

身上穿著樸素長袍，宛如奇幻遊戲常見的魔法師。袍子的深灰色，使她的膚色顯得更白。手上還握有法杖般的棍子，一看見我就猛然站起，二話不說刺過來。

話說，這傢伙就是之前跑來搶我房子的幽靈嘛。

「妳為了搶我的房子，竟然還搞出地下基地啊！」

才剛好不容易取回屋權耶，沒幾天就有人要來搶？有沒有搞錯？

我急忙向幽靈備戰。

回想上次用過的魔法，為擊退她全力唸咒。

「我建超世願必至無上道斯願不滿足誓不成等覺我於無量劫不為大施主普濟諸貧苦誓不成等覺我至成佛道名聲超十方……」

『等、等一下，我沒有要趕你走！再說基地是什麼意思啊？』

她立刻焦急大叫。

上次是不由分說就丟魔法過來耶。

無所謂，也就是說有談判的餘地吧。

既然如此，我也不會吝於一談。

「妳為什麼躲在我家地下？」

『！……』

她表情略顯懊惱，但很快就沉住了氣，繼續說：

『我是之前——你買下這房子之前的屋主。』

「……不會吧。」

我忽然想到一個人。

原因是她腦袋兩側的耳朵。

好長。有夠長。

有一般精靈的兩三倍那麼長。

「您、您該不會是艾迪塔老師吧？」

『被曾經差點殺死我的人叫老師，感覺很複雜耶。』

看來正是她本人。

「真的是您？可是，艾迪塔老師不是死了嗎……」

『我現在是靈體，不是實體。』

「……這、這樣啊。」

其實不太懂，姑且識相地點了頭。應該是正確選擇。

『漂在這大水槽裡面的，就是我的肉體。』

艾迪塔老師手指著房間中央裝置裡的那個幼女。類似玻璃的透明材質所做的巨大柱狀水槽中，漂浮著幼齒的軀體。

若飛行魔法運用得宜，說不定即使隔著玻璃也能把她的姿勢改成M字開腿。成功以後就有無限大的配菜力了，飯都不夠吃啦。

「這是為了保存嗎？」

『對，沒錯。』

「是喔……」

不愧是艾迪塔老師。即使瀕臨死亡，也找到了解脫之道。

雖然不知箇中道理，但這裡畢竟是劍與魔法的奇幻世界，什麼事都可能發生。一定是精神和肉體之間有一些雜七雜八的架構，只要妥善編排，就能弄出這個巨大的福馬林標本。

然後我才能和這個自稱艾迪塔老師的幽靈對話。

『哇哈哈哈！可是也只能再保存幾天了！怎麼樣！』

哇哈哈哈咧，這種事有什麼好囂張的。

「原來如此，像賞味期限那樣吧。」

『不、不可以吃掉！那是我的身體！有點分寸喔！』

「不是啦，我沒那個意思。」

『你說得沒錯，保存液再過幾天就會失效，我的身體會開始腐爛。到時候就算精神沒事，也不可能取回肉體恢復成原來的自己了。』

「這樣啊……」

艾迪塔老師說得十分惆悵。

「有辦法解決這個問題嗎？」

從她的著作看來，我很難不猜想這位天才鍊金術師艾迪塔或許會有辦法。

然而她答得非常沮喪。

『如果我的靈體強到能打倒紅龍，說不定還有辦法。我原本都還抱著一線希望，可是來到了最後這幾天，我反而覺得別做無謂掙扎，走得瀟灑一點比較好了。』

艾迪塔老師哈哈哈地乾笑。

之前的「哇哈哈哈」就像是強顏歡笑。

突然笑得那麼大聲，害我還嚇一跳。

「紅龍啊。」

『對呀，紅龍。』

說到關鍵字，我也想起來了。

「用來做那個藥的材料嗎？」

『……你看過我寫的書了嗎？』

「是啊。」

『那你應該了解我是什麼狀況吧……』

「或許真的還有救喔。」

『啊？怎麼可能有救啊！』

我隨口一句話惹得艾迪塔老師爆氣了。

『我這麼難過就是因為沒有藥啊！不要管我了啦！還是說，我馬上就要失去肉體，還會逐漸喪失自我，你還是想要趕我出去嗎？』

「啊，沒有啦。我沒那種想法……」

『沒良心的東西！醜八怪！爛雞雞！死處男！看到我的裸體讓你發情了對不對！你剛才分了很多心思去想怎麼給褲襠裡變硬的東西調位置對不對！和人說話的時候專心聽啦！』

艾迪塔老師開始自暴自棄，霹靂啪啦地狂罵。

各種髒話咒罵噴了我一臉。

被這種美幼女罵，我的HP一截一截掉。

不過罵得剛剛好，不時會幫我回一點血。

說對了啦，王八蛋。

我右手伸進褲子口袋的原因整個穿幫了。

『反正是在地下，多、多放幾天有什麼關係！我都快要死掉了耶！變成亡靈以後就會慢慢失去自我，最後完全不曉得自己是誰就消失了耶！超恐怖的耶！』

一天天看著自己身體腐化，誰冷靜得下來呢，是我就一定會發瘋。知道自己幾天後就會死還能這樣跟別人說話，還應該誇她堅強呢。

『嗚哇啊啊啊啊啊！我不能接受，我才不接受啦啊啊！』

不過她也沒堅強到哪裡去，一副快崩潰的樣子。要是再多說幾分鐘話，搞不好會發生憾事，就在這時伸出援手吧。如果書上寫得沒錯，她年紀比我大上超級多呢。

「藥的話我有啊。前幾天剛做好，很新鮮喔。」

『……咦？』

艾迪塔老師瞪大了眼，一臉驚訝。

那個藥，我還有很多庫存呢。

＊

前天的藥都存放在工作室的櫃子裡。我迅速回去拿到地下，交給艾迪塔老師。

她盯著我手上的小瓶子，狐疑地上下打量。玻璃瓶裡稍微晃蕩的液體，紅得像人血一樣。

『這真的是我的藥嗎？』

「就是它啊。已經有成功的臨床案例，只有一個就是了。」

『真的假的……』

真的啦。

配方是妳自己寫的耶，懷疑什麼。她是不相信我吧，話說得吞吞吐吐，不斷對小瓶子投注又驚又疑的眼神。

「這是口服藥吧？要怎麼給您喝？」

『你真的有拿到紅龍肝嗎？怎麼來的？』

「我請一個在魔法界很出名的貴族幫忙，大老遠跑去沛沛山弄來的。」

『……這、這樣啊。』

會是貴族這個字眼，讓她多信服了點嗎？

抑或沒有其他選擇，只好賭一賭了。畢竟置之不理，再過幾天就會失去身體，這也是當然的吧。換作是我就會喝，大口大口地喝。

「您有辦法喝嗎？」

『靈體喝了也沒有，再說根本不能喝。』

「所以就是要想辦法讓泡在透明水槽裡的您喝下去，對吧。感覺一放出來就會散架，很恐怖耶。」

『也不是不可能。而且我體內也灌滿了保存液，恐怕不能用嘴喝，要用注射針直接注入體內。』

「原來還有那種東西。」

『當初是把希望放在像這樣一絲絲的機會上，連投藥裝置都準備好了。問題是，變成靈體以後沒辦法操作。』

「碰不到東西嗎？」

『可以用魔法讓物體飄起來，只是在精細操作上就很困難了。』

「對了，您以前射過冰錐嘛。」

『能請你按照我的指示，操、操作嗎？操作並不難，既然你能調出這個藥，應該是不會失敗才對。』

「可以呀。」

『……真、真的嗎？真的可以嗎？為了我這麼一個素昧平生的人……』

「有什麼問題嗎？」

『從那個藥的價值來看，我當然會想問清楚啊！』

「喔……」

畢竟是紅龍肝嘛。

不過肝還有一大堆。對獵龍團而言，該怎麼在腐爛前全部用完反倒比較傷腦筋。魔導貴族是這幾天都做成串燒當點心吃，聽說能提升魔力。

「我庫存還有很多，不用擔心。」

『這、這樣啊。』

「所以，可以幫您打藥了嗎？」

『…………』

「老師？」

『好、好的……拜託你了。』

於是我開始遵照艾迪塔老師的指示行動。

基本上就是給癱瘓患者打點滴那樣。身體上已經有插管，把藥投注進投藥口就行了。實際操作也只是將藥倒進連接透明管的容器裡而已。

「那我要倒嘍。」

『……嗯。』

艾迪塔老師表情緊張至極地注視投藥過程。

鮮紅液體流入投藥口。

流過導管進入透明管，再流入老師體內。

同時，出現了變化。

『！……』

「嗡」地一聲低響，一個球形魔法陣以她為中心冒出來，顏色和藥一樣紅，文字和圖形都非常精細。

帥到不行。

「好、好厲害喔……」

真虧公主忍得住。

如果是我身上出現這種反應，早就叫翻天了。

『啊……』

老師突然嬌聲一叫。

同時半空中半透明的她，也就是自稱靈體的部分，彷彿遭裝置吸入般飄過去。旁觀者的我完全看不出那是自主行為，還是像磁鐵那樣的不可抗力。

不過我自然而然地認為，她要合而為一了。

『啊、啊啊！』

她叫得更銷魂了。

今晚的配菜肯定就是艾迪塔老師。

「老、老師？」

靈體被肉體吸進去，消失不見。

同時有劇烈的發光現象。

「唔喔！」

意外的刺激使我不禁閉眼。

強光只持續那麼一下子，隔著眼皮都能感到的熾白，轉瞬間就像燈泡燒斷鎢絲那樣消退。我趕緊睜眼，查看究竟出了什麼事。

魔法陣也在這一刻消失了。

「我、我的天啊……」

有點感動。

代勞的我正前方，巨大水槽內側，老師溺水般痛苦掙扎起來。雙手亂揮亂抓，似乎想破壞水槽。

原先動也不動的模樣彷彿全是假象。活力好過了頭，力道大得幾乎要弄壞自己的身體。她猛踢的腿使小縫縫活蹦亂跳，鮮度爆表。

「不會吧！」

看得我不急也難。

我雙手抓起旁邊用途不明的金屬箱，直往透明裝置砸過去。有橘子紙箱那麼大吧。跟著喀噹一聲脆響，滿水槽的保存液湧了出去。

老師的身體失去液體支撐，癱軟地垂落下來。

「老、老師！」

「…………」

難道是失敗了嗎？

叫了也不回話，看來是昏過去了。我姑且用全力對她放個治療魔法，但也沒有得到任何反應，完全不曉得投藥結果究竟如何。

這樣不行。我讓耳朵直接和老師的乳頭合體。

噗通噗通。有心跳，應該沒死。

我如此相信著，將她送到二樓客房床上去。

＊

投藥結束後，老師昏厥了一小時左右。

我以看病的名義，在床邊欣賞了一會兒睡臉。當她有力地睜開可愛的眼睛，我才終於卸下心頭重擔。

真的好險。要是再晚個幾分鐘醒來，我已經從褲子裡掏出雞雞，拿她的睡臉當配菜擼了。

還要想最後在上面的嘴還是下面的嘴完事呢。

「……這裡，是我的房間嗎？」

「啊，老師醒啦？」

我吐口氣，以手向下撫平胸脯答話。

「病有好一點嗎？身體能動嗎？」

「咦？我、我試試……」

經我一問，艾迪塔老師的手指和股關節等部位就在被子底下動起來。在一旁看來，這一連串動作一點也沒有可疑的部分，全是十分健全的反應。

「……能、能動了。這真的……是我的身體嗎？」

萬分感動的艾迪塔老師向我問起怪問題。

「您問我，我也不知道怎麼回答……」

「好棒喔！竟然這麼能動、這麼能動！我碰得到東西了！」

反應和前幾天城堡裡的公主一樣。

「身體可以隨心所欲地動，真是太美妙了。理所當然的事變得再也不理所當然，實在是太痛苦了……」

艾迪塔老師吸吸鼻子啜泣，用食指拭去淚水。

少女的哭臉可愛得讓人硬。

怎麼說呢，她這個人全身上下都是配菜啊。

可愛到好想把雞雞硬塞到她嘴裡。

「還好嗎？」

「不、不要看我！喔喔喔喔，不、不要看我啦！」

「啊，好。」

我靜靜地等著不停啜泣吸鼻子的老師鎮定下來。

看來她是喜極而泣了。

這也難怪。

若是帥哥亞倫，不等老師趕人就已經讓她獨處了吧。可是我這個一心只關切每日配菜的死處男，活像在超市等熟菜貼折價標籤的歐巴桑一樣地觀察她。觀察幼女。

仔細觀察她的一舉一動。

片刻，她的淚水鼻水都終於止住，我若無其事地說：

「無論如何，您沒事就好。」

哭過以後，老師心情平復不少。眼角充血好紅，令人想起方才感動的一幕。以手背和指尖拚命擦拭眼淚，幾滴眼淚沾濕袍袖加深了色彩。

「……我也該好好感謝你才對。」

幼女喃喃地說。

她盤腿坐在變得皺巴巴的床單上，盯著我看。

一副不曉得怎麼面對我的樣子。

第一次見就不由分說地用殺傷魔法轟我，這也是當然的吧。而我曾差點殺了她，現在又救了她，她的心情之複雜是可想而知。

突然面對他人如此洶湧的情緒，真教人難以負荷。我是有生以來第一次面對這樣的情緒。普通人要經過戀愛或婚姻才會有這樣的體驗吧。

而我這個死處男呢，則是替這位精靈假幼女度過她攸關生死的畢生大計，靠死命達成任務才得到這種經驗。

這種事我再也不要體驗第二次，壓力不是普通高。

「只要您平安，我就很高興了。」

「……你要什麼回報？」

「不用回報我也沒關係。妳就先好好休息，休養這條成功找回明天的性命吧。會疲勞的不是只有肉體而已。」

病由心生這句話，其實頗有道理。

「喂，這種時候就別裝神弄鬼了，要什麼老實說。」

「我不是裝神弄鬼，請不要胡亂猜測。」

「…………」

又對話幾句，艾迪塔老師眉頭皺得更厲害了。

「藥的配方本來就是老師留下的東西，我只是照書上內容調製出來而已。更進一步地說，這些藥是我為別人做的。」

看來她難以接受我這醜男不求回報的行為。

說不定外表幼小的她在患病以前，有段艱苦的人——更正，精靈生。或者是離開肉體多年的幽靈生活，扭曲了她的個性，容易往負面想。

事實為何，完全是無從推知。

但無論如何，她現在勢必是需要心靈上的療養。

「您賭贏了這一把，這成果純粹是屬於您自己，我的出現不過是眾多巧合中的一部分。我自己都這麼說了，您也就別懷疑了。」

「你這個人真討厭……心裡有話就直說嘛。」

「什麼意思？」

「你到底要我怎麼報答？沒必要兜這麼大圈子吧。」

「沒有哇，我什麼都不想要。」

「騙誰啊！不然，你、你為什麼要幫我！」

「單純是一片好意。」

「……我不信。誰會相信你那句鬼話啊！」

這種髒心系蘿莉也滿可愛的嘛。

雖然內在好像是比我大很多的老阿嬤就是了。

「好意這種事，自古以來都是不求回報的啦。」

「配方可是我自己寫的耶，當然知道這個藥有多麼貴重。」

「說實話，我當初做得太得意忘形，多到不曉得怎麼辦呢。說起來，能有您這樣的臨床案例，對整個鍊金術業界應該很有幫助，也能為您這配方的價值添幾分保證。」

「你、你在胡說些什麼啊……」

艾迪塔老師疑心病真重。

表情更加懷疑我。

好啦，該怎麼讓她信服呢？

要她用身體報答嗎？到了這地步，說不定就算她再不願意也會張開大腿。不過她這個歲數的人，不太可能還是處女，這就不行了。這個願望，應該要等到我順利和有膜之身談過一段純純的愛以後再許。

而且艾迪塔老師是非常優秀的鍊金術師，要是緣分斷在這份回報上就太可惜了。可以的話，今後我想繼續與她保持密切關係。主要是為了回春祕藥。

「再說，你、你不是把這棟房子買下來了嗎？」

「咦？喔，對啊……」

「我還記得你上次嚷嚷著你付了錢呢！」

「……是有這麼回事啦。」

她突然提起的這件事，就發生在上星期。

看來她還記得我當時的主張。

幫助艾迪塔老師，會造成新的問題嗎？

問題不在別的，就是我這棟房子的去向。

我寶貝再寶貝的房子會怎麼樣呢？

「…………」

「…………」

她大病初癒，出外找住處又不容易。和我這麼一個素不相識的牛糞系中年大叔在同一個屋簷下晨昏與共，對精神正常的人而言，是會發瘋也不奇怪的事。

換作我也不想和陌生的大叔一起生活。

雖然她實際上年齡相當高，卻因為精靈特權而有超幼齒小妹妹的外表，可愛到不行。好想用力抱住她，蓋棉被對她這樣那樣啊，王八蛋。

好想打炮。跟眼前這個冒牌幼女來一發。

正因如此，先投降的是我。

「如果你願意的話，那個，讓、讓我在這裡——」

我不等艾迪塔老師說完就打斷了她，決然答覆。

「……我知道了。」

我是有家的勇者。

自然曉得屋主對自己的家會投注多大的感情，再加上工作室這般的特殊設施，想必更甚愛屋及烏。若是我還想葬在院子裡呢。

回想起來，買回房子的資金也得歸功於她的配方。單方面竊佔功勞這種事，我實在做不到。

因此，儘管這麼做無比痛苦，對我這有家的勇者來說也肯定是正確選擇。

「看來這裡真的是老師的家。」

「……啊？」

「權狀什麼的，我都收在另一個房間的櫃子裡。我不熟悉這個國家的行政方式，不曉得詳細手續要怎麼辦，妳就自己找個無後顧之憂的方法處理吧。」

「呃，喂！你等……」

「給大病初癒的女性強加負擔的事，我再狠心也做不到啊。」

可惡，好不容易才買到房子耶。

我好不忍，好哀傷啊。

還預定在下週買塊格紋玄關踏墊，下下週養一條大型犬，下下下週在工作室烤肉，大事一波接一波呢。

不過看樣子，擁屋之夢距離我還很遙遠。世界不准我加入有屋一族，要我暫時租屋度日。既然如此，我這渺小的人類也只能任世界訂定的路線漂流了。

「那麼，我這就告辭了。」

「聽我說啦，喂！等一下啦！」

至少讓我耍帥一波再走。

話就留給我最極致的背影來說。

怎麼樣啊，媽的。

去你媽的媽的媽的。

莎喲娜啦再會啦，有緣再相逢。

我可愛（Finale）的家。

＊

離開艾迪塔府後，新生流浪漢在街上遊蕩了一陣子。

「唉，又回到無殼生活了。」

眼下得先找個屋簷。無論是在這城鎮另外找間房，還是換個更宜居的地方，都得先度過今晚再說。

然而在那之前，我有個非去不可的地方。

「……啊，找到了。」

地點在城鎮鬧區的廣場。這裡有兩條交通量大的主幹道交會，中央設有大型噴水池，到處是和樂談笑的人群。

大多是女性。現在天開始暗了，多數人手上都提著購物袋，都是出來買晚餐的吧。

我就是在這樣的某個角落發現了幼女。

怎麼樣的幼女呢?就是指路幼女啦。

「啊～！又遇到你了～！」

她也察覺我的存在，噠噠噠地跑過來。是怎樣?之前都是我去找她，今天她主動來找我，真的是墜入愛河五秒前耶。

有點高興。

不。

我高興死了。

有幼女這麼喜歡我，我高興得眼眶都紅了。

「其實我正在找旅館，哪裡比較好啊？」

「旅館？為什麼？」

「經過一些事情以後，現在我沒房子住了。」

我還在「房子」的部分加點重音裝高尚。或許會有人覺得這樣很煩，但這是日本男兒不能退讓的部分。那可是房子耶。而且地址在首都卡利斯耶。在日本就是千代田等級。

不過，幼女卻對我這個前有房勇者歪著頭問：

「奇怪？」

「咦？」

接著說的，是我都完全遺忘的事。

「聽說魔法學校全都有宿舍呀。」

好像在問我為什麼會有那種困擾。

「……好像真的有聽過這件事。」

「叔叔，你沒有進學校嗎？」

「有啊，我進了。不是普通地進喔，走後門大搖大擺地進呢。」

「那就不用找旅館啦！」

「……嗯。」

幼女笑咪咪地這麼說，真是可愛極了。

不賞點零用錢怎麼行。

說起來，給錢才是我找她的主要目的。

說什麼找旅館，不過是藉口罷了。

「謝謝妳，謝謝。」

原本都是賞銅幣，但這次我從當錢包用的皮袋中拿幾枚金幣出來交給她。算起我屠龍成功的要因，絕少不了她的指引，這是應得的報酬。

「咦？今天的好亮喔。」

「亮晶晶地很漂亮吧？要拿回去送給媽媽喔。」

「嗯！知道了～！」

幼女點個頭就一溜煙跑掉了。

途中回頭看我兩三次，還用力揮手，臉上始終堆滿笑容。啊啊，沒有別的東西比幼女的笑容更能撫慰人心了。

可愛到極點。

剛才的揮手就有十枚金幣的價值了。

失去房子的心酸似乎也減輕了幾分。

「……好，就去學校。」

距離這廣場有段不小的路程。

不知道有無門禁，還是快走吧。

＊

抵達學校宿舍時，天已經全黑了。

校地上到處有女僕匆忙來去，我邊問她們邊走。每一個看到我都先是懷疑的表情，然後一聽我是學生就親切地詳細講解。封建制度萬萬歲。

如此來到的宿舍，也在校地之內。

和校舍連綿的那一帶有段距離，中間隔了座頗具規模的中庭。整體是十層樓的氣派石造建築，一旁還有棟設置各種日用公設的樓房。

聽說學校的宿舍不只一處，而設備最頂級的就是現在我眼前這棟，且與其他宿舍不同，只有這裡不分男女。

問起原因，得到的答案個個不同。有人說對於最上流階級的人士，待遇不能男女有別；有人說這是因為做兩套這樣的設施太花錢……等等。

能和年輕女孩住同一棟樓，真是老天保佑。

心中湧現活下去的力量。

就這樣，女僕帶我來到同一棟四樓角落的房間，也是我當下的起居場所。眼前是一扇布滿手工浮雕，看起來很昂貴的木門。

「田中先生，這就是您的房間。」

女僕從懷中取出鑰匙，向外拉開了門。

進入眼簾的，是都心能見到的億萬豪宅裝潢。

玄關又大又豪華，還有條走廊。並列於走廊邊的幾扇門，大概是廁所和浴室吧。從門數來看，說不定除了主臥室外還有其他臥室。走廊最底有一扇特別大的門敞開著，感覺裡頭是客廳。

看來這裡像短期公寓那樣，家具都已經準備好了，從門口就能見到沙發和桌子。對我這個孑然一身的流浪漢來說，實在是幫了大忙。

「請進。」

「啊，謝、謝謝。」

看得有點傻住了。

在女僕促請下，我縮頭縮腦地進門。

我穿過玄關和走廊，來到先前只能見到一小部分的客廳。規模約有兩百平方公尺大吧。專收一國首都貴族子女的學校果然不是蓋的，每樣家具擺設都似乎所費不貲，整體風格瀰漫著一個櫃子就能改變平民一生的味道。

「若大小不合您的意，還請多多包涵。」

「哪裡哪裡，一點也不。感覺非常舒服。」

這樣都會有人抱怨啊。不愧是豪門子弟專用宿舍，比艾迪塔老師家豪華多了。有這麼大的客廳，找個位置改裝成工作室也沒問題。

「這是房間鑰匙。」

「啊，謝謝。」

我從女僕手中接下金屬鑰匙。

造型頗為莊嚴。

匙柄雕了一頭龍。

讓我想起克莉絲汀，心情有點複雜。

如果不是龍而是哥布林就好了。

「房間沒有其他問題的話，我這就帶負責這房間的女僕過來，能否請您稍候片刻嗎？不會佔用太多您寶貴的時間。」

「咦？」

「每個房間都有專屬女僕負責打掃。所以非常抱歉，能請您將最靠近玄關的房間留給專屬女僕嗎？假如有所不便，還煩勞您與事務處商談。」

「好、好的……」

女僕來啦。

而且還是專屬，無套內射旗都插起來了。

好想搞大她肚子。

一次也好，真想負負看這種責任。

「那麼，請稍候。」

不知名女僕這麼說之後就轉身了。

離開客廳前往走廊，像剛說的那樣來到最靠近玄關的門前，嘰一聲打開門，接著是年輕女性的細小驚叫。真的有人在房裡待命的樣子。

沒等多久，她就帶著一個同穿女僕裝的女性回來。

「她就是您的專屬女僕。」

而我見過她。

「咦？」

一見到她，我就不禁叫出聲了。

這位專屬女僕極為困惑地向同事求救。

「……那個，我、我為什麼……」

「蘇菲亞！」

得到的卻是叱罵。女僕前輩對她使個眼色，要她做好她的事。

蘇菲亞這才轉向我，開口說：

「啊，咦？那個，我、我叫蘇菲亞……」

女僕版蘇菲亞淚汪汪地報上名來。

奶子！奶子啊！露出北半球的女僕裝所強調的豐滿奶子！還有大腿！大腿啊！短到不行的裙襬底下所露出的肥滋滋大腿！受不了啊，蘇菲亞。哪來這麼銷魂的女僕。

她怎麼會在這種地方當女僕？

我硬到連這種問題都快忘了。

然而還是得問清楚，不然恐怕會有後患。

「那個，妳怎麼會在這裡？」

「法、法連大人要我在這裡做事……」

當場就逮到犯人了，看來是那個大叔的雞婆。

一定是用貴族特權逼來的吧，真是太過分了。

可是組獵龍團時，是我自己要蘇菲亞上飛空艇打雜，不能都怪他。女僕裝的蘇菲亞好美好騷好可愛，真想立刻抱起來磨蹭。

自制好辛苦。

「原來是他的安排啊……」

帶我進房的女僕似乎不知道我們認識，略顯詫異。

不過她和不知如何是好的蘇菲亞不同，很了解學校女僕應如何應對，十分淡然地問：

「兩位是舊識嗎？」

「呃，對。」

「那就不打擾二位敘舊了。其他詳細事項，我已經向她交代過，煩勞您再行確認。倉促之間無法詳盡介紹，還請海涵。我這就告辭，您請自便。」

是要自便什麼東西啊。

我是很想自●啦。

不知名女僕話不多說，轉身就走。砰，玄關門一關上就完全感受不到她的動靜，真是設想周到啊。

房裡只剩和風臉和蘇菲亞孤男寡女。

呆站一會兒後，她先出聲了。

「那個……」

「啊，不好意思，有事嗎？」

「那、那個人說這個要交給你。」

蘇菲亞從懷中取出類似手搖鈴的東西。

和鑰匙一樣，有不知道在講究什麼的雕刻，擺在古董店裡標價十萬圓也絲毫不奇怪。尺寸比我所知的手搖鈴小一點，有點可愛。

「……這什麼？」

「聽說是呼叫鈴。」

這倒是不難理解。

「聽說是田中先生要叫我的時候，可以用這個……」

「是喔……」

「敲響以後，這條項圈就會起反應，稍微勒緊一點。痛是不太會痛，可是剛好在吃東西的話會想吐，有一點難受。」

蘇菲亞摸著脖子說著。

給女僕戴項圈真是帥呆啦。

「喔呼……」

看來不是騙人或玩笑，真的是女僕的配備。而且專屬女僕還是蘇菲亞，我ＬＵＣ低成這樣怎麼會這麼幸運啊。這世界有這麼幸運的事嗎？

現在是我一生中最閃耀的時刻。

「結果田中先生明明就是貴族……」

蘇菲亞放棄人生般的說，眼神空洞得完全是強姦眼。

就算是這樣的妳，我也一樣喜歡。愛死妳了。

「不不不，妳誤會了。我真的只是平民。」

「那、那你為什麼能讀這所學校？」

「我是有法連閣下引薦才能讀的。之前也說過了，只要和魔法扯上關係，他就會變一個人，我能入學也是因為這個緣故。」

「……這、這樣啊。」

眼神完全死透的蘇菲亞好可愛。

活潑的蘇菲亞固然好，但還是強姦眼比較適合她。

她為什麼會這麼適合不幸的表情呢。

明明ＬＵＣ那麼高。

「總之今天就先休息吧。畢竟也很晚了。」

「……是。」

蘇菲亞踩著沉重步伐返回玄關側的女僕房間，她的背影好淒涼。

我的宿舍首日就這麼結束了

＊

宿舍生活第二天早晨。

「田中先生，天亮嘍……」

某人的聲音使我醒來。扒開眼皮一看，頭一個就見到女僕版蘇菲亞站在我床邊。真的嗎？真的有女僕裝美少女叫我起床嗎？

太幸福了。

一秒清醒。

臥室和客廳是兩間房。加上女僕房，大概是３ＬＤＫ的隔間。房間數雖普通，但單就大小來看，已經比艾迪塔老師府上寬敞多了。衛浴設備也應有盡有。

「啊，早安。」

「早餐準備好了，所以來叫你。」

「謝、謝謝……」

她的表情還是一樣抑鬱。不過工作歸工作，她依然耐著性子來照顧我。儘管態度比昨天帶我來房間的女僕冷淡一點，但我還是爽得不得了。

稍敬個禮以後，她就離開臥室。

我跟著下床，追著她背影般十萬火急地換好衣褲，也到客廳去。

餐桌上已經有一整套剛出爐的早餐。

桌邊有台應是用來放置器具的金屬手推車。一共有兩層，造型頗為精美。下層擺放茶壺和幾個空杯，壺裡應該已經裝滿熱水。

「哇、哇塞……」

糟糕，心底有種熱熱的感覺湧上來。

我實在太高興，一不小心淚水就在眼眶裡打轉，受不了啊。

晨間天倫就是這麼回事吧。

還以為我畢生都無法實裝這個功能呢。

「……怎麼了嗎？」

「咦？啊，沒、沒事，什麼都沒有。妳繼續。」

我趕緊用手背擦去淚水，拉椅子就座。

看著桌上的菜色，不禁有個疑問。

「蘇菲亞，這都是妳做的嗎？」

「餐點另外有專人負責。不過每間宿舍都有廚房，有的人會請專屬女僕做，或是帶自己家的專屬廚師來。」

「這樣啊。」

學校的宿舍生活比我想像中更花錢呢。知道這些內情以後，就不難理解學費為何龐大到平民想都不敢想了。

可以的話，還真想請蘇菲亞親手做菜給我吃。改天找機會問問看吧。在那之前，得先和她打好關係。

「對了，為什麼只有我的份？」

「什麼？」

「蘇菲亞的早餐呢……？」

「等田中先生吃完以後，我會再回自己房間吃。」

「這、這樣啊。」

是女僕的規矩嗎？

還是她真心不願和醜男共桌呢？

「…………」

規則上來說有可能是前者，但看樣子她真心其實是後者吧。

有女僕守在背後的豐盛早餐，是一種男性浪漫。一次不夠，還想多體驗兩三次的悲願。啊～好感動，我要再來一次。

但話說回來，該名女僕必須受過正規教育，這頓飯才會是無憂無慮的奢侈享受。

像蘇菲亞這種小動物般的速成女僕用死魚眼盯著看我用餐，實在非常難受，罪惡感比食欲飆得還高。

所以我提了個議，並想藉此縮短我們的距離。

「方便的話，就一起吃吧？」

「聽說女僕的工作不包含這種事……」

「那麼很抱歉，能請妳當作是工作的一部分嗎？」

「你說工作嗎？」

蘇菲亞臉上漸顯焦慮。

這一連串對話中有那裡不好嗎？

「有困難嗎？」

「可是……」

「既然是吃一樣的東西，一起吃會比較好收拾吧，拿到房間吃應該很不方便才對。畢竟讓妳單方面看著我吃東西，我也不太舒服。」

「！……」

多解釋幾句後，蘇菲亞的表情啪喀一聲凍結了，不曉得原因是什麼。可以肯定的是，她的臉頰繃得很緊。剛那句話有哪裡值得她反應這麼大嗎？

不，純粹只是不想對著我這個醜男吃飯而已吧。

但我不會放棄。我要跟蘇菲亞一起吃飯。

「怎麼樣？我們在飛空艇上也是同桌吃飯嘛。」

「既然這樣……那就，讓、讓我和你一起吃吧。不好意思……」

「哎喲，不用為這種事道歉啦。」

蘇菲亞就這麼緩緩推著推車到廚房去了，大概是去拿她的份吧。應該是事前就準備好了，她很快就回來，菜色和我正要開動的餐點一模一樣。

迅速擺上我對面桌位後，她也坐下來開動，不時一瞥一瞥偷瞄我。她看起來吃得不太開心，肯定是因為桌邊有個殺風景的和風臉中年大叔。

話說，菜式共有像麵包的東西、像荷包蛋的東西、像沙拉的東西、像煎雞腿排的東西、像湯的東西，非常地豐盛。之所以每樣都說得很不肯定，是因為每道菜材料我都不熟。

「真是好吃呢。」

「……對。」

「這個沙拉醬好厲害啊……」

「……對。」

「……湯、湯的調味也剛剛好喔。」

「……對。」

時間就這麼在不怎麼像對話的對話中流逝。

晚餐上，我就努力多找點話題吧。

希望能有和蘇菲亞嘻嘻哈哈吃飯的一天。

*

用完早餐，我前去艾迪塔老師府上叨擾。

從宿舍出發，徒步約為半小時的路程。再加上天氣溫暖，到門前時額頭已輕微冒汗。於是我先到附近的咖啡廳歇個腳，等汗水消退。

目的地是我所熟知的別人家。

敲敲門，在家的老師很快就探出頭來。她沒有趕走隔一晚又來叨擾的中年光棍，一樣擺著臭臉放我進去。帶我來到的，是我也同樣熟悉的客廳。

還以為會吃閉門羹呢，太好了太好了。

於是我們現在坐在相對的沙發上正面對看，茶几上有兩只杯子。老師親手泡的茶蒸煙裊裊。

「啊？你要回春祕藥的配方？」

「對。還望您不吝賜教。」

我來此只為一個理由——向她求教。

這是吸引我踏入鍊金術這個旁門左道的最大原因。

就是找回青春。

我想要當小鮮肉啦。

如此一來，就算是醜男也可以找到女友、戀人或是這類的對象。

「在老師的著作中，就只有回春祕藥有缺頁。」

「……你該不會全部看過了吧？」

「不好意思，我沒想到老師還活著。」

「哼，還真敢說。」

「不過也只是稍微瀏覽，應該忘了不少才對。」

「喔～？」

補上一句後，老師忽然想到什麼般賊笑起來。

眼睛有點上吊的她，非常適合使壞的表情，S得很可愛。如果她願意虐待我，此身已經在四個半世紀前就做好了準備。

「調配瑟培瑪液，要用什麼當中和劑？」

喔，鍊金問答是吧。

幸好問到我記得的部分。

於是我行雲流水地答道：

「某本書上是寫藏梅液，不過兩年後的另一本書有個專欄提到，用藏梅液二、拉菲果油一的混合液當中和劑，效果會更好。」

「…………」

「還滿意嗎？」

「……哼，很厲害嘛。」

老師表情一轉，十分掃興。

老師這樣還是很可愛。

小蘿莉的大腿還這麼肉，受不了啊。

好想被她用力夾臉到窒息。

「儘管比不上老師，我還是有點基本的素養。」

我這個人雖算不上優秀，但自認不是個傻瓜。

人類對感興趣的事物總是貪心。

「你說得沒錯，你要的配方的確有缺頁。」

「有什麼原因嗎？」

「……沒什麼大不了的原因。」

「方便的話，還請老師詳細說明。」

「…………」

我的問題讓老師說不出話了。

似乎在煩惱著些什麼。

任何人都會有一兩個祕密，更何況她耗費心力集結成書之後卻又撕掉。不過，回春祕藥是我達成悲願的唯一途徑，無論如何都要拗到她點頭為止。

「對不起，我為自己擅自翻閱您的書籍向您道歉。只是我實在非常想知道這個配方，有條件還請告訴我，拜託您了。」

「沒必要道歉。」

「是嗎？可是這樣……」

艾迪塔老師顯得坐立難安。

可見失落的頁面肯定有些祕密。

「那麼，能請您至少告訴我必要材料嗎？」

「！……」

老師的肩隨這問題跳了一下。

「老師，您身體仍有不適嗎？」

「不、不是！不是那樣！」

「這樣啊？沒事就好……」

是不是不該再問下去呢？

好像會碰觸到很多不該碰的禁忌。

然而她的反應卻與我的擔憂相反，繼續說：

「關於那頁寫了什麼，我也有點記不清楚了，需要一點時間整理思緒。不會讓你等太久，這樣能接受嗎？」

說完，金髮蘿莉老師誇張地交叉雙腿。

今天和昨天都是穿短裙，小褲褲當場走光。

連大腿根都也全都露。

眼福不淺啊。

改天送她黑色吊襪帶吧。

一定很好看。

「可以嗎？」

「那當然。昨天再三逼問你要什麼回報的人，是我自己嘛。」

「不過，如果老師不情願，我也不想硬討。」

「廢、廢話很多耶你，乖乖等就對了。」

「您不介意就好……」

這個走光鍊金術師有點怪怪的。

霸氣比昨天弱了點。即使嘴巴逞強，但畢竟是大病初癒，身體狀況可能不太好。也不能否認是我這張醜臉大大破壞了她的心情。

冷靜想想，後者的感覺強烈得多了。

別叨擾獨居女性太久比較好。她是優秀的鍊金術師，若她願意，我也希望往後人生都能和她維持良好關係。所以還是在真的惹她厭惡之前早點撤退較妥。

「知道了。那今天我就叨擾到這裡。」

「……喔。」

感謝您給我與蘿莉對話的寶貴機會。

「艾迪塔老師，今天真是太謝謝您了。」

「哪裡，小事一件。祕藥的部分是比較難一點，其他要求都沒問題。如果想要這間工作室，給你也沒關係，架上的書也都可以給你，不過你可能不需要了吧。」

「這裡是您的工作室。我是很重視房子的人，所以搶您的工作室這種事，我做不到。有朝一日，我會用自己的方法取得適合我的房子，到時候再邀您過去坐坐。」

我要放眼訂製屋。

中古屋算什麼東西。

「……是喔。」

「是啊。」

「那麼，我有個要求。」

「請說。」

「要來找我無所謂，我還可以泡杯茶給你。要偷看我的胸部和大腿也沒關係，只要你喜歡這麼沒看頭的身體，愛怎麼看都隨便你。只不過，不准再叫我老師了。說什麼也不准。」

「老師就是老師，您是非常優秀的鍊金術師。」

偷看胸部和大腿的事都穿幫啦。

老師還特地挖苦我，服務精神真旺盛。

小縫縫沒有白看啊。

「那樣聽起來很煩，你瞧不起我嗎？」

「不不不，豈敢豈敢。」

「再叫我老師，就算配方想起來也不告訴你。」

「……知、知道了。以後稱呼您艾迪塔小姐。」

「哼！」

這對叫蘿莉老師會感到性興奮的蘿莉控是很大的打擊耶，艾迪塔老師。

「那我這就告辭了，艾迪塔小姐。」

「慢走……」

見她點頭，我便乖乖離開工作室。

＊

【蘇菲亞觀點】

我真的很倒楣。一下是被醉酒的貴族纏上，一下被抓去跟著打龍。撿回一條小命，回到首都卡利斯的家以後，還莫名其妙被逼著到學校當女僕。

我到底是造了什麼孽啊，這也太過分了吧。

分到的金幣，我一枚也沒機會花。

「話說回來，今天早上真的有夠悽慘……」

想不到田中先生會變成我的主人，還要在他眼前準備一樣的早餐，和他同桌用餐。

啊啊，光是回想就胃痛。

如果是剛見面那時候的他，我還不會太緊張。多得是方法處理，兩三下就能唬弄過去。

可是現在的田中先生是大貴族的大紅人，實際上跟貴族沒兩樣。喔不，既然他魔法很厲害，說不並比貴族還危險。

「他絕對在生氣。他那樣肯定是在生氣。」

田中先生一定注意到我以替他準備早餐為名義，給自己準備主人水準的早餐，所以才那樣繞遠路整我。

不然我想不到還會有什麼理由要女僕跟他同桌吃飯。

「他態度那麼和氣反而更可怕……」

一般而言，女僕會用為主人做料理時所剩的材料另外做簡單的菜給自己吃，這是理所當然的事。我家開餐館，當然很清楚。傭人和主人吃一樣的東西，基本上是不應該發生的事。

他卻要我用自己的手準備給主人看，簡直太鬼畜了。不如臭罵我一頓，還比較好過一點。可是田中先生卻一臉笑咪咪地看我擺盤。

那個笑容真是恐怖得不得了。

「……唉。」

前途一片黑暗。

沒什麼心情工作了。可是想到沒做完這些會受到什麼樣的處罰，我就忍不住發抖。女僕真不是人幹的。

沒辦法，我只好努力工作，把上午的事情處理完。

我現在人在宿舍走廊，提著裝有田中先生換洗衣物的籃子往洗衣處走去。當然是為了洗衣服。

為什麼我非得替他洗衣服不可呢？

本來這時候，我應該是在家裡準備午餐才對。

他的內褲有種奇怪的臭味，香中帶臭。比爸爸的好淡了一點。然而學校也真過分，竟然逼我洗這種東西。

可是不洗的話，我不曉得會死得多難看。聽說學校的女僕收入很高，可是工作很重，規矩很嚴，又幾乎沒時間休息。

這種生活要持續到什麼時候呢？

「唉……」

動不動就想嘆氣。

視線也自然就往下掉。

問題就出在這裡吧。

我對周遭的注意力變散漫了。

「啊……」

「！……」

在走廊轉角拐彎時，我撞上了人。

對方也是女僕。

也許是位置不好，我只是晃了一下，她卻摔倒了。

看來她也是要去洗衣服，籃裡的衣物散落一地。

我的籃子是抱在懷裡，平安無事。太好了。

「啊，對不起，我在看旁邊……」

我自然而然就這麼說。

一屁股摔在地上的她往我看過來。

「……拜託，走路看路好不好？」

年紀比我大幾歲，大概二十歲左右吧。

雖然互不認識，她劈頭就狠狠瞪我。

「知、知道了……」

「倒是妳要怎麼賠我？這都要重洗了耶。」

「對不起……」

我們都是從轉角出來，兩邊都有錯。從她跌得那麼重來看，說不定她走得比我更不專心。

結果她一個字也沒道歉，就只是單方面罵人，真是過分。

不過我姑且道個歉吧。我在這裡是新人，要盡量避免無謂的衝突。聽說女僕欺負人的手段大多很陰毒殘忍。

「啊？是怎樣？」

「沒有，那個……對不起。」

「聲音太小聽不見啦。」

「對、對不起……」

用不著瞪成這樣吧。

還有，妳是打算在地上坐到什麼時候，趕快起來不就沒事了。是坐給我看的嗎？如果是真的，那妳的個性真的很糟。

不過會這麼想的我也沒立場說她就是了。

「說聲對不起，要洗的東西是有變少嗎！妳要怎麼賠我！」

「那個，我趕時間……」

「啊，妳站住！」

最好不要跟這種人扯太多。

趕快把田中先生的衣服洗好吧。經過早上那件事，要是連衣服都洗不好，不曉得他會怎麼整我。再怎麼說，他都是能單獨打倒巨龍的人。

沒時間在這裡和不認識的大嬸瞎攪和了。

「給、給我等一下！站住啊妳！」

她吼得再大聲我也不管。

我反覆道歉，同時匆匆離開。

趕快洗好衣服，回去享受那個豪華過頭的客廳吧。對。要是沒有這點犒賞，我根本做不下去。

＊

總算是順利和艾迪塔老師會面，讓她答應告訴我回春祕藥的配方。這樣我的野心就前進一大步了吧。有種熱血沸騰的感覺。好像真的變成鍊金術師了。

於是，我愉快地返回學校宿舍。

正好是中午。

若運氣好，說不定能和蘇菲亞共進午餐。

光想到就好興奮啊。

「我回來啦。」

回家的招呼聲自然就大了起來。

到了客廳，果真見到她正準備吃午餐。

「啊……」

「妳好，我回來了。」

她坐在餐桌前，叉子以現在進行式伸向桌上菜餚。看來我回來得正是時候，時間抓得剛剛好。

幸好有趕回來。

她說餐點是學校僱用的廚師所做。只要去廚房一趟，很快就能替我拿一份過來吧。

我放心地喘口氣，在她對面座位坐下來舒緩我走累的腳。軟綿綿的椅墊迅速消除我的疲勞。

說到疲勞，我還是覺得需要一輛腳踏車來應付我在城裡的交通。就請魔導貴族做做看好了。應該不能沒事就在城市的天上飛來飛去吧。

「咦！那、那個，非、非常抱歉！」

在腦中勾勒腳踏車設計圖時，蘇菲亞喀噠一聲推開椅子站了起來。而且還猛一鞠躬，向我連聲道歉。這個金髮肉彈美少女是怎麼啦？

大幅開放的女僕裝胸口，使巨乳之間的大峽谷展露無遺。

讓人硬到不行。好A啊。好想撲上去狂吸是也。

「非、非、非常抱歉！」

「那個，怎麼了嗎？」

「我在主人外出的時候，行、行為不檢……」

她在我外出時做了什麼嗎？看她低垂鐵青的臉，不像是在開玩笑。不過這不重要，我應該先點餐才對。畢竟東西不一定是點了就來。

和蘇菲亞一起吃午餐是第一優先。

「我不曉得妳在道什麼歉，總之先吃午餐吧。」

在城裡走了那麼久，肚子餓扁了。

「我、我馬上準備！」

「不了，我自己去就……好……」

不等我回答，蘇菲亞就衝出房間。

噠噠噠噠地跑得好快。

搞不太懂她在怕什麼。

但人都跑掉了，多想也沒用。

既然她要替我送餐，我就接受她的好意吧。好歹是蘇菲亞親手送來的，光是這樣就好吃多了。如果端湯碗時大拇指插進湯裡，晚餐都能免了。

*

【蘇菲亞觀點】

我想得太美好，以為田中先生中午不會回來就在餐廳吃飯，結果彷彿是要故意逮我似的回來了。突襲檢查呢。分秒不差呢。正要把貴族的午餐開心吃掉的時候，被他逮個正著。

當然，那名義上是替主人田中先生領的餐。

結果被他本人親眼看見了。

早餐中餐偷揩油，竟然都被他現場抓包。

想不到好藉口。

在這種狀況下，就算說破了嘴也不可能開脫。可是田中先生態度還是沒變，裝作什麼也沒看見，只是吃他的午餐，一樣沒事就偷瞄我胸部。

「這個好好吃喔。」

「……對。」

和早餐一樣，桌上擺著兩人份的餐點。

他一定是拐個彎懲罰我，逼我和主人同桌吃一樣的菜色。他很喜歡用這種方式折磨人嗎？那他還真是個心靈非常扭曲的人。

「對了，早餐裡不是有一道生菜沙拉嗎？我在街上的攤販看到裡面用到的菜，標價嚇了我一大跳耶。使用的食材真的很昂貴，真是開了眼界。」

「……對、對呀。」

他找的話題也非常露骨。

折磨我有這麼好玩嗎？

一定很好玩吧。

田中先生肯定是虐待狂。

比起被虐，我也比較喜歡虐待別人，所以我們個性真的不合。在我看來，男女之間個性不合，比身材長相不合口味還嚴重。

「話說回來，午飯果然也是好吃極了。」

「……對。」

食物都被我碰過了，丟著好菜不吃也是浪費，我是不會吝惜負責到底的。既然他命令我吃，我就乖乖享用。

但無論如何，感覺還是很不舒服。

黏住我胸部不放的視線也很色。

可是他好歹一次也沒有對我下狼手。

「蘇菲亞，妳喜歡早餐的沙拉還是午餐的沙拉？」

「……對。」

「我現在吃的這個味道比較強烈，我很喜歡。」

「……對。」

話自然說得少，吃得很不自在。不過午餐就是午餐，味道不會改變。在家裡絕對吃不到這樣的大餐，現在就專心在吃飯上吧。沒錯，這樣就對了。

「…………」

「…………」

味道和女僕的員工餐完全不同呢，太好吃了。

＊

午餐過後，下午時段就開始了。

可惜我沒有任何安排。失去房子，現在又只能等艾迪塔老師通知我去聽回春祕藥配方，完全無事可做。

我也想過找新家，不過這樣會失去天上掉下來的蘇菲亞同居生活，太可惜了。我還想多享受一點。

順道一提，這位關鍵女主角收拾餐具離開房間去了。

於是——

「……去上課好了。」

都到這裡當學生了，偶爾也該到課堂上露個臉。

混在年輕人當中，感受一下就業前的惶恐也不錯。

如果有考試之類的，也需要了解注意事項。

「好，走吧。」

我迅速做好準備，一手提著書包離開宿舍，砰一聲關門上鎖。

蘇菲亞也有鑰匙，上鎖也沒問題。

來到走廊時，有個想不到的聲音竄進耳裡。

「啊、啊啊啊啊啊！」

「？」

叫得有夠大聲。

我嚇得轉頭，見到眼熟的人。

「為、為、為為為什麼？你怎麼會在這裡？」

「咦，艾絲特……」

她和我一樣，正好出門踏進走廊，送主人出門的女僕隨侍在後。前者穿的是之前也見過的學校制服，後者是和我家蘇菲亞同款的女僕裝。

之前沒見過這個女僕。

和蘿氣逼人的艾絲特站在一起，顯得特別高。一百七十出頭吧，和我差不多高。年紀大概二十中旬，長相端正嚴肅，和主人一樣的金髮盤在後腦，十分顯眼。

「艾絲特大小姐？」

女僕見到主人突然大叫而表示疑問。

艾絲特沒有回答，繼續吠。

對象當然是我。

「那間房到前天都還沒有人住耶！」

「我是從昨天開始到這叨擾的。」

「什麼……」

「沒想到會和妳當鄰居呢。」

教我不吃驚也難。

難道這也是魔導貴族的安排嗎，像蘇菲亞那樣。

喔不，她說前天還沒人住，應該是巧合吧。

「你、你該不會接受我的求婚了吧……」

「並沒有，請別誤會。」

「唔……」

剎那間，金髮蘿莉心花朵朵開似的笑起來。

這個婚頭女還沒放棄啊。

我不要二手貨啦。

拿二十歲的二手貨和三十歲的新品給我選，我肯定選後者。

不過年紀當然是愈年輕愈好，個位數也完全沒問題。

「你、你正要去上課嗎？」

「對啊，我是這麼想的。」

「嗯～既然這樣，可可可、可以讓我同行嗎？」

「咦？可是我只有上鍊金術的課耶。」

我們專攻的科目應該不同吧。

「我偶爾也會想學學鍊金術啦！」

「這樣啊。」

這傢伙還是很難搞。

對了，拜託妳早點跟亞倫復合啦。

「艾絲特大小姐，您剛說……」

「妳留下來看門！我走啦！」

「……遵命。」

金髮蘿莉惡狠狠地瞪著面有難色的女僕並推著她到門後面，然後強行關上自己宿舍的門，就像蓋住散發惡臭的東西那樣。這般不容抗拒的蠻橫行徑還頗有她的味道。

至於一見面就對中年光棍求婚的部分，除了可怕還是可怕。

人家是大貴族的千金，與她如何往來將關係到我社會生命的存續。既然她原本是會迷上帥哥的婊子，所以就是那樣吧，也就是像酒店小姐那樣。不出幾個星期就會移情別戀，給男人留下龐大債務。

我這沒人要的東西可是在歌舞伎補習班花了二三十萬學習這個道理。

萬一深陷其中，就等著玻璃心碎滿地。亞倫的傷心樣，我看在眼裡不是沒有感覺，說不定隔天就輪到我了。

所以情報強者中年光棍現在要做出明確判斷，決定立刻與她保持距離。

而且還要硬起來利用她接近其他異性，這樣才對得起中年大叔四個字。醜陋到我自己都覺得噁心啦。

「夠了，你也快走！要遲到了！」

「啊，好……」

在金髮蘿莉的催促下，我尾隨著她離開宿舍。

現在，我就要回到我暌違多日的課堂了。

宿舍在校地裡，徒步只要幾分鐘，但之前有些學生還是非要坐馬車不可，所以現在禁止了，只有少部分例外。

是希望某些愛炫愛比的學生適可而止吧。

路程短，今天很早就到學校了。

說起來，這是我第一次從宿舍上學呢。

穿過校門走過庭園，我來到一段有遮棚的外廊，繼續跟著走。最後好像要走一段內廊才會進教室。即使是飽受日曬雨淋的外廊，保養工作也毫不馬虎，亮晶晶地。

整體說來，這所學校還比較像是城堡。根本是城堡。在某類採訪媒體經常出現的刻板印象那種。現在所見到的景象，感覺很接近凡爾賽宮的走廊。地板全是雙色格紋。

當然，愈接近教室，視線中的學生也愈多。穿過外廊完全進入室內後，人口密度驟然暴漲，艾絲特周圍的人數也隨之增加。

有如磁鐵滾進沙坑裡。

因為她在學校是個大名人。

之前見到她，身邊也有一大票跟班，用膝蓋想也知道她有個大貴族老爸。不過現在，又多了不一樣的感覺。多半是屠龍的消息傳開了吧。

見到她的學生，反應大致可分為兩類。

一類是見鬼似的遠遠偷看。

另一類是搶先接近她，找機會說上兩句話。

比例是前八後二吧。

母體少，走在她身旁的我也輕鬆。不過學校裡到處是學生，視線壓得我有點喘不過去。我們在走廊上馬不停蹄地走，而學生像沙丁魚一樣地跟。（註：「母體」為統計學用語）

「費茲克勞倫斯小姐！聽說妳打倒巨龍了！」「我還聽說她治好公主殿下的重病呢！」「不愧是費茲克勞倫斯小姐！我聽了好感動！」「我也是！」

大半是女學生。

尤其是聚在一起叫個不停的，身分看起來特別高。可能是不想混進女人堆吧，男學生都稍微保持距離，窺探對話的機會。看來不管哪個世界，男人都覺得成群結隊的女人很棘手。

不過呢，這隊伍也因此變得有點像我的後宮，讓走在旁邊的叔叔好開心。

周圍瀰漫年輕女孩的幽香，好想大口哈嘶哈嘶。

「對了，費茲克勞倫斯小姐，這位是……」

一個學生疑惑地看著我問。

「咦？喔……」

艾絲特的注意力從周邊集團轉到和風臉。

圍繞她的每一張臉跟著轉過來。

「是新來的老師嗎？」「沒看過他耶。是費茲克勞倫斯小姐您推薦進來的嗎？」「專攻什麼科目？」「方便的話，我也想和費茲克勞倫斯小姐上同一堂課。」

畢竟是個年紀大一輪以上的大叔，一眼就被認定是講師了。

這也是當然的反應。

要是我在大學走廊見到三十多歲的路過，也會以為是教職員。

「這位田中先生，是我的未婚夫。」

「咦……」

我有預感，金髮蘿莉這句話把我的社會生命拖下一淌大渾水了。

拜託拜託，怎麼跟亞倫的情況差這麼多。

為什麼現在就敢在眾目睽睽之下放話啊，臭婊子。

這傢伙果然是個壞婊子，邪惡的婊子。

「費、費茲克勞倫斯小姐的……未婚夫？」「咦？那個，可是……」「我的耳朵好像出問題了……」「請問這是怎麼回事？」「我、我聽說的是其他國家的公子呢？」「費茲克勞倫斯小姐，我從來沒聽您提過這件事呢……」

學生們一時不知怎麼接下去。

然而邪惡婊子還不住嘴，繼續加油添醋。

「他很棒吧？我的夢想就是替他生孩子呢。」

「…………」「…………」「…………」「…………」「…………」「…………」「…………」「…………」「………」「…………」「…………」「…………」

這句話讓所有人都啞了。

全都一臉不敢置信，注視我這張醜臉。

我懂我懂，不要這樣看我嘛。

「費茲克勞倫斯小姐，開玩笑沒個分寸的話，會嚇到同窗的喔。我還有其他事，恕我先失陪了。」

還不到慌張的時候。

在她搶得先機的這節骨眼，就該一鼓作氣硬推到底。

「啊，你、你說什麼！我不是開玩笑……」

「各位再見。」

我鑽出聚集在金髮蘿莉周圍的人群，離開事故現場。

女主角再怎麼大呼小叫，我也不理她。什麼都不管。

萬一消息傳到她家大老爺耳裡，我就要跑路到鄰國去了。才剛得到和蘇菲亞同住一個屋簷下的權利就要亡命天涯，未免太悲哀了。

絕對要守住現在的生活。

「…………」

我帶著堅定決心快速逃跑。

＊

結果這天，我沒去上原想上的課。

要是在教室遇到金髮蘿莉就麻煩了。當下還是保持距離，等她冷靜下來比較好。她是個傲嬌，冷熱變換幅度之大是眾所皆知，過兩三天就會恢復原狀了吧。

可是我也不想等兩三天，當然是愈快愈好。

「……這、這樣啊，艾絲特又去找你。」

「是啊，如果你們能早點復合就好了……」

於是，我去找帥哥求救了。

按照慣例，我又像變態一樣找某幼女問路。跟著她相當確切的指示，在前不久來到騎士團營。搬出費茲克勞倫斯這名字以後，便有人帶我到亞倫這來，見到他正在訓練場揮劍。

這個帥哥是怎樣，怎麼連汗都這麼香。

太過分了吧。

根本是全力噴發費洛蒙。

「我是不太想這麼問，可是亞倫，你該不會又……」

「沒、沒有！這次不是喔！」

「是嗎？那艾絲特小姐到底為什麼會那樣呢？」

「這個嘛，就是，這次狀況真的和平常不一樣……」

「和平常」咧，你就這麼頻繁地搞偷吃、吵架又和好這個循環喔，到底要讓艾絲特憋多少氣啊。我都要可憐起她來了耶。

「真的沒有頭緒嗎？」

「……真的。」

亞倫答得很沮喪。

比起飛空艇上發生的事，現在還消沉得多。

「你有沒有做過任何可能惹她生氣的事呢。」

「我想，那幾天實在是沒有那種閒工夫。」

「對、對喔。你說的或許真的沒錯……」

從飛空艇迫降到返回首都卡利斯這段時間，每個人都為生存拚了老命，沒時間講什麼愛恨情仇。

可是，就算柔菲暗中搞了什麼鬼，其實也不足為奇。對她這個黑心婊來說，趁帥哥睡著偷襲只是小菜一碟吧。

「你在和另一個女友的關係上，想得出些什麼嗎？」

「想、想不出來！從那次以來，我完全沒碰過她！」

「這樣啊……」

「沒碰過她」的部分好像把我心靈的ＨＰ削掉了一大截。

不想問下去了。

太辛酸了吧。

再問下去，會摧毀我纖細的處男心。

「那我就自己去稍微打聽一下好了。知道原因以後，我也會來跟你報告，這樣可以嗎？」

「……對不起，讓你替我操這個心。」

「哪裡哪裡，有困難就是要互相幫助嘛。再說這次，我也不能置身事外。她畢竟是大貴族的千金小姐，我只是同一所學校的學生，關係太親近會惹來不必要的誤解。」

「也許這樣說聽起來很自私，可是有你這句話，我真的很高興。讓你特地跑這一趟，真的非常抱歉。謝謝你，田中先生。」

「那麼，今天我就在這裡告辭了。」

「下次就換我過去你那裡吧。」

「隨時都可以過來坐喔，我的宿舍是四〇二號房。那我走了。」

「好，請慢走。」

我夾著尾巴離開了騎士團的練習場。

宿舍生活

Dorm Life

【蘇菲亞觀點】

事情發生在午餐後的宿舍走廊。

我到曬衣場去收早上替田中先生洗的衣服，路上聽見轉角另一邊有年輕女性窸窸窣窣的對話聲。女生經常講悄悄話啦，可是這裡不是普通地方，任何舉動都要很小心。

萬一對方是貴族，踏錯一步就非常危險。於是我下意識停下腳步，躲起來看情況。上午的學生宿舍人影少，相當安靜，她們的竊語自然就進了我的耳朵。

「那是真的嗎？再、再怎麼說，暗殺都不好吧……」

「是真的。我不小心聽到父親他們在談這件事。」

「可、可是，是那位費茲克勞倫斯家的大小姐耶。」

「表示對方的地位也是那麼高吧。」

「……天啊。」

「這也是我聽來的。國王陛下封給她的土地好像有很多特權，恐怕不只她自己，就連陛下都不曉得吧。不然就是刻意隱瞞。」

「可、可是，我父親也說那片土地沒什麼大不了的！雖然和鄰國接壤，人和貨物有流通，可是領土本身不大，土地也貧瘠得種不出多少作物，管理起來很費心呢。」

「呵呵呵。即使是我，也不能多說下去了。」

「！……」

看來是兩位貴族在密會。

都是女學生。

「不過看在我們的交情上，我就給妳點忠告吧。不管她到底有沒有屠過龍啦，要是太盲從於無聊的流行，小心惹火上身喔。」

「…………」

「她的不幸，就是來自於接下了與她學生身分不相襯的地位吧。」

「那、那個，莉莉希雅小姐……」

「對了，現在很歡迎妳加入我的派系喔。」

「！……」

我還是第一次見到這種事。這就是貴族子女間的派系之爭。我對這種事有那麼點嚮往，很高興能親目睹實況。

因為這種事，是市井舞臺劇上一定會有的戲碼。

話說回來，這段談話的內容有點可怕呢。說到這個費茲克勞倫斯家的大小姐，之前獵龍的時候我也見過。

「…………」

該不會是真的吧。

很難想像她會被暗殺。

她膽子大得敢罵龍，應該不是虛有其表。

「那我就先失陪了。」

「啊，請、請等一下！莉莉希雅小姐！」

「明天可以給我答覆嗎？」

「！……」

她說完就逕自走掉了，幸好路線和我是反方向，讓我這個小女僕鬆了口氣。

留下的也在思量片刻後舞弄裙襬後跑掉了。

看來我是逃過一劫了。

為防萬一，我在原地多等了一會兒，結果再也沒有人出現。看來我做了正確判斷，真是太好了。

「…………」

剛才聽見的對話，當然有很多值得研究的地方。

不過最好還是當作沒聽見。

那不是我這種小老百姓可以干預的世界。要是敢亂來，第一個死的就是身為女僕的我。我喜歡的書裡寫到，王宮裡女僕的性命，比餐桌上的湯匙還低賤。

這裡雖不是王宮，但應該差不多。

「…………」

所以裝作沒聽到才是最佳選擇。

而且我現在還有很多事要做。

對，沒錯。

還要收田中先生的衣服呢。

「……是啊，快走吧。」

我稍微加快腳步，前往曬衣場。

曬衣場設在宿舍外不遠處。基本上，每間宿舍都有專用曬衣場，且聽說我這間宿舍的曬衣場最大最方便。

實際用起來，也果真是非常順手。

不只有貴族的空間，與下人相關的設備也一應俱全，讓我這個小女僕用起來非常開心，不曉得是誰設計的。

田中先生的臭內褲，洗起來也沒那麼難過了。

「好，趕快收回……」

我走向一整排曬衣竿中的其中一條。

今天天氣依然很好，心裡想的當然是同樣曬得乾爽的衣服。

然而我卻看見田中先生的衣服散落一地，那上面還滿是腳印。比沒洗還髒。

肯定是被人惡意破壞的。

「…………」

頭一個想到的是早上在走廊撞上的女僕。我到學校工作才沒幾天，除了她以外想不到其他犯人。所以我才討厭年紀大的人，手段特別陰險。

「……我偷偷一起洗的衣服好像沒事。」

這裡有優質的洗衣皂能用，我就忍不住一起洗了。

不愧是貴族專用的東西，洗得非常乾淨。

不過看樣子，暫時別在這洗我的衣服比較好。

「…………」

抬頭一望，天上是只會往下掉的太陽公公。

現在洗的話，說不定曬到天黑都不會乾。

要是在房間曬，發臭就麻煩了。今天就這樣吧。

「明天再一起洗好了。」

這樣比較好。

我撿起田中先生的衣服，返回房間。

＊

和亞倫談過以後，和風臉順道買幾件內衣褲、起居服和生活用品回去。

之前買的東西都放在艾迪塔老師家，只好從零開始。

對宿舍裡的學生來說，請專屬女僕跑腿才是正確流程吧。但考慮到我還要和蘇菲亞培養良好關係，這點小事還是自己解決比較妥當。

再說，在奇幻世界逛街比想像中有趣很多。每樣東西都很新鮮，讓人很想亂花錢啊，店員小姐。買來送蘇菲亞的就一大袋了。

有屠龍治病的大筆獎金加持，我花了半天時間到處亂逛。治療魔法讓我怎麼走也不會累，回家時天全黑了，完全是深夜，再過一小時就是就寢時間了吧。

「我回來了。」

進了門，穿過一小段走廊，進入客廳。

在那裡，我遇到意想不到的人。

「你、你也太慢了吧！」

「……妳怎麼會在這裡？」

艾絲特為什麼會在我家呢？

一時還以為是我走錯宿舍了。不過蘇菲亞就在一旁替金髮蘿莉看茶，應該沒錯。艾絲特的女僕比她略高，腰束奶膨。

「我們都是這裡的學生，找機會增進感情，不、不是理所當然的嗎？」

「可是這麼晚了還到異性房間，不太健全吧。」

「咦？啊、呃、那個，你、你比較喜歡那樣嗎？」

「…………」

金髮蘿莉一下子臉全紅了。

視線不時往我胯下跑。

糟糕，要勃起了。

原來異性的視線會明顯成這樣啊。

「蘇菲亞也在，說什麼也不可能有那種事。」

「那、那個，不用管我，我馬上回房間……」

「蘇菲亞，不用費這種心。」

現在要怎麼辦啦。

我的聖香腸真的要被蘿莉婊的黑暗鮑吞掉了嗎？再繼續勾引下去，我這個死處男肯定撐不了多久啊。

如果撐不住，蘇菲亞路線就要從我人生中消失了。然後是每天被她從早白眼到晚的生活——

「……好像還不錯。」

腦中冷靜的部分下了正確判斷。

但話說回來，一旦迷上艾絲特的小穴，最後只會是直通地獄的單程票。

要是被她老爸知道我們苟合，就等於不用在佩尼帝國住下去了。艾絲特是人家的寶貝獨生女，殺手追到鄰國都不是不可能。身為盼望健康文明生活的小市民，這負擔是重了點。

最重要的是，要就此跟女僕說再見。

假如今天是蘇菲亞要硬上我，啊啊，我一定義無反顧地從早到晚不停啪啪啪，不停讓她受精不停負責，天天為她拚命幹活的人肉ATM就此隆重誕生。

是人是活都要幹幹幹。

這世界就是魚與熊掌難與兼得啊。

「啊，如果你想要，三個人我也不介意……」

「噗……」

什麼～

這就是魅魔血統的力量嗎？

狠狠撞歪了我的心門啊。

「費茲克勞倫斯小姐，拜、拜託您放過我吧……」

當中年光棍感動得精氣都集到下半身的時候，蘇菲亞卻用抵死不從的臉表示拒絕。厭惡到女僕版圍裙洋裝的滿滿荷葉邊都抖得亂七八糟。

攻略這條線的路還長著呢。

「叫我艾絲特就行了，我的姓很難唸吧？」

「咦？這、這個……」

「不喜歡也無所謂，不強迫。」

「不，艾、艾絲特小姐，感謝您的好意。」

「因為妳是他的女僕，我才特別准的喔！而且我們之前也是戰友！」

「您、您說得是……」

看來她們之間也有點交流。可能之前獵龍之行搭飛空艇前往沛沛山的途中，有過幾次對話機會吧。

我不是關在艙房裡就是被克莉絲汀痛扁，大部分時間都不在她們身邊，不知詳情就是了。

「那個，艾絲特小姐……」

「什麼事？」

「晚、晚點方便嗎？我有點事想跟您說。」

「不方便在這裡說嗎？」

「……對。」

「是嗎？那好吧。」

傲嬌蘿莉和外協女僕感情還不錯嘛。

會替她們開心，是因為我年紀大她們很多吧。在同一個房間，伸手可及的位置對話卻有這種疏離感，一定就是年紀的緣故。

「…………」

還是別讓艾絲特待太久的好。

若亞倫和艾絲特復合以後，兩人之間曾有我這個和風臉存在的事實，會給亞倫不好的印象。扣掉胯下的脫韁野屌，他是個人格非常優異的人物，值得維持良好關係。

所以我必須避免和艾絲特胡亂接觸。

因此，我得奉勸她一句。

「話說艾絲特，妳該回房間了吧？亞倫他很擔心妳，我覺得妳還是不要隨便跑來我房間比較好。」

「不用管亞倫啦。」

「真的不用嗎？」

「真的不用。」

「可是他真的很愛妳耶……」

我中午也有過這個疑問。

為什麼我要這麼努力幫帥哥和這婊子補破網呢？從

客觀角度看，我忙成這樣有點悲哀。

結果想不到的是，她加重語氣繼續說：

「我對亞倫一點感覺都沒有，而且最需要明白這件事的人，那、那個，就、就、就、就只有你一個啦！」

「…………」

亞倫那傢伙，平常都在聽這麼可愛的女生說這麼可愛的話嗎？

哪有這樣的。

剛才的表情真的很危險啊。被異性用求愛的眼神注視，是我打娘胎以來第一次。那瞬時填滿我空洞的心靈，整個人都紳士了起來。爽到性慾都縮回去了。

「蘇菲亞，能請妳幫艾絲特斟一杯茶嗎？」

「咦？沒關係嗎？」

「沒關係。有時候，我也會想沉浸在這種感覺裡。」

「……知道了。」

沒辦法，姑且先忍忍吧。

反正她是兩三天之後就會飛回帥哥身邊的候鳥，現在只是想找個人吐苦水，讓翅膀休息一下而已。

肯定是因為這傲嬌性格歪曲，才會變成現在這樣。

「對我不專一，我就要去找別人喔」這樣。

再過一星期，她就會像以前那樣對著我「嘖」了吧。

「久等了。」

「謝謝喔，蘇菲亞。」

「哪、哪裡……」

傷心系金髮蘿莉優雅地喝茶。

這樣看起來是人畜無害，隨她去吧。只要不獨處就不會出事了。在房間見面時，就找蘇菲亞幫我自制吧。有蘇菲亞在，我一定能保持紳士風度。

「咦？這個茶，我好像在哪喝過……」

「啊，茶是田中先生買的。」

「是喔？」

艾絲特問著。

我沒有隱瞞的意思，大方回答：

「是啊，之前在學校的咖啡廳喝過，很喜歡就自己買了。」

「啊……」

「怎麼了嗎？」

金髮蘿莉表情忽然僵住，似乎很驚訝。

「你、你說的，該、該該、該不會是在學校裡遇到我的那間店吧？」

「妳還記得啊。」

「不會吧，那時候的茶……不會吧，我、我……」

「…………」

說不定我用一杯茶意外擊中了金髮蘿莉的要害。我和蘇菲亞都吞吞口水，緊張等待她下一句話。她每個反應都很強烈，讓人看得好不在意。

「不合您的口味嗎？那我馬上替您換一壺茶……」

「不，非常好喝。我還想大口大口喝呢。」

「啊，這——」

金髮蘿莉為證明自己沒說謊，一口喝光剛煮的熱茶。一定是魅魔血統讓她有這麼強的喉嚨，再暴力的深喉嚨都撐得住吧。不愧是淫亂屬性。

杯子沒幾秒就空了。

喀，她以優雅姿勢將茶放回茶盤後說：

「蘇菲亞，能替我再倒一杯嗎？」

「好的，我、我、我馬上倒！」

接著立刻對惶恐的蘇菲亞要求續杯。

蘇菲亞嚇得不得了，快步跑進廚房。

「……那個，妳的嘴沒事吧？」

「從今天起，它也是我最愛的茶。」

然後對我甜甜一笑。

「那、那真是太好了。」

實在不曉得豪門大小姐都在想什麼。

不過她都說喜歡了，那就這樣吧。

「對了，你晚餐吃了嗎？」

「還沒耶。」

「那、那麼，就到我房間一起……」

艾絲特大腿夾著雙手蹭來蹭去。使出必殺抬眼攻擊大爆發。紅通通的眼睛熱情如火啊，對處男傷害極大。而事情就在她頭一次對我忸忸怩怩地發問時發生了。

啪一道尖聲，有人撞破玻璃窗劃開窗簾闖入客廳。從聲音迸響、入侵者來到我們所在的餐桌邊，不過都是轉瞬之間。

「！」

「什麼……」

闖入這銷魂茶會的，是個一身漆黑的人物。不知是男是女，唯一看得出來的，是他手中那把刀械要取艾絲特的性命。

意外的驚喜讓我們全都暴動了。

「艾絲特！」

我想都沒想就對艾絲特放持續型的治療魔法。毫不保留地全力施放。超認真。說不定比對戰克莉絲汀時還認真。有ＭＰ一次噴掉大半的感覺。頭都暈了。

無論如何，我都不想要任何閃失。

何況我之前還誇口說無論何時、不管對方是誰都一定會救她。雖然說起來很丟人，但是我絕不是逞口舌之快，對方可是美少女嘛。

再說，既然她一連幾天都纏著我嚷嚷要結婚，就算不結，我也有義務救她。她肯溫柔對待我這個醜男，我還要謝謝她呢。王八蛋，都開封了還這麼可愛。

「到手！」

黑衣人說道。嗓子很粗，八成是男性。

手上刃器伸伸刺進艾絲特的脖子。

塗在刀尖的黑色物體，多半是毒物吧。

大量血液夾雜喀咻的短暫呼吸聲，從艾絲特的櫻桃小嘴和頸部裂口狂噴不止。基本上，人受了這麼重的傷肯定沒救。流這麼多血，沒幾秒就免不了休克致死。

皮開肉綻，一時給我脖子變粗了的錯覺。

說不定沒救了的想法不脛而走。

但是，神牌治療魔法可不是省油的燈。

效能掛保證，在對戰古龍時救了我幾百遍。

「啊、呃……啊……」

呻吟的艾絲特身上出現變化。

黑衣人拔出凶器的同時，傷口噴出更多鮮血。鮮紅的血液將客廳染成一片紅。但儘管噴了這麼多血，她不倒就是不倒。

畢竟我可是使盡了全力，說什麼也不會讓她倒下。

「！……啊、啊……奇……奇怪，我是、怎麼……」

無膜少女的傷口瞬間癒合。斷裂的血管恢復原狀，很快就不再失血。劃開的皮膚也恢復光澤與彈性，絲毫看不見傷痕，只剩下一身血汙。

知道厲害了吧。

入侵者也看呆了。

我已在這時候動身，用魔法招呼神祕黑衣人。

「哼！」

搞定。

火球定勝負。

排球大的火球疾射而出，當場蒸發黑衣人膝蓋以下。

「嘎啊啊啊啊啊啊啊啊啊啊啊！」

淒厲的哀號響徹客廳。

失去支撐的身體咚一聲就地倒下。可能是血管焊住了吧，出血並不多。看情況，無論是交給憲兵還是自己問個清楚也死不了。不過痛還是很痛，表情痛苦得嚴重扭曲。

「艾絲特，妳還好吧！」

我衝向男子身旁的金髮蘿莉。

將急劇失血而暈眩的她擁入懷中。

「啊……」

金髮蘿莉不禁喘息。

她比我想像中來得輕，而且軟綿綿的觸感，使我不禁意識到這是我有生以來第一次碰觸異性身體的事實。

感到從衣物另一邊傳來的體溫，讓我的心狂跳不已，混帳。人家說小女生的體溫比較高原來是真的，王八蛋，好溫暖啊。

「可以呼吸嗎？呼吸會不會困難？」

「不、不會……這就是你的治療魔法……」

「意識清楚嗎？視線有沒有模糊？」

「你帥氣的臉好近，看得好清楚。帥死我了……」

「看來視線都混濁了……」

儘管她的回答有點令人在意，但確定是保住了性命。

再來就好辦了。

太好了。哎呀，真的差點沒把我嚇死。

像鬼屋突然有東西撲過來那麼怕。

「那個……謝、謝、謝謝你救我。」

「哪裡哪裡，不客氣。最重要的是妳沒事。」

「……你說我？」

金髮蘿莉聲音微弱地反問。

乖得像隻鵪鶉。

「是啊。」

「哪裡……我跟你比起來……」

看她意識清楚得可以回話，我就放心了。

「…………」

「…………」

經過一段客套的對話，我們突然沉默了一會兒。

然後她才急忙繼續下去。

好像突然注意到什麼。

前後像是變了個人，慌得手忙腳亂。

「下、下下、下次絕對、絕對不會再麻煩你了！我、我一定會幫到你的忙！我一定會做到的！所以！那、那、那個……我……」

說得滿臉通紅。

艾絲特道謝道歉雙管齊下地強調自己的可用性。比起拉拉雜雜一大串道謝，這副模樣更能深深打動我的心。讓我不禁懷疑，她原來是個這麼好的女孩？

亞倫被這樣的女孩愛上，為什麼還會迷上別人？我完全無法理解。如果他是個普臉自走炮，是不是就會天下太平了呢？

「請問，剛才是不是有人大叫……咦！」

這時候，蘇菲亞從廚房回來了。她雙手間的托盤上，擺著一只冒著煙的茶杯。

見到客廳的慘狀，蘇菲亞嚇得雞貓子鬼叫。

「這、怎、怎怎怎怎、怎麼會這樣？請問！怎麼到處都是紅色！血！都是血！艾絲特小姐？艾絲特小姐！」

她說得沒錯，我家客廳變成一片血海。

而血海的泉源艾絲特，在不知情者眼裡看來肯定是身受重傷。

「事情我晚點再解釋，先把這個男的……」

我往艾絲特背後的男子看去。

結果就在這時候，他把手上刃器對準自己的脖子——

「呃、啊……」

做出他對艾絲特做過的事，深深刺進去並用力旋拉，將染紅的客廳染得更紅。

如果只有金髮蘿莉的血，還有晚點舔個過癮的迷人選項，混了男人味就毀了。真是暴殄天物。

「…………」

經過幾番抽搐以後，男子很快就不動了。

看來他是本著死在別人手上不如死在自己手上的精神自殺了。

好個死士精神。

「這種事，要通知誰來處理比較好？」

「這、這個，我、我也不知道……」

加減問問在這當女僕的蘇菲亞，結果她慌得淚眼汪汪。員工手冊再詳盡也不會提到這種事吧。

「總之先送艾絲特回房好了。」

我決定問艾絲特的女僕。

*

地點換到艾絲特的宿舍後不久——

「非、非常抱歉！」

在和我宿舍相同格局的客廳中央，蘇菲亞青著一張臉下跪求饒。艾絲特坐在她面前的沙發上，用浴巾擦拭熱沖過的頭髮。

這房間的專屬女僕也拿浴巾在她背後幫她擦。至於剩下的一個和風臉呢，則是在對面沙發上看她們擦。

「沒關係啦。」

「可是，那、那個，我……」

想不到蘇菲亞竟然不小心聽見有學生在談論某人企圖暗算艾絲特，可是從來沒有告訴她，現在才總算主動說出來，然後低頭不起。

「話說回來，這種事妳不坦白，我也不會知道啊。」

「話是這麼說沒錯，可是……」

「妳之前想跟我說的事，該不會就是這個吧？」

「……對。」

「也就是妳本來就打算告訴我嗎？」

「沒、沒錯。」

「那就沒必要道歉了。再說妳還讓我知道為什麼有人要暗殺我，這消息很寶貴呢。謝妳都來不及了，怎麼能怪罪妳呢。」

「艾絲特小姐……」

蘇菲亞露出放心表情。

她說的是暗殺預告及其原因。前者已經是既有的事實，後者是我們說什麼都想查明的事。

想不到，原因竟然是出在國王封給艾絲特的領土上有些利益龐大的特權。不過這樣就派刺客去暗殺大貴族的女兒，貴族這種生物比我想像中靠北多了。

而這房裡，就有一個這種靠北貴族的女兒。

「竟敢派人暗殺我，不曉得誰有這麼大膽子呢。」

金髮蘿莉說得兩端嘴角高高吊起，似乎很期待著些什麼。明明前不久才差點沒命，卻一點也沒有害怕的樣子。

說起來，對上龍時帶頭猛轟的也是她。膽子比我大多了。

說不定貴族沒有這種膽量還幹不下去呢。

「蕾貝卡。」

「大小姐有何吩咐？」

「這件事別告訴我父親。」

「……這樣好嗎？」

「我可是費茲克勞倫斯家的女兒。這點程度的麻煩，我要自己解決。不然不曉得什麼時候才能回去冒險呢。」

「可是，說不定還有下一次呢。」

「下一次？有下一次我還比較高興呢！下次我一定要活捉刺客，逼他說出主謀。敢對我下手，我一定要他悔不當初！」

不愧是拖著亞倫和柔菲去冒險的人。

好一個好勝的大小姐。

話說回來，原來她身邊的女僕叫做蕾貝卡。適合盤髮的知性冷眼，使她渾身散發女僕兼祕書的氣氛。

而且她乳量狂勝蘇菲亞，還有肥滋滋的大屁股，腰卻緊實得讓人好想當場叫她用嘴替我洗洗老二，再從背後狂插猛送無套內射。一小時五萬圓也甘願。

不，最多能出到十萬圓。

第二輪的話，希望她可以在我累的時候用女性主導的騎乘位，以纏死人的激烈腰功把我狠狠榨乾。啊啊，最後再讓她完全發揮女僕屬性，戴著眼鏡來一場特濃口交服侍，外加全程抬眼注視。

前前後後加起來二十萬圓。

沒問題。

拜託妳了。

「你、你怎麼了？」

「咦？」

「你對蕾貝卡有什麼指教嗎？」

「啊，沒有，沒事沒事。請別在意。」

糟糕，看到恍神了。

雖然我主戰場是蘿莉，但也是巨乳通吃的混合型啊。

「總之，今晚我來守夜。」

不必等人提，我主動請纓。

「守、守夜……？」

就連大膽的金髮蘿莉也錯愕地反問。

因為我之前都在敷衍她吧。

「不用讓我進房間。在寢室門前走廊——不，在宿舍門口也行。我知道妳可能難以接受我這樣的男性提出這種要求，但今晚還是讓我保護妳吧。」

我刻意板起面孔請求。

男子漢一言九鼎。

即使是單方面的宣言，我也非貫徹到底不可。

有我和風臉的治療魔法，就算聽見慘叫再搶救也不算晚，像這次脖子捱刀也能完全治癒。只要守在能即時趕到的地方，生存率就會大幅提昇。

「請恕我拒……」

「那、那就這樣吧！」

艾絲特不等蕾貝卡說完就吠了。

「既然這樣，就、就乾脆到房裡來守吧！到床上也可以！想守到我、我我我、我身體裡也完全沒關係！想射進去都可以！尤其是今晚特別歡迎！」

「不，走廊就行了。」

這個蘿莉婊到底是多想要啊。

癢成這樣，早點和亞倫復合不就得了。

「整晚都待在走廊？太辛苦了吧！很累耶！」

「是沒錯。」

「我、我的床舒服得多了！而且，可、可、可以做很多很多事……」

艾絲特看我的眼神活像個大叔。

還是個飢渴到不行的中年大叔。

蕾貝卡見狀也發現到她現在是什麼狀況。

「那好吧。可以稱呼您田中先生嗎？」

「啊，可以。」

「很抱歉，就麻煩您保護伊莉莎白小姐到天亮了。為防萬一，我當然也會護衛小姐。請您依照建議，守在房門口。若有不便之處，還請您多多包涵。」

「我不會傷害妳家主人啦。」

「我就暫且相信您的話。」

看來蕾貝卡把艾絲特的貞操看得很重。

作夢也沒想到她已經嘗過男人滋味了吧。

真是可憐的女僕。

「給我等一下！我無所謂啊！喂！」

就這樣，今晚要通宵了。

感覺最近作息糟到一個不行。

＊

【蘇菲亞觀點】

艾絲特小姐遇刺這晚，所幸就只有最初那次襲擊，之後平靜地等到天亮。這天也是萬里無雲的大晴天，衣服很快就能曬乾。

田中先生通宵守夜後，現在在自己宿舍裡睡覺，艾絲特小姐則是去上課了，蕾貝卡小姐也跟著。原來她曾經是A級冒險者，除了女僕工作之外，也是非常出色的護衛。

我也不是擔心田中先生啦，就只是單純有個疑問——他都沒去上課，真的沒關係嗎？自從我被帶進宿舍，他好像一次都沒出席呢。

很懷疑他到底能不能畢業。

好像上學只是消遣一樣。

我曾聽說，即使是為上流社會設立的學校，這部分也非常嚴格，無論父母地位再高，不念書照樣畢不了業。據說這是掌握學校大權的貴族的堅持。

「…………」

無論如何，那和我這一介女僕無關就是了。

吃飯。吃飯比較重要。

「今天也來吃女僕不該吃的午餐吧。」

我走在宿舍走廊上，雙手推著金屬推車。這原本是女僕為主人推的東西，現在卻是為了我自己。

推車上擺滿了一盤盤從宿舍一樓廚房弄來豪華豐盛的午餐，正往房間前進。

「在家的話，現在剛開始有客人吧……」

不經意的呢喃，讓人想起離開了幾天的家。

少了我以後，不曉得店裡忙不忙得過來。

「…………」

不行，想這也沒用。

那麼簡單就送走親生女兒的爸爸，有什麼好想的。對呀，一點也沒錯，誰要擔心他啊。之前借他的鞋子穿，還害我的腳生病了，這幾天都癢得受不了。

「對，不管他了。」

為了抹去嚴重低落的心情，我稍微加快腳步趕回自己的房間。就算是田中先生，今天也不會爬起來吃午餐吧。出門前我偷瞄了一下，他睡得跟死豬一樣。

「光是這樣推著走，味道就好香喔。」

受不了。

今天午餐好像很好吃。

不愧是給貴族吃的東西。

在我心目中，悠閒地吃精緻的餐點，就是這份工作最美好的地方。沒錯，這就是校園女僕最大的幸福。其他人怎麼想我不知道，對我來說就是這樣。

一這麼想，推車的手也自然變得更有力。

事情就這麼發生了。

「！……」

有個同穿女僕裝的人衝出轉角。

我急忙以雙手拉住推車，午餐差點就要不保了。對方則是停不下來，直接向前摔倒，一頭栽在地上。看起來相當痛。

「……那個，妳還好吧？」

總不能裝作沒看見，我好歹問一聲。

然後發現我認得那張臉。

「啊……」

就是昨天在走廊和我相撞，洗好的衣服散了一地的八婆。

「……妳是怎樣？」

「幹、幹什麼？」

她面目猙獰地站起，朝我走來。

「剛來沒幾天，倒是很跩嘛妳？」

「…………」

說得好直接。

一定是擦破額頭讓她不想跟我廢話。都開始流血了。這間宿舍的地板和牆都是石頭，撞到一定很痛。磨得那麼用力，搞不好會留疤。

比起第一次見的相撞，這次算是猛撲了。

根本自作自受。

「喂，說點話好不好？」

「那個，我、我還有工作……」

跟這種容易歇斯底里的八婆廢話，只是浪費時間。

於是我往推車的手施力，想早點離開這裡。

結果她用腳擋住了前輪。

厚厚的皮鞋抵在輪子上，推不下去了。

「我也讓妳跟我一樣。」

「咦？」

八婆突然動作。

一腳擋著推車，一腳從旁往我跨一大步。在我吃驚時，她的手已經高高舉起來了。

啊，要被打了。我不禁這麼想。

雖想過要閃，但身體不聽使喚。

她的巴掌轉瞬逼來，清脆地「啪！」一聲打在我臉頰上。力道比我想像中還大，都把我打退了。

「！……」

差點就跌倒了。

我用力抓緊推車，好不容易才撐住。盤蓋因震動而掀開，滑到托盤上，湯也猛然一搖。啊啊，稍微滴出來了。

「哼，知道教訓了吧？敢跟我作對，我一定要妳好看。」

八婆好像一巴掌就滿意，馬上走掉了。可能是怕別人看見。無論她資歷有多長，女僕在學校都無疑是最底層，就跟眼屎鼻屎沒兩樣。

所以才會偷偷用陰招欺負人吧。

「……好、好痛喔……」

我看著八婆的背影小跑步離去，轉彎消失。

手摸著陣陣抽痛發燙的臉頰。

同時，從鼻子深處湧出的熱流噴出鼻孔。

流鼻血了。

「！」

而且很不巧，偏偏噴在推車上的午餐上，把白醬做的濃湯弄得一點一點的。啊啊，怎麼會這樣。白底紅點好明顯。

「…………」

那個八婆，我饒不了她。

竟然這樣奪走我唯一的快樂。

好恨啊。恨死我了。

「…………」

總之先拿回房間吧。

然後再去廚房另外要一份。載著冒著熱氣的菜直接掉頭回廚房太不自然了，何況上頭還有血滴，恐怕會引來不必要的誤會。

暫時堅持田中先生是個大胃王的設定吧。

我用圍裙下襬按住流血的鼻子，趕回房間。

＊

【蘇菲亞觀點】

糟糕了。一回房間，就看到田中先生已經醒了。

而且他還跟我討午餐。沒吃早餐就睡，這也是理所當然的吧。肚子還在我面前「咕～」地發出不曉得在可愛什麼的叫聲，有點火大。比我的聲音還可愛呢，我都是「咕啾～」。

所以他一見到我推車上的午餐，會發生什麼事就可想而知了。沒錯，就是那樣，就是那麼回事。本來要丟掉的鼻血濃湯，現在就要進田中先生的嘴裡。

「嗯?這味道真不一樣。」

「是、是嗎……」

「妳不覺得白醬濃湯上灑這樣的醬料很有意思嗎?」

「對呀……」

田中先生故意只撈濃湯上的血起來嘗。好歹連周圍的白醬一起喝嘛，這樣還比較好混過去，直接喝不穿幫也難。

要是被人知道我拿摻血的餐點給主人吃，一定會鬧得很嚴重。女僕身分這麼低賤，不聽我解釋就直接處刑也不足為奇。至少我所知的女僕就是這麼薄命。

「好奇妙的味道。」

「真、真的嗎？」

「好像在哪裡嘗過……」

「…………」

田中先生又舀一匙血確定味道。那是我的血啊。

啊啊，我的血被田中先生喝掉了。

「…………」

「那個……我臉上有沾到東西嗎？」

「沒有，什、什麼都沒有！非、非、非常抱歉！」

「……這樣啊。」

一恍神就死盯著對面座位的他看了。

田中先生和昨天一樣，邀我一起吃午餐。但如果我

再去廚房拿，就會被他發現濃湯有差。沒辦法，只好說我已經吃過來蒙混過去了。

還強調我特地替他留的，不然就沒了。

很勉強的藉口吧。因為我掰不下去了。

可是他卻信以為真，還非常高興。根本徹頭徹尾，天真無邪地被我騙了。雖然這樣的狀況讓我有點內疚，但我實在沒有勇氣告訴他吃下去的醬料出自何處。

順道一提，我自己是坐在他對面喝熱茶來掩飾飢餓。

「這濃湯真的太好喝了。」

「！……」

田中先生又喝了一匙我的血。

啊啊啊，我的血又流進他肚子裡去了。

見到這樣的景象——

「…………」

這是什麼感覺？

田中先生每喝進一匙我的血，我的胸口就隱隱發熱發疼。雖然明知這樣不對，我心裡還是有一部分喜歡這

樣。能感覺到整張臉又紅又燙。

因為被那個八婆打了一巴掌嗎？

不，已經不痛了。

那麼這樣的興奮究竟是打哪來的呢？

是因為我害怕醜事曝光，把焦急當作興奮了嗎？

不，這心情不太一樣，應該是另一種，其他的愉快。

「那個……蘇菲亞，方便說句話嗎？」

「方、方便！請問什麼事？」

突然跟我說話，嚇我一大跳。

田鍾先生抬起頭，直視我說：

「不好意思，要妳陪我吃飯還說這種話。如果累了的話，妳今天就不用做事了，去休息吧。剩下的家事我來做就行了。」

「沒有，那個，我、我沒有特別累……」

糟糕，表情好像透露了很多訊息。

「是嗎？」

「真、真的！」

「那就好。昨天發生那樣的事，我想蘇菲亞說不定還是很緊張呢。只要在這房間裡，我保證不會發生昨晚那樣的不幸，妳大可放心休息。」

「…………」

看來田中先生是在關心我的狀況。回頭想想，其實他還滿會關注別人的小需求呢。獵龍的路上，他也常常替我嘘寒問暖。

而我呢，卻是滿腦子都是血滴濃湯。說來對不起艾絲特小姐，在這一刻，我腦袋裡真的完全沒有昨晚的事，把這間房裡剛死過人忘得一乾二淨。

對了，房間有專業的人士用魔法打掃過，全都弄乾淨了。

「不。那個，我、我真的沒事……」

「撐不下去的話就跟我說喔，麻煩了。」

「……好、好的，謝謝您的體貼。」

這是什麼感覺呢，覺得自己罪孽深重的同時，也覺得很後悔沒有多滴一點血給田中先生吃的低俗感。

實在是受不了啊。

田中先生根本不曉得我給他吃了什麼。

沒錯，真的什麼都不知道。

他對於我這女僕所準備的餐點毫不猶豫，張口就吃。

「那個，如果妳還會餓，我可以分妳一點喔。」

「不、不用了，謝謝！」

「……這樣啊。」

我吃也沒用。

要田中先生來吃才有意義。對，打倒那麼大的龍的田中先生不知不覺吃了我的血還直誇好吃，讓我的心激動得不得了。

這是家裡開餐飲店的人不該有的感覺。

啊啊，我到底是怎麼啦。

超興奮的。

＊

艾絲特遇刺事件經過了數日。

我一連幾天都過著晚上通宵守夜，白天睡覺的顛倒生活。這段時間，我和他人的交集頂多只有和蘇菲亞一起吃飯，睡前對艾絲特問候幾句而已。

其實我也自問過，為什麼要這麼拚。

不過承諾就是承諾，一定要堅持到底。

蘿莉控不打誑語。

眼下看來，要持續到逮捕主謀為止。

艾絲特在我眼前慘遭割喉的畫面，給了我相當大的震撼。一想到恐怕又會發生這種事而失去她，我的心就怎麼也靜不下來。雖然她無疑不是處女，但也是和我同窗的朋友，又曾經組隊冒險，關心她也是沒辦法的事。

因此，在今天晚餐時，我也跟蘇菲亞這麼說：

「不好意思，我今天也要守夜。」

「啊，好的。」

我已經很習慣和她一起用餐了。

這幾天的對話品質也漸有提升。

「對、對了，田中先生……」

「有什麼事嗎？」

「今天的湯，味道怎麼樣？」

「！……」

而且今天蘇菲亞還主動跟我聊天了，真是大放送啊。這位女僕的服務也太棒了吧。妳這樣跟我說話，我不就只能愛上妳了嗎？

「……田中先生？」

「喔，我覺得很好喝呀。是我喜歡的味道。」

「真的嗎？」

「對呀，真的。」

「…………」

「怎麼了嗎？」

「……沒事。那個，會不會覺得有點鹹呢……」

「鹹嗎？不會，我倒覺得很有深度。」

怎麼樣。

蘇菲亞這條線我攻定了。

「真的嗎？好喝的話，我、我、我再幫您拿一點過來喔。」

「咦？」

「我馬上就拿回來。不好意思，請等一下喔。」

「沒關係啦，不需要這麼麻煩……」

話還沒說完，她就推著推車出門去了。服務心爆發的蘇菲亞真的是完美女僕大變身啊。很可能是在同一個屋簷下朝夕相處，終於融化了她凍結的心。

「說不定真的進入個別路線了呢。」

這樣的成就感絕不算小啊。

宿舍生活還不錯嘛。

身邊有一大堆十幾歲的可愛妹妹，每天都有好吃的料理，家事又能全部交給女僕做。冷靜想想，生活品質比買屋獨居高多了。

不過真正重要的課程，我倒是幾乎沒去。

「…………」

繼續留級再留級，當舍霸也不錯。

這樣會不會太丟臉啊。

不過，這裡有就是有讓我那麼想的魅力，令人難以輕易割捨。有沒有畢業生直接錄用為教員之類的制度呢，像博士後那樣。找機會問問魔導貴族好了。

胡思亂想之中，我耐心等待親愛的女僕回來。

可是不曉得怎麼了，我左等右等就是等不到親愛的女僕。想與她共餐的心情，使我吃得愈來愈慢，最後手邊的菜都冷掉了。

會不會是需要排隊呢？

再等等看吧。

然而，她還是沒回來。

「……去看看狀況好了。」

空等一小時後，我也開始怕了。

畢竟之前才發生過艾絲特那種事。

假如對方轉移目標，事情就麻煩了。

真不願想像那種未來。

＊

我離開房間，在宿舍內到處走。

最後在一樓發現廚房。另一扇門後就是餐廳，可以在那用餐的樣子。現在是晚餐時間，進出的人自然也多，大半是穿制服的學生。

「…………」

我稍微探頭往裡面瞧。

即使穿同一款制服，每個人也各有不同。有的配戴亮麗飾品，有的皮鞋光可鑑人。和上課時那些阿貓阿狗相比之下，這裡的學生地位好上幾分。專為上流階級設置的宿舍不是蓋的。

這些含金湯匙出生的豪門子弟都是一邊吃飯，一邊說笑。

這裡是學生宿舍，客群當然是十來歲的年輕人為主。二十幾歲的也有，但壓倒性地少。一旁服侍的女僕也是挑過的吧，全都是年輕貌美。

「啊……」

我發現一群人圍在餐廳一隅。

好像挺熱鬧的。大多是男學生，好幾個人圍著一張桌子。人牆阻隔下，不曉得他們在看什麼，但中間肯定有好戲能看。

「…………」

有點勾起我的興趣。

不時「喔喔喔！唔喔喔喔！」的歡呼聲不停吸引我的注意。

「……看、看一下就好。」

我找藉口似的這麼說，走進餐廳去。

穿過門口，直線來到男學生聚集處。

從外緣踮起腳尖，從眾人肩膀之間窺視裡頭狀況。

怎麼會這樣，那不是我朝思暮想，這幾天好忍歹忍不去偷看的東西嗎。

「……拜、拜託饒了我吧……」

蘇菲亞淚汪汪地坐在桌上。

雙手提起裙襬，底下全都露。

小褲褲是白色的。

小褲褲為白色是也。

小縫縫的部分有點泛黃。

此乃泛黃啊，主公。

「來，快把妳骯髒的內褲脫掉。」

包圍桌子的一名學生，用手杖戳蘇菲亞的胸部。由於這款女僕裝大露北半球，杖尖直接觸碰她的玉膚，胸部軟綿綿地凹下去。再多用力，乳頭就要從縫隙出來見客啦，艾迪塔老師。

他身旁有個女僕，一起欣賞蘇菲亞在桌上丟人，多半是他的專屬女僕吧。年紀比蘇菲亞稍長，大概二十前半。

「求求您饒、饒了我吧……」

「我得徹底給妳上一課，讓妳知道妳在找誰的女僕麻煩才行。」

蘇菲亞淚眼汪汪地抗拒。

賊笑著旁觀的男學生們，ＧＪ。

這幾天的配菜就決定是這一幕了。可以的話，我想端杯茶欣賞到最後。從純愛到凌辱，我也是守備範圍寬廣的工具人呢。

但既然女主角是蘇菲亞，我也不能見死不救。桌邊能窺見她推出房間的推車，上頭有我讚賞的湯。

「…………」

好揪心啊。胸口揪了一下。

男人對這種狀況就是沒轍。

真是太可愛了。蘇菲亞，我愛妳。

「不好意思，可以就此打住嗎？」

我稍微出點力，強行穿過圍繞餐桌的男學生。

來到好戲的搖滾區。

「田、田中先生！」

偷瞄幾次蘇菲亞的豐臀巨乳嫩大腿和內褲皺褶後，我轉向用手杖戳她的男學生。眾目睽睽下，在女僕身旁與聚成一團的青少年對立。

「……你誰啊？」

「我是她的室友。」

「啊？下人也敢這樣跟我說話？」

我這才想起自己穿的是居家服。

也就是旅裝。

在這個熱心呼籲學生不要以貌取人的女老師，會跟帥哥教育實習生發生桃色關係而在兩週後辭職的世道裡，外表就是評斷陌生人的唯一基準啦。

事情說不定有點麻煩了。

無所謂。就算穿了制服，我一樣是平民身分。

屠龍的名聲都掛在魔導貴族和艾絲特名下，我這寒酸的中年光棍，看起來就不過是個寒酸的中年光棍。

「不好意思，請放了她吧。」

可是頭都洗了，當然要洗完。

「好了，蘇菲亞，裙子放下來。」

「可是，這、這樣做，田中先生您……」

我抓起她的手，要她放開。

並半強迫地將她從桌上移到地面。

裙底風光、泛黃皺褶，再會啦。

「慢著，誰准你這麼做了？你以為我是誰？」

「她是我的室友，請不要繼續汙辱她。」

「我是這國家稅務次長吉蒙．哈根貝克的兒子烏茲．哈根貝克，你該不會是沒聽說過就來這裡放肆的吧？」

男學生A突然面露凶相。

不只是他，周圍的男學生BC到H都一樣繃起臉，瞪眼威嚇。獵殺老頭中的受害者，應該就是這種感覺吧。每個都是歐美白人，實在很恐怖。

「非常抱歉，您看我是個四海為家的人……」

總之先表示我是個和風臉。

「這下人真煩，小心我當場燒死你。」

「要怎麼做才能放過我們呢？」

像過去對付魔導貴族那樣，直接把他烤得金黃酥脆是輕而易舉。

不過考慮到未來的宿舍生活，留下無謂紛爭的禍根並不好。蘇菲亞當前也要在宿舍生活一陣子，倘若我胡亂樹敵，恐怕連安穩度日都不行。

現在應該暫時吞忍對方的蠻橫，以溫和路線解決這件事。

「現在就給我跪下來，把女僕乖乖交給我。」

「我向你下跪就是了，能請您饒了她嗎？」

總之先跪再說。

人還是隨和點比較好。

我身為人的尊嚴，早就在對戰克莉絲汀時丟光了。磕一兩個頭和變成滿身屎尿的全裸沙包相比根本不是問題，算起來還樂得輕鬆呢。

「拜託您網開一面。」

「這下人是怎樣？莫名其妙。」

一腳踩在後腦杓的感覺GET。

額頭撞在地板上，好痛啊。

不只踩，還扭啊扭的。扭得好用力。

「怎麼啦？不是想在女人面前耍帥嗎？」

「不敢不敢，我還比較喜歡被女人羞辱呢。」

「喂喂，你們都聽見了？怎麼有這麼變態的人啊！」

男學生A煽動群眾。

男學生B～H跟著笑得歪七扭八，看來這個集團是以A為中心組成所謂的派系吧。他剛說的哈根貝克家，就是有這種力量的貴族。

果然不該把事情鬧大，不然就麻煩了。

「對，我就是個變態。所以這裡能請您盡量羞辱我，放了這個女僕嗎？算我求您了。」

先偷偷對額頭放個治療魔法吧。

好，不痛了。

「誰說要讓她走？這個女僕跑來破壞我家女僕的工作耶。」

「她對您的女僕做了什麼事呢？」

我保持磕頭風格繼續周旋。

「她把我的衣服從曬衣竿上弄下來，全部踩爛了。區區一個女僕對貴族這麼猖狂，我怎麼可能饒過她？」

「會不會是弄錯了呢？蘇菲亞是個心地善良的美少女啊。」

「！……」

近處傳來裙子摩擦的聲音。

說她心地善良可能有點誇張，不過她今天還找我這醜男聊天，相信她一定有個美好的心靈。

「是怎樣？你在指控我的女僕說謊嗎？」

「不，不是那樣。我是猜想，這一切說不定都是始於一場不幸的誤會。人世間的悲劇，往往都是一點小小的誤會所致。」

「哈！這傢伙的口氣怎麼跟舞臺劇作家一樣啊。真是可笑。」

「所以拜託您了，放過她好嗎？」

「不行。把她給我交出來，不然就踩碎你的頭。」

「…………」

怎麼辦？不愧是豪門子弟，有夠固執。

這樣是逼我直衝混戰路線嘛。

虧我和蘇菲亞的同居生活剛有起色。

教我不得不猜想，難道我就是不配擁有這樣的幸福。

「哼，礙眼的東西。看我踩死你。」

到此為止了吧。

沒辦法。我心一橫，準備來場火球酬賓大放送。

這時，事情出現變化。

「你們幾個，這是在做什麼呀？」

忽有耳熟聲音傳來。

那聲音清亮悅耳，相當凜然。

我保持跪姿轉頭，望向聲音來處，見到一個穿制服的女學生站在男學生群中。過腰的閃閃金髮和扁平的胸部，化成灰我都認得。

她就是我的鄰居艾絲特。

「伊莉莎白小姐，近來可好？」

頭上的壓迫感忽然消失了。

往男學生A看，見到他兩腿併攏挺直背桿，手放胸前稍微彎腰，向艾絲特優雅行禮。帥哥做這種姿勢畫面就是那麼美，我們醜男做起來就只會丟臉，真的。

「您來這樣的地方有何貴幹呢？」

「來殺你的呀。」

「……咦？」

撂狠話了。

下一刻，艾絲特動手了。

她往男學生A的腦袋一指，指尖冒出排球大，燒得火星四散的火球，直往他的臉飛。

「什麼……」

毫不猶豫的一擊。

對方也沒想到她會攻擊。

但他倉促跳開，驚險逃過一劫。火球直線前進十多公尺，撞上餐廳的牆而爆炸。

轟！

發出震耳巨響，在牆上弄出一個大坑。石牆布滿裂痕，中央深深陷了進去。

爆散的火焰與熱瞬時掩覆我的視線。看來那一擊真的是打算斃了對方。打到人體肯定瞬間轟成灰。原本就覺得她不太跟人客氣，結果比想像中更果斷。

「唔、唔哇啊啊啊啊啊啊啊啊啊！」

站在周圍的男學生也跟著大叫。

騷動頓時蔓延整個餐廳。

當事人男學生A的表情從驚愕轉為憤怒。

「在、在這種地方放火球，毫無貴族應有的行徑！未免也太野蠻了吧！」

差點沒命時，即使下手的是身分更高的貴族千金也會開罵呢。話說開蘇菲亞內褲鑑賞會算不算是貴族應有的行徑，倒也是個問號。但若說不算嘛，好像也不盡然。

我這和風臉能撿到一點菜尾，還想誇他幹得好呢。

「下次不會失手了。」

另一方面，艾絲特笑咪咪地舉起了手。

完全是來殺人的。至死方休。

「！……」

這讓他不想再多廢話了。

「愚、愚蠢至極！為一個平民說什麼殺不殺人的！」

他匆匆轉身，快步往餐廳門口離去。

一班小弟也跟著撤退。

「別想跑！」

「好、好了啦，艾絲特。我和蘇菲亞都平安無事，再追下去就要給人添麻煩了。餐廳裡還有其他人在吃飯，萬一燒到他們就糟了。」

我是不管那些男學生怎麼死，問題是殃及無辜就不好了。

以後還要受這餐廳很長一段照顧，能不給雇員留下壞印象就盡量不要，到時候幫我加料怎麼辦。想過安穩的宿舍生活，就要知所進退。

「可是！那傢伙踢了你耶！怎麼可以放過他！」

「幸好沒有受傷，今天就先這樣了吧。」

「…………」

「不服氣嗎？」

「對，我不服氣。」

「謝謝妳這麼為我抱不平，現在就先忍忍吧。」

「……那好吧，今天就先這樣。」

明天好可怕啊，希望她一覺醒來會冷靜一點。

給明天的蘿莉婊一點期待吧。

再說她畢竟是救了我，得好好謝謝她才行。

「話說回來，謝謝妳幫我處理這個棘手的狀況，讓我和蘇菲亞能繼續待在學校裡。感激不盡。」

「要謝就上床謝吧。」

「先別急。那個，這種事還是不要亂說的好……」

看來她砸了個火球，現在情緒很亢奮。

剛那句話真是帥到不行。

她的出現使得原本的騷動化為更大的騷動，一發不可收拾。喔不，可以說是發散到無窮大。無論如何，對身分低賤的醬油臉和蘇菲亞來說，差別並不大。

＊

餐廳事件後，我們和艾絲特一起回房才重新用餐，之後又要回到先前的生活。我這和風臉要站在婊子房門口守夜，蘇菲亞和艾絲特都在自己房間休息。

若說哪裡有疏漏，只會有一個。

那就是貴族對平民所展現的高度自尊心，比我想得還要強大。在走廊上站了不知多久，深夜之中忽然有聲音響起。

轉角另一邊，傳來喀喀喀的腳步聲。

「…………」

什麼狀況。

不會是刺客二號吧。我站穩腰腿。

然而露臉的，卻是我見過的人。

「……！」

是男學生A。

他見到我就抖了一下，可能是被我這張半夜靜悄悄杵在走廊上的亞洲臉孔嚇到了。這也難怪，換作我也會挫。

「這麼晚了，有事嗎？」

「你、你這平民……真的住在這間宿舍裡？」

「是啊，經過許多事情受到貴人相助，目前我在這裡叨擾……」

「而且還是最高等的宿舍！」

「是啊，看來是這樣沒錯。」

「唔……」

男學生A停了幾秒的腳步開始加快。

往我正前方走來。

然後說：

「你這個死老百姓，傍晚竟敢讓我丟臉！」

他為什麼會在這種時候跑來路人房區域呢。

用膝蓋也想像得出來。

多半是回到房間後回想餐廳的種種，又惱火起來了。

可是他不能拿大公爵家的千金大小姐發洩，失去目標的怒火轉呀轉地，就轉到我和風臉身上來了。

找人打聽，很容易就能知道我住在宿舍裡。

再來就是憤怒驅使他在深夜採取行動來到這裡。

「真是不好意思。我向您道歉，可以放過我嗎？」

「誰要放過你！不親手殺了你，我嚥不下這口氣！」

「別這麼說，這樣怎麼行呢，我還不想死。」

怎麼辦？

向艾絲特求救嗎？

現在大半夜的，吵醒她也不好，而且這樣一定會讓專屬女僕蕾貝卡瞧不起我。為了和鄰居愉快相處，這種事能避就避。

再說，如果又用火球把事情鬧大就麻煩了。

「要怎麼做才能放過我呢？」

「放過你？我為什麼要管一個平民的死活？」

「…………」

這下沒搞頭了。

根本找不到商量空間。

若對方是女性，還可以當SM來享受，被男人施暴完全高興不起來。而且他還很激動，話說得很大聲，害我很怕會吵到鄰居。

啊，對了。先換個地點吧。

「這裡會打擾到其他住宿生，我們換個……」

就在我說話的同時。

我房間的門突然開了。

「那個，田、田中先生，我給您做了消夜……」

現身的是俏麗女僕。

手上的盤子，盛著像三明治的漢堡。

不會吧，她竟然送消夜給我這中年光棍。守夜這麼多天，她是第一次給我送消夜。我真是太高興啦。

說不定是餐廳的事賺了一些好感度。雖然可以說根本沒帥到，她對我還是有些感謝之情吧。但這純粹是我胡亂想像，如果是真的就太好了。

我們的距離又縮短一步啦。

只不過時機實在太糟了。

「……原來她是你的專屬女僕。」

「是啊，和我之前介紹的一樣。」

男學生A臉上泛起動歪腦筋的笑。

而女僕一見到他就快哭出來了。

「那、那個！……這、這、這位貴族不就是……那位……」

「蘇菲亞，不好意思啊。我晚點再回去吃，妳先回房間……」

「女僕！妳也給我過來！」

「遵、遵命！」

被男學生A一吼，蘇菲亞的腳就自己動了。

慌慌張張跑到他跟前。

我家女僕對權力真是弱慘啦。

「哼，一個平民也有女僕服侍，成何體統！」

男學生A手大力一揮。

「呀啊……」

端在蘇菲亞手上的盤子，就這麼被他打翻，啪一聲摔碎在靜謐的走廊。當然，盤中給和風臉吃的消夜也躺在地上摔爛了。

消夜劃出拋物線，比先落地的盤子飛得稍遠幾分，掉在和風臉腳邊，艾絲特房間門前。啪噠，夜深人靜的學生宿舍走廊上，響起極為悲哀的聲音。

「…………」

「……你那眼睛是什麼意思？」

喂喂喂，麻煩你別瞧不起處男。

這肉體可沒那麼脆弱，不會見到美少女親手做的消夜掉到地上就直接放棄。沒問題，完全沒問題。有個偉人說過，食物落地三秒之內都還能吃。現在的我，哪怕三百秒都沒在怕。

這可是有生以來第一次有異性送禮物給我啊，而且是親手做的。

非吃不可。

豈能讓它無疾而終。

「真是太糟蹋了……」

我的身體即刻動作，往地上的愛心餐伸手。

腿自然彎曲，就地蹲下。

同一時刻，附近響起乒乒乓乓的大碰撞聲。從哪裡傳來的呢？正是並列於這條走廊的門板之一另一邊，也就是離我最近的艾絲特房裡。

「……這是在吵什麼？」

男學生A也不解地這麼說。

緊接著，那扇門猛然掀開。

從門後現身的，是個一身黑衣，可疑到極點的人物，而艾絲特和她的專屬巨乳女僕就在後頭，想必是在追他。

「唔喔！」

黑衣人衝出門口以後，很不幸地被和風臉絆倒了。

被只是想撿三明治的和風臉絆倒了。

腹側被用力踢了一腳，當然痛得我吱吱叫。有夠痛，這麼冒失幹什麼啊，莫名其妙。更慘的是，他還偏偏把我的三明治踩爛了。學校沒教你晚上不要吵鬧嗎！

而黑衣人也煞不住車，踉蹌地向前摔在走廊上。前方的男學生A和他撞成一團，像保齡球瓶一樣飛出去，撞上走廊的牆。

蘇菲亞沒有遭殃，算是不幸中的大幸。

「田中先生，做得不錯嘛。」

「咦？啊……」

耳生的聲音使我抬頭。

赫然見到蕾貝卡悠然躍過縮成一團的我頭上。

看到內褲了。

看到她的內褲了。

女僕裙底下，那條黑色的綁繩內褲都卡進小縫縫裡面了。

遮不住的毛毛吐露著生命的氣息。

「沒、沒事吧？有沒有受傷？」

「沒有，我、我沒事……」

跟在蕾貝卡之後，艾絲特趕到和風臉身旁來。她很關心我的狀況，肩呀背地摸來摸去，有傷都被她摸好了。

不愧是蘿莉婊，很懂得駕馭男人嘛。一個不小心就要愛上她了。

「那個黑衣人該不會是刺客？」

「對。不知好歹，又從窗戶殺來了。」

「真是的，那妳身上有沒有怎麼樣？」

「你、你這是在擔心我嗎？」

「是啊，當然的嘛。」

「好感動喔！你這麼關心我，我都要濕了！已經濕了呢！」

「有必要的話，我可以放個治療魔法……」

「我沒事！一點擦傷也沒有！蕾貝卡打跑他了！」

那真是太好了，差點就治療她的腦袋。

聽了令人放心的消息後，我的視線自然轉向黑衣人。

刺客二號正試圖以撞牆當時的姿勢起身，但是再慌也沒用，蕾貝卡就擋在他面前，死棋了。完全無處可逃。

同時，可能是摔得歪七扭八的緣故，蒙面用的頭巾安靜無聲地掉到地上。

外表看來相當紳士。

年約五十歲中旬，有張老練管家的帥臉。銀髮全往後梳，美人尖的髮線退得有點高，但在這年紀反而顯得十分可靠，非常適合穿西裝的樣子。

「阿……阿諾？你怎麼會在這裡……」

一件到他的長相，男學生A就喃喃這麼說。

看來他們認識。

「什……」

稱作阿諾的帥大叔也驚愕地瞪大了眼。

視線指向和他癱倒在走廊上的男學生A。

兩人之間肯定有所關聯。

「原來如此。企圖殺害我家小姐的刺客，叫做阿諾是吧。話說回來，哈根貝克家的公子在這裡做什麼呢？您的房間不是在下方樓層嗎？」

蕾貝卡能作艾絲特的女僕，可不是虛有其表。她對貴族社會有相當程度的了解，也曉得男學生A是什麼人。大概是腦中已經完備主人生活圈內的所有知識。好個優秀女僕。

「喂，阿、阿諾！這到底是怎麼回事？」

「少爺，我對不起您……」

「對不起？有空道歉的話就快跟我解釋啊！」

阿諾已經完全就範。

失去奪門而出的氣勢，軟趴趴地癱在當場。這年紀的男人坐在地上縮成一團的樣子，瀰漫著濃濃的哀愁。活像一屁股貸款卻慘遭裁員的上班族。

和弄不清狀況而鬼吼鬼叫的男學生A形成強烈對比。

既然稱他為少爺，阿諾在他家裡肯定是傭人身分，這樣的人竟然來行刺艾絲特。喔。

哈根貝克家要完蛋嘍。

而且是因為公子犯的錯。

「田中先生，請您帶大小姐回房。」

「咦？啊，好，我知道了。」

「大小姐，我需要把這些人抓回家裡，請原諒我暫時離開崗位。視情況，也有可能整天都無法回來，還望您恕罪。」

「知道了！」

「謝大小姐體諒。」

恭敬低頭以後，蕾貝卡便走向那對主從。

一雙銳眼揪住哈根貝克家的公子。

「……咿！」

看來連綿幾天的夜哨生活，終於在今天結束了。

*

隔天，學校裡出現一個傳聞。

說是這個國家的稅務次長西蒙・哈根貝克企圖殺害費茲克勞倫斯家的千金伊莉莎白・費茲克勞倫斯，卻被千金本人擊退。

雖然有點誇大了艾絲特的表現，但昨晚所見基本上也是如此。

兩家的勝負，似乎在蕾貝卡扭送以現行犯遭逮的刺客回費茲克勞倫斯家時就已分曉。為盡快查明刺客的背景，費茲克勞倫斯家的人當晚就殺進哈根貝克家了。

若當時讓阿諾跑掉，這場暗殺風雲還有得演呢。

至少身分不會敗露。

結果因為發包人的公子出了一個無聊的小包，就搞得家破人亡。據本人和風臉分析，哈根貝克家的敗因就是公子糟蹋蘇菲亞替我做的消夜。

對我們來說，實在是非常幸運。

我不得不崇拜身旁這位蘇菲亞，LUC真的不是高好看的。在這件事上，我和艾絲特都受了她的恩惠。碰巧招惹到的人，竟然是暗殺主使的兒子，很少有這麼巧的事。

包含我不必再保護艾絲特，一次解決了兩個問題。

「不愧是費茲克勞倫斯小姐！」「我就知道您很厲害！」「您真的讓人好崇拜喔，費茲克勞倫斯小姐！」「下次茶會上，請您一定要說說您的英勇事蹟！」「我也要，拜託您一定要告訴我！」

多虧於此，艾絲特在學校裡的股價漲到飛天了。

人稱親手擊退卑鄙刺客的高強公爵千金。

與她一同上學的醜男也因為假象後宮壯大而高興得不得了。

「沒什麼了不起的啦。」

「啊啊，您真是太謙虛了，費茲克勞倫斯小姐！」

「費、費茲克勞倫斯小姐，其實我已經愛慕您很久了！」

「拜、拜託，妳這樣會給費茲克勞倫斯小姐添麻煩啦！」

「費茲克勞倫斯小姐，我有這個榮幸邀您到我主辦的茶會賞光嗎？」「我說妳啊，臉皮也太厚了吧！」

有夠熱鬧。

話說回來，兒子出個包，老爸幾個就要掉腦袋，這所學校真可怕。擔任稅務次長的哈根貝克家，好像被上司某某財務部長切割，全家被冠上各種罪狀，一次肅清掉了。

除了主謀父子外，同樣在這裡念書的女兒莉莉希雅，也在受盡凌辱拷打後上了斷頭臺，而且是斬首示眾。這一切，都是因為他們招惹到了艾絲特。若是衝著和風臉和蘇菲亞來，根本不會有這種事。

公爵家好可怕。

費茲克勞倫斯家好可怕。

權力到底有多大啊？

真的會讓人認真考慮未來怎麼和她相處。

「臉色那麼凝重，你、你怎麼了嗎？」

「沒事，請別在意，艾絲特。」

「是嗎？有任何困擾都可以告訴我喔！」

「沒有沒有，我這沒什麼需要麻煩妳的事。」

「替你服務就是我的快樂！不要跟我客氣喔！」

「不了不了不了，所謂再親密也要講禮儀嘛。」

這自然讓我重新認識到魔導貴族有多好用。

這位蘿莉貴族堪稱是最後的武器，簡直像個不會煞車的直線競速賽車，不可以隨便向她許願。一個豪門大小姐能跑去冒險，真的不是平白無故。

往後要特別小心地拿捏我們的距離。

「艾、艾絲特！」

突然有人大聲喊她。

誰啊？

圍繞艾絲特的女學生自然退開，讓路給喊她的人。

只見分兩側的人牆另一端，又來了個認識的人——作騎士裝扮的亞倫。

「……亞倫？你跑來這裡做什麼？」

「我、我有話要對妳說！」

「我可沒有喔。」

「拜託妳，一下下就好，真的一下下就好，給我一點時間吧？」

「聽你說是沒關係，可是我不想再聽你說有多愛我。我能給你的時間，就只有作朋友的時間。其餘的，我全都給他了。」

能感到艾絲特往我一瞥。

她也太愛我了吧。

受不了啊。

聽她這麼說，亞倫似乎是百感交集。

「…………」

他下定決心般緊緊握實了拳，繼續說：

「我了解了。艾絲特，我了解了。」

「真的？我可是完全不想了解你喔。」

「我要退出騎士團，捨棄亞倫這個名字，最後還會離開這個國家吧。可是，我這麼做並不是因為對妳死心，我一定會回來，回到妳身邊的。到時候，我會成為一個配得上妳的男人！然後再一次贏得妳的心！」

這帥哥是怎樣，突然說一堆肉麻的話。

話說，退出騎士團不好吧？

這麼有面子的工作不好找。

之前還聽說你是同梯裡地位最高的耶。

「那個，亞倫，你不要退出騎士團比較好吧？」

就連艾絲特都替你可惜了。

正因她是豪門貴族，特別懂得地位的重要。

「不，我心意已決！」

亞倫……亞倫他病了。

帥哥和女人都特別怕孤單啊。沒人陪的時間一長，難免會犯憂鬱。對孤單有強韌抵抗力，能以年為單位隻身活動的，只有我們頂尖醜男而已。

「亞倫先生，不要心急啊。」

這裡無論如何都要阻止他。

他是個帥哥，又懂人情世故，不管在哪裡都能成功。只要不是誤闖同性戀的國度，我有預感他都一定能成為一個大人物。這樣的帥哥，經過一番遠征之後，凱旋歸來時的股價可想而知。而且還要在旅途當中建立民族大融合的後宮。啊啊，就是這樣沒錯。

然而，那不曉得要等到何年何月。

不用等他回來，艾絲特就會舊情復燃。

「你們兩位現在都不夠冷靜，給彼此一點時間吧。」

不難想像艾絲特為了尋找亞倫而搞出各種麻煩，將旁人全部都拖下水的情境。屆時，最倒楣的就是離她最近的我。最近的戲都這麼演。

拜託別讓我受這種累。

我不想再被自走炮和小婊妹的事搞得暈頭轉向了。

「不，我很冷靜，田中先生。」

「那你更要重新考慮啊，亞倫先生。」

「你是個非常值得尊敬的人。我自己很清楚，現在的我連與你相比的資格都沒有，甚至不許站在你身邊。」

「哪有這種事，我從沒見過像亞倫先生品德這麼高潔的人呢。」

怪了，艾絲特也好，亞倫也罷，魔導貴族也一樣，怎麼每個人都是想到什麼就堅持到底。難道這是全國共通的民族性嗎？行動力和決策力強到不行，教人手心冒汗啊。

另外，騎士裝扮的亞倫大呼小叫，引來了很多學生圍觀。

尤其是女學生，根本是想和帥哥做愛的來這裡數也數不完。

有點看不下去啊

「承蒙田中先生讚賞，我感到十分光榮。」

「呃，那個，亞倫先生……」

他的眼神很有事。

就像是充滿決心與使命感的勇者眼神。

你看，已經有好幾個女學生看到恍神了。恍神了啊！來為心愛女友訴情衷卻立刻迷倒其他女人是哪招，且偏偏主角艾絲特完全不為所動。

若是以前，她也變成愛心眼了吧。

「好吧，亞倫。我明白你的決心了。」

「謝謝妳，艾絲特。」

「愛怎麼做都隨你，我是不會改變心意的。」

「我定要改變妳的心意。」

兩人眼神熾熱地正面相視。俊男美女這樣做，畫面實在美得讓人吐血啊。背景是內裝典雅氣派的學校走廊，也加了很多分。簡直像電影劇照。

很抱歉，有個醜男不小心入鏡了。

「那就這樣吧，亞倫。你保重身體。」

「我已經不是亞倫了。」

「對、對呀……你說得對。可是，沒有名字很不方便耶。」

真的是帥到沒話說。

帥到艾絲特都怕了。

愣到一半，亞倫的帥火燒到我這來了。

「田中先生，我有個不情之請，想請你成全。」

「咦？啊，好，你說吧。」

「這件事只能拜託你了。請你、請你賜給我一個新名字吧。」

「咦……」

這又是哪招？

劇情跑太快了吧。

腦子病成這樣，送他去旅行很危險耶。

「你是我最尊敬的人，所以我希望由你給我賜名。這是為了讓我牢記總有一天要與你並駕齊驅，也是為了讓你記住有我這麼一個人。」

「這、這樣啊。」

突然跟我討名字，我一時也想不到啊。

這是這國家的習慣嗎？

還是帥哥流的耍帥法？

無論如何，這場面也不容我拖延。

觀眾不會放過我。

呃……既、既然這樣……

「我就賜你齊藤之名吧。」

一這麼想就不小心說出口了。

糟糕。那不是名字，是姓啊。

「謝謝田中先生。從今天起，我就叫齊藤。」

「好、好的，很高興你喜歡。」

算了，這國家的人也分不出來吧。

大家也都叫我田中。

話說回來，你真的覺得這樣好嗎，亞倫？

「那麼，我還有地方要去，就先告辭了。」

「好、好吧，慢走……」

「嗯。再見啦，齊藤。」

艾絲特已經開始叫他齊藤啦。

這孩子適應得真快。

「…………」

「…………」

在和風臉、艾絲特以及大批圍觀學生的目送下，改名齊藤的亞倫颯然轉身，從我們面前離去。怎麼說呢，這種用背影道盡千言萬語的感覺，真的帥到極點。連退場都這麼帥，實在是男人的夢想。

可是我怎麼覺得，剛才的話好像在哪聽過。

怎麼想都想不起來。

「…………」

管他的。

既然想不起來，多半不怎麼重要。

我放棄無謂思考，前往暌違已久的課堂。

好像要考試。

＊

今天考的是鍊金術實技。

說穿了就是製作魔力藥水。只要喝了能恢復魔力，無論恢復多寡，都算是通過考試。

「……魔力藥水啊。」

糗了。

我不會做這個啦。

艾迪塔老師的配方裡沒有這種東西。

獵龍那時，魔導貴族當某乳酸飲料喝得很開心的東西就是它。還記得是有點濃稠的藍色液體。早知會有今天，當時應該借喝一口，不然我連什麼味道都不曉得。

再說口服就能恢復魔力，到底是什麼感覺啊？

自動恢復魔力的技能，這次好像反而扯了我的後腿。

「各位請開始。」

主考官一聲令下，學生們一起開始動作。

地點在學校眾多教室之一，構造類似家政科教室，可能是過程類似烹飪實習吧。只是那跟一般家政科教室給人的白淨的現代化印象不同，比較偏中世紀奇幻的格調。

整體像是高級飯店的貴賓室。有拋得晶晶亮亮，木紋高雅的附工作檯櫥櫃，還有二三十口磨到會反映周圍景物的銀製水槽，排得整整齊齊。

「…………」

我不自禁看看周圍，其他學生已隨考試開始的號令匆忙動作。每個人都是用功的好學生，讓遲遲不動手的我格外顯眼。

「田中同學，怎麼了嗎？」

看吧，馬上就被老師盯上了。

第一天也見過她，是個講話很快的人。名字嘛，記得是叫做莉迪亞・南努翠。年約三十中旬，具有熟年婦女的氣質。最大特徵是她安詳的眼睛。

教師也都是貴族吧，她寬鬆的袍子上還披了件金色刺繡的灰斗蓬。穩重褐色長髮束於肩部，披在胸前，髮梢流入豐乳深溝的部分特別搶眼。

她是人妻嗎？是人妻吧。肯定是人妻。

攻略人妻，等我轉職成自走炮以後再說。

當作遊戲破關以後的獎勵。

「啊，沒有，沒有任何問題。只是在想一些私事。」

「是嗎？如果身體有哪裡不舒服，儘管說沒關係。」

「不好意思，讓老師費心了。」

「法連大人對田中同學讚譽有加，說是世上罕見的魔法師呢。我也很看好你的表現，就請你示範給其他同學們看看吧。」

「哪、哪裡，實在是過獎了。」

「我是第一次見到法連大人這樣大力誇讚過一個人，所以我相信他絕不是過獎，他甚至還沒誇夠呢。經常說要找一天和你坐下來，好好聊魔法的事。」

「……這、這樣啊。那就請多指教了。」

「好的。那麼，我繼續監考了。」

「好……」

怎麼會這樣。

好像又被魔導貴族特別關照了。

怎麼辦？

在這裡失敗恐怕會丟他的臉，鬧出很多問題。

「考試加油喔！」

而且不曉得怎麼搞的，艾絲特竟然就在我旁邊的工作檯。

笑容不曉得在燦爛什麼。

妳不是說妳沒鍊金術學分嗎？

「我、我會的……」

她的存在免不了引來周圍學生的注意，好難受。

這樣讓我想作弊都很難耶。

「…………」

等等，不可以遇到危機就自亂陣腳。

冷靜點。鎮定點。我是不曉得魔力藥水的配方沒錯，可是我熟讀了艾迪塔老師的著作，記得非常豐富的鍊金產物配方。

透過拆解配方中各步驟用意並分別評估，最後重新組合之後，就算做不出老師想要的魔力藥水，也能做出會恢復魔力的其他藥劑吧。

只要有實際效果，就算只有麻雀淚滴般大，再利用魔導貴族的賞識，就很有機會強行突破。例如聲稱它是開發當中的次世代魔力藥水，不管效果高低的問題硬衝到底。

「……對，只能這樣了。」

我喃喃地下定決心。

我不經意地朝艾絲特一瞥，見到她也十分認真地面對考試。兩眉皺得倒豎，還「嗯……嗯……」地低吟。這樣她也不太可能來鬧我吧。

好，開始了。

跟他拚了。

回頭想想，我好像是第一次為了有關鍊金術的事動這麼多腦筋。

「呃……」

工作檯櫥櫃擺放著考試所需的各種材料和器材。器材方面，我心裡已經大致有底，檯上準備的和艾迪塔老師工作室裡的也很類似。至於材料方面，一半是沒見過的神祕物體。

「…………」

好吧，暫時忽視這些神祕物體。

我的ＬＵＣ沒高到亂摻不認識的東西還能成功。

穩紮穩打，腳踏實地去做吧。

「……主菜就是它了。」

我將不用的材料推到工作檯角落，拿起可以作主戰力的植物。它貌似染成紫色的韭菜，不僅是佩尼帝國，走到哪裡都很常見。算不上藥草，卻又比雜草高一級，有窮人的沙拉之稱。

為方便稱呼，我叫它紫色韭菜。

大家都知道，這紫色韭菜沒什麼營養。然而在艾迪塔老師所著的《我與貧窮》中提到，利用特殊方式提煉能將其色素還原成微量魔力。

「微量到底是多少啊。」

總之先試試再說。

我將紫色韭菜塞進燒瓶，加水用火球燉煮，抽出一支普通保特瓶分量的色素。這讓我想起小時候用牽牛花做顏料，當暑假作業自由研究的時光。好懷念啊。

抽好韭菜汁以後，還要再蒸餾。

艾迪塔老師曾寫到，重點在於蒸液通過冷卻器時的加工。得在冷卻當中照射強光，使色素的某些成分變質，這會讓累積於色素當中魔力釋放到蒸液中。

於是乎，火球又要出場了。這次是當燈來照。

我叫出排球大的火球，緊捱著用力地照。

周圍不曉得我在做什麼的同學挫得要死，但我華麗地無視。

這種韭菜好像會從土壤吸收本來就存在於自然界的微量魔力，並儲存為養分。而老師假設其顏色正是來自於魔力，並成功證實。這一連串的萃取，就是她在驗證過程中找出的方式。不愧是老師，好想上她。

「……好。」

完成了。

成功抽出了小瓶裝威士忌分量的紫色液體。

「…………」

可是微量魔力到底是微到什麼地步呢？

好好奇喔。

我將食指伸進燒瓶，沾一點試吃。

「……有夠難吃。」

好像青菜汁摻精液的味道。

別說能否恢復魔力，這樣根本就無法下嚥，以口服液而言是致命缺陷。前往沛沛山的路上，曾見過魔導貴族和艾絲特大口灌魔力藥水的樣子。

如果味道這麼糟，不可能一口接一口吧。

急需改善。

「……對，有這麼一個專欄。」

我想起艾迪塔老師所著的《我與美食》中，記載了如何在不影響成分的情況下，將不好吃的產品加工得容易入喉的方法。

做法因對象而異，記載了各種方式。

最簡單原始的，就是製成粉末後配調味料一起吃。要尊重奇幻世界背景的話，也可以用魔力變成各種不同的樣式。

這次就單純做成粉末，再壓成藥錠吧。只要能配水吞下肚，味道如何並不重要。

「既然這樣，還想再加點工作成膠囊那樣耶……」

包一層脂質之類的好了。材料正好桌上都有。有形似胡桃，叫卡斯果的果實。裡頭包覆像起司一般，在常溫下會維持固態的精華液。

成分對人體無害，可直接食用，在鍊金上則會溶於水中當觸媒廣泛使用。就像起司鍋那樣，替藥錠上膜吧。

換句話說，就是給蛋糕上一層巧克力。這樣就能完全阻隔那種苦澀，維持口腔舒爽。不怕小孩抗拒，弄甜一點也會更受女性喜愛。

很好很好，感覺不錯喔。

前途愈來愈光明啦。

*

考試已進行一段時間，每個人都準備進入最後程序。

不斷在教室裡來回踱步，觀察學生狀況的莉迪亞女士也出現變化。她看看牆上時鐘後稍微加快腳步，返回教室前端的講桌。

接著環視所有學生，下達進一步指示。

「時間快到了，請對藥水灌注魔力。」

「咦？」

等一下，沒聽說過這種事啊。

灌注是什麼意思？

怎麼回事？

「田中同學，怎麼了嗎？」

「沒、沒事，請別在意……」

不小心叫出聲了啦。

因為我不知道嘛。

在我為突來的指示困惑時，她接著機關槍似的說明：

「課堂上我也再三強調過，魔力藥水是用來彌補自然恢復的速度。當魔力灌注於藥水型式的媒介後，可在短時間內使人體有效吸收，魔力藥水的回魔效果便是來自於這點。」

真的嗎？

從沒聽說過。

因為我沒機會用魔力藥水嘛。

「雖然優秀的魔法師會擁有強大的自然恢復力，但遠不及魔力藥水的恢復效率。因此，人體吸收率和魔力的儲量，將決定魔力藥水的品質。」

我跟著看看四周。

見到每個人桌上的燒瓶裡都裝有液體。

藍色的液體。

他們都對燒瓶攤開手掌，發病了似的唸唸有詞。

「在灌注魔力的步驟上，程度低的施術者可能要花多些時間。對於我們製作藥水的鍊金術師來說，重點在於如何提升人體吸收率，以及每劑藥的儲量。」

原來如此。

總之就是像捐血、周邊血液幹細胞移植那樣。在健康時存一些起來，有急用時再消耗的補給品。與其說是藥，不如當藥引看待。

這下誤會大了。我始終都以為是天然萃取的維他命那樣，可以單方面耗用，沒想到要回多少魔得先自己提供。艾迪塔老師書上都沒寫。

這在鍊金術之中，恐怕是相當初階的常識吧。

真好奇這種東西要怎麼樣量產，會是僱用一大堆魔法師，排在工廠生產線之類的地方嗎？還是像小賣店那樣，由店員自行填補呢？無從知曉。

「…………」

各種疑問冒個不停。

不過因此理解的事也不少。

總而言之，我現在狀況很危險。

怎麼辦？

重點是吸收率啊。了解。還有儲量是吧。受益匪淺，謝謝老師。茅塞頓開啊。而且是炸開。這就是為什麼做成藥水——液體形式的原因吧。

這麼重要的事，我現在才知道。

手邊的工作檯，擺著我用渾身解數做出來的藥錠。老師要的是藥水，我卻做了別的東西。長得好像做壞的汽水糖。

我只著眼於恢復魔力這個功能，其他什麼也沒看見。這是外行人常犯的錯吧。老師都說了做什麼不聽清楚，搞錯方向亂做一通的人，任誰都見過。沒錯，那就是現在的我。

再用水溶開吧。

「…………」

做成溶液以後，青菜汁的味道就要復活了。

有極大殺傷力。

可是不溶嘛，連評分的資格都沒有。

時間緊迫，該怎麼辦才好呢？

「那麼，我從前面的同學開始驗收。」

唔喔喔，莉迪亞老師動身了。

每個學生都順利地對自製藥水進行魔法祈禱。

就是在灌注魔力吧。

「…………」

想來想去，想不到好辦法。

時間就這麼在我苦惱之中流逝，一瓶又一瓶藥水受到驗收。老師是各喝一口，判斷有無功用，當場給成績。聽到「及格」二字，少男少女緊繃的表情便轉為笑容。

而且看樣子，不及格的一個也不會有，真傷腦筋。只要有一個不及格——不，哪怕是效果低到老師會皺眉頭，就能多少淡化這假汽水糖的洋相吧。怎麼每個都這麼優秀啊。我的同學真是太棒啦，崇拜喔。

「…………」

老師終於來到旁邊，艾絲特的工作檯。

「費茲克勞倫斯同學，妳確定嗎？鍊金術的考試，即使及格，對其他學科的分數也不會有任何幫助。萬一不及格，反而是個無謂的汙點。」

「對，我確定。後果我自己承擔，請老師驗收吧。」

「知、知道了。有心拓廣學識是件好事。」

確定不曉得在想什麼的金髮蘿莉願意接受考試後，莉迪亞老師顯得有些遲疑了。這個大貴族千金平時就備受矚目，最近又因為獵龍與暗殺未遂事件而話題不斷，自然需要審慎應對。

「這就是我做的魔力藥水。」

艾絲特指著工作檯上裝滿藍色液體的燒瓶說。

「好的。那、那我就喝了……」

與面對其他學生時相比，莉迪亞老師喝這瓶藥水的表情緊張了些。隨著燒瓶傾斜，裡頭的溶液流過脣上，落入咽喉。

咕嚕，咽喉發出細小的吞嚥聲。

圍觀的學生也相當緊張。

片刻——

「……雖然有點粗糙，但無疑有其效果，及格了。」

「謝謝老師。」

想不到會驗收及格。

圍觀的學生剎那間全叫出聲，每個都是在讚賞她的成功。一次也沒上過課卻漂亮通過考試，能力之高讓他們佩服不已。

我也很驚訝。

滿厲害的嘛，艾絲特。

只靠考試拿學分的人，真是帥透啦。

「費茲克勞倫斯小姐好厲害……」「所以屠龍的傳聞是真的嘍？」「那當然啊！這什麼傻問題啊！」「她一次都沒上過課吧？」「我、我記得，費茲克勞倫斯小姐專攻的是屬性魔法沒錯。」

在眾人連聲誇讚下，金髮蘿莉滿面春風。

最後從容大方地坐回椅子上，表情是貴族最會的得意臉。依我看，就算她連講義都沒拿過，也是在自己房間裡念了不少書，不然不可能有這樣的成果吧。

「…………」

我再找機會問問她的專屬女僕蕾貝卡好了。

臭傲嬌，比我想像中還勤勞嘛。

艾絲特結束後，下一個就是我了。

「…………」

既然如此，也只好……那樣了。就是那樣啦。

管他的。

溶就溶。

「田中同學，讓我驗收你的藥水吧。」

隨莉迪亞老師的視線轉來，我將假汽水糖丟進裝滿水的燒瓶裡，發出悅耳的「噗通」聲。

已經沒退路了。

同時，透明的燒瓶裡就像發泡入浴劑丟進浴缸一樣冒出一大堆泡泡，多到可以撼動盛著燒瓶的木支架。

這是怎樣。

不要啊。

求你不要。

我不要這種效應啦。

「這、這是……」

莉迪亞老師詫異地盯著燒瓶看。

其他學生也一樣。

啊啊，怎麼辦？

為什麼會冒泡啊？

周圍的視線好刺痛。

痛死啦。

以前也有過這種感覺。學生時期，我曾在安靜的課堂上試圖以噴嚏掩飾屁聲，結果時機抓不準，變成哈啾噗。現在的氣氛就跟當時一模一樣。自此之後我就多了個綽號叫「連段哥」。

然而現在還煩惱這個也沒用。

只能聽天由命了。

「請稍候，我這就灌注魔力。」

我跟著依樣擺姿勢。

手拉坏的姿勢。

毫不保留地發揮經克莉絲汀一戰淬鍊過的唬功。

「哼……」

我胡亂低吟一聲，想像朝手掌前方傳送魔力之類的東西。田中呼叫青菜汁，青菜汁請回答、青菜汁請回答。像使用治療魔法一樣，朝燒瓶發送電波。

還真的有點魔力洩掉的感覺。

不知道是不是跑到青菜汁裡了，無從驗證。

但燒瓶裡不停冒泡的液體裡出現反應。

「怎、怎麼了……」

莉迪亞老師再次驚呼。

與其呼應般，燒瓶裡發出炫光。

現在又怎麼了啦。

隨便隨便。

愛怎樣就怎樣啦。

光量壓過室內燈光，將視線完全抹白，強到所有人都不禁遮眼，部分女學生還嚇得尖叫。當然，我也閉上眼。

一會兒後，眼皮底下的白逐漸轉為原來的黑。

發光現象持續幾秒就開始減弱。

等光芒完全停息，我才戰戰兢兢地張開眼睛，查看面前的工作檯。燒瓶平安無事且不再冒泡，變成清澈的苔綠色液體，乍看之下有茶的感覺。紫色跑哪去啦？

老實說，如果要我喝，我會全力 no, thank you。

「這樣完成了，麻煩老師驗收。」

可是，今天要喝的是莉迪亞老師。

所以沒問題。

儘管放心。

我已經準備好放治療魔法了。

不管接下來發生什麼事，我都會救妳一命的，人妻莉迪亞。

讓妳四肢健全地回到丈夫身邊。

這年紀的女性，應該早就喝慣有腥臭味的液體了吧。

「……好、好的。」

莉迪亞老師的手忐忑地伸向燒瓶。

瓶口碰上她美形的嘴唇。

液體隨瓶身傾斜流動，入侵她的嘴。

好騷啊。

熟女飲食的畫面真騷。

這麼想時，莉迪亞老師眉頭大皺。

還激烈地咳個不停。

吐出的液體灑在腳邊，弄髒地板。

「唔……咳咳、咳咳……這、這個……味道……」

我就知道。

不試喝是對的。

「對不起，看來我是實驗失敗了。」

沒辦法，老實認錯吧。

同時先發制人。

「這、這該不會……是用佩薩利草……」

「對，我嘗試用隨處可得的材料來製造，看來是失敗了。」

喝一口就嗆成這樣，肯定不是實戰上能喝的東西。

魔力的恢復量也令人存疑，不曉得到底有多少。從老師的反應來看，可以當作失敗了吧。

既然如此，我就硬拚到底，把戲演完吧。

下定如此決心時——

「嘔、嘔嘔嘔嘔嘔嘔嘔嘔嘔！」

莉迪亞老師突然大口狂吐。

有這麼難喝嗎？

「老、老師，妳沒事吧？」

艾絲特上前關切。

莉迪亞老師跪在地上回答：

「髒、髒死了！竟、竟然讓我吃佩薩利草……」

原來是貴族不吃的東西。

窮人的沙拉不是叫假的。

似乎精神上的排斥比肉體更劇烈。

「你、你在藥水裡……加了佩薩利草？」

「這樣有什麼問題嗎？」

不是加，根本是主成分。

「其實那……那是一種，只會用來做試劑，再怎麼樣也不會吃的東西。平民也不太會吃，甚至不會拿來當家畜的飼料。頂多只有餓到受不了的貧民窟乞丐才會去吃。」

「這樣的東西怎麼放在這裡呢？」

「因為野草的魔力乘載力很高，可以當作低價的試劑使用。其實，學校的課本上說過，這算是這個地區的一般常識。該、該、該不會不是這樣吧？」

「這說法和我參考的書籍不太一樣呢。」

艾迪塔老師，妳當年到底是多缺錢啊？

不愧是寫了一本關於貧窮的書。

窮出一身傲皮賤骨啊。

好想用力抱緊餓到吃茅坑草的艾迪塔老師。

「莉迪亞老師，這真的實在太對不起您了。都是我的錯，請容我向您道歉。有必要的話，您要我怎麼補償，我都照做。」

「不、不用了，無……無所謂……」

臉色蒼白的莉迪亞老師無力地起身。

原本安詳的眼神彷彿不曾存在，變得辛辣。

「然而，這、這樣的東西，實在不能算是及格。」

「好的。我弄巧成拙，非常抱歉。」

「沒通過考試的學生，可是要留級的。你明白嗎？」

「我沒意見。請老師照規定去辦。」

「……好的。」

好耶，爽賺一年份留校權！

與蘇菲亞的同居生活比原先料想的多出一年啊，這樣想就一點也不壞。雖然做了給魔導貴族掛不住面子的事，但事情都發生了，再計較也沒用。我原本就是個沒水準的人，有這麼沒水準的想法也是沒辦法的事。

很好很好。

「那麼，今、今天的考試到此結束……」

由於我席次是最後一個，莉迪亞老師這就宣布考試結束，各自解散。

*

【蘇菲亞觀點】

上司莎布莉納小姐找我到校舍去，請我吃了好吃的甜點，還送我一些小禮物，讓趕回宿舍的我臉上不由得笑嘻嘻地。

經過某段走廊時，突然有聲音傳來。

發現那是來自前方的聲音後，我停下腳步。

「這、這實在太驚人了！如果用我的名字發表，別說不怕丟飯碗，要當上會長都有機會！呵呵、呵呵呵。足夠把拋棄我的前夫氣死好幾遍啊！窮男爵，等著看我飛黃騰達吧……」

聲音是從走廊上一扇稍微打開的門後傳來的。

應該是沒關好吧。

莎布莉納小姐說，這裡的房間內部都有設隔音魔法，只要關上門，聲音就不會傳到走廊。習慣以後，好像會有點恐怖。例如會發生這種事。

聲音的主人似乎是個年紀不小的女性。

說不定比我大上一輪。

「理事長欽點的又怎樣，不過是個平民，再怎麼抗議也拿我沒辦法。而且只要大肆宣傳以後，不管出什麼事，都能靠家族力量擺平。」

我不太想聽到這種話。

拜託饒了我吧。

最近這種事太多了。

萬一她知道這些話被一個小女僕聽見了，免不了動私刑砍我的腦袋。上一次是因為有艾絲特小姐幫忙才沒事，我作夢也不敢認為同樣的好運會再來一次。

啊啊，我怎麼會這麼倒楣啊。

「話說回來，這個魔力儲量也太驚人了，有中級藥水的水準吧？能一口氣灌注那麼多魔力，也真不愧是理事長推薦入學的人。」

有陰謀的味道。

不妙的感覺陣陣鼓動。

我給田中先生的飯加料時，也是那種感覺。

「呵呵，不過他也只有這種程度而已。肯定是作夢也沒想到以為失敗的藥水其實很成功吧。一想起他那張窩囊的臉就忍不住想笑，我的演技還是夠逼真的嘛。」

我很想掉頭，可是我來的地方是盡頭了，回宿舍一定要經過這裡。沒辦法，就在這裡等一陣子吧。萬一腳步聲被她聽見，可是攸關生死的。

「處理佩薩利草色素竟然就能得到這麼高的魔力儲存量，正常人絕對不會發現這種事。這是因為他是平民吧。呵呵，低層的人觀點果然不同。」

其實我待會兒還有衣服急著要洗，可是看樣子，恐怕是很困難了。不管是誰抓住誰的弱點而沾沾自喜啦，真的是有夠傷腦筋。

好想在太陽下山天氣變冷之前弄好喔。

「可是不管觀點是高是低，都跟他無關了，我會接收他的一切成果。要說唯一的問題嘛，就是那糟糕透頂的味道吧。讓人想起前夫那東西，噁心死了。那個人每次都要我吞下去……」

看來是沒機會了。

還不小心知道別人家的性生活，我根本沒興趣啊。

話說男人的那個是什麼味道啊？

說不好奇是騙人的。

「管他的。既然效果這麼卓越，花點功夫處理味道根本不是問題。現在重點應該放在學技會的發表資料才對。日子不多了，動作要快一點。」

學技會這個詞，我也有聽過。

好像是教師的研討會之一，其他學校也非常重視這所學校的研討會。教師會在這場研討會上，發表這一年來的研究成果。

學技會的評價，會影響到教師的升遷。如果結果差勁甚至會被開除。所有教師都有義務參加，無一例外。

學生也可以報名，不過非常罕見就是了。

「呵呵，就讓我有效利用這款試藥吧。」

又有一個可憐的平民成為貴族的墊腳石了。

學校真是個恐怖的地方。

聽見這種事的我，什麼也做不到。

我也不可能為了見都沒見過的人賭上自己的命。

不過身為平民代表，看同胞遇到這種事還是有點不甘心，就好歹把她名字記下來吧。往門上一看，很幸運地看到門上有面吊牌，說明這是什麼地方。

名字是莉迪亞．南努翠。

這層樓有很多學校教師和部分高級職員的辦公室，所以門牌上的名字，就屬於在這房裡哈哈笑的人吧。

不過我完全沒聽過就是了。

不曉得艾絲特小姐知不知道？

但為了這種事去打擾人家也不太好。

「呵呵、唔呵呵呵，這樣我就能爬得更高了。」

結果這位貴族又臭又長的自言自語，繼續延綿了一小時左右才停。

*

隔天早上，我的宿舍有個訪客。

「艾迪塔老師？」

「…………」

聽我一開門就下意識地喊她老師，她也不顧自己才剛到，轉身就走。我這才想起前幾天的約定，急忙訂正。

「艾、艾迪塔小姐！歡迎妳來我宿舍！」

「哼……真不曉得你記性是好還是差。」

「我沒想到妳會來，有點嚇到才忘記嘛。」

「天曉得。」

「別站著說話，快請進吧。」

「……打擾啦。」

我請老師進客廳。

金髮蘿莉上門啦。

蘇菲亞出去洗衣服，不在這裡。我什麼都沒要她做，她就自己去洗了，真是勤快的女孩。結婚以後一定是個好太太。

「請坐。」

「喔，謝啦。」

請老師在沙發坐下後，我馬上去備茶。

也就是最近艾絲特不時跑來我這喝的那款茶。

對著桌上兩個冒著熱氣的茶杯，我們開始對話。

「妳來是為了談那件事嗎？」

「沒錯，我想起來一小部分了。之前說會整理清單給你，不過這一項我想提早告訴你。」

「這樣啊，那我可要洗耳恭聽了。請說吧。」

「製造祕藥的必要材料之一，就是綠風精的翅膀。」

「綠風精的翅膀？」

又出現一個很奇幻的詞。

龍之後是風精啊。

「綠風精棲息在黑暗大陸中段，是高等風精的高階種族，翅膀有高純度的魔力。它能加速混合反應，進而影響原本不能影響的靈體，這就是回春祕藥的第一步。」

「原來如此。」

完全聽不懂。

無所謂，只要有材料和配方，不怕找不到方法。

上次鍊成就已經確定過了。

在鍊金術的世界裡，做新藥是件極為困難的事，仿製既存藥品卻非常容易。所以鍊金術師基本上不會洩漏自己的配方，也有類似專利的機制。

由於有這樣的背景，向她討配方的我，近乎是奪佔艾迪塔老師鑽研鍊金術所花費的心血。如今她還特地上門告訴我，可見她一定是個好精靈。

「那麼，我下星期就去找綠風精的翅膀。」

又要找交通工具了。

對了，還要問清楚這個黑暗大陸的地址在哪。

「……你是認真的嗎？」

「是認真的沒錯，有問題嗎？」

「那是黑暗大陸耶。而且不是沿岸，是中段的森林。

就算你有可以打倒紅龍的背景，那也不是人存活得了的地方，去那裡就像自殺一樣。」

這個黑暗大陸兄有這麼危險喔。名字是很嚇人啦，不過感覺上就像未經開拓的黑色大陸非洲，或是大航海時代的美洲那樣，看來是有點不同。

金髮蘿莉表情頗為嚴肅地給我忠告。

話說今天的老師是超可愛的雙馬尾版本，黑色蝴蝶結非常迷人，蘿莉度特高。

腳還翹起來，安定地露底。

黑色的。今天的老師是黑色的。

和蝴蝶結有搭。

愛死艾迪塔老師的內褲了。

糟糕，會勃起。好想推倒她。好想內射。

好可愛。好可愛。好可愛好可愛。

這個世界的法則就是有膜比沒膜來得可愛，還會跟醜男友善對話。

「你是我的救命恩人，我不能眼睜睜看你去送死。」

「……這樣啊。」

那麼，老師是怎麼做出祕藥的呢？

「恕我冒昧，結果老師還是得到材料了吧？」

「那完全是湊巧。以前我曾經和朋友到黑暗大陸去，得到許多寶貴經驗，其中一個戰利品就是風精的翅膀。」

「原來如此。」

「我是因為有材料，才找得出祕藥的配方。不是特地為了它去採集，而是因為手上有才拿來做實驗，結果做得很順利。」

這種事的確還滿常見的。

不少發明都是姑且試試手上材料，結果大獲成功。

不過，這也得具備足以得出正確成果的技術。

「話雖這麼說，當初冒險隊的成員也在黑暗大陸死了大半就是了，絕不是場圓滿的旅程。我們最後是千辛萬苦跑回船上，夾著尾巴逃離大陸。真虧當時能撿回一條命，現在回想起來還會發抖呢。」

「…………」

喔呼，看來需要多考慮考慮。

艾迪塔老師都說成這樣了，能感到黑暗大陸真的是很恐怖的地方。

晚點跟魔導貴族談談吧。

「知道了。我會冷靜考慮。」

「這就對了，這樣比較好。」

「是。」

「除了祕藥的材料和配方以外，如果還有什麼想要的就盡量開口吧。只要我這有，什麼都可以給你。再說，你也不用這麼執著於回春吧？明明還這麼年輕。」

「這、這樣啊。」

就算是客套話，誇我年輕還是會高興。

超過三十載的人就是這麼敏感啦。

「對了，你住的地方還挺不錯的嘛。我是聽說過王立學校的宿舍很厲害，實際上比我想像中更誇張呢。好像連一根柱子都是重金打造一樣。」

艾迪塔老師環視房間說。

似乎非常讚嘆。

「艾迪塔老師的工作室也很棒啊。」

「哼，少說那麼假的客套話。跟這房間比起來，簡直跟倉庫沒兩樣。」

「並不是客套話，我還打算在這裡仿造一間呢。」

高級公寓大樓和郊外的獨棟樓房各有各的好。若只由單一角度評斷，無非是給享受自居的方式施加無謂限制。

「即使搬來這裡，我還是很喜歡那間工作室喔。」

「……你真的這麼想？」

「真的這麼想。」

沾滿艾迪塔老師生活味道的空間，無價。

現在想想，當時應該多爽一爽。

舌頭好癢。

「這樣啊……」

「對。」

「那麼，我有一個提議……」

老師話說到一半，突然有聲音從玄關傳來。

「我回來了，艾絲特小姐也來了！」

看來是蘇菲亞回來了。

聲音很有活力。

她最近心情不錯的樣子。

會是找到新娛樂了嗎？

「嗯，你有客人？」

「不，是同房的室友洗衣服回來了，還帶鄰居一起來坐。」

「這樣啊，那今天我就到這裡失陪了。」

艾迪塔老師起身離開沙發。

翹著的腳分開時，我也逮到了露底的瞬間。

好像是低腰內褲。

超棒的。超棒的啦，老師。

「這樣啊？她們都是不會在意這種小事的人呢。」

「不了，我不太喜歡和不認識的人打交道。」

畢竟是精靈，說不定有討厭人類之類的設定。

同時，蘇菲亞和艾絲特從客廳門口露臉。

「哎呀，有客人呀？」

艾絲特見到艾迪塔老師而這麼問。

「是啊，這位是鍊金術師艾迪塔小姐，在城裡有一間工作室。之前那個藥的配方就是她研發的。」

「哦？那個藥是妳……」

「抱歉打擾了。請恕我走得這麼匆忙，告辭了。」

「哎呀，喝杯茶再走嘛。」

「喝過了，再見。」

艾迪塔老師逃跑似的匆匆離去。

看來她是真的不善於與人相處。

擅自認定她有溝通障礙後，突然覺得很親近。

玄關門開了又關的聲音傳進客廳。等到房外動靜消失，艾絲特才轉向我，表情較平時緊張幾分地問：

「你、你有精靈的朋友啊？」

「是啊，認識沒幾天而已。」

若算上她仍是靈體那時，要多加幾天就是了。

「……這樣啊？」

「我有很多藥的事要請教她。」

「原、原來如此……」

緊繃的蘿莉臉放鬆了些。

這個人真好懂。

「對了，找我做什麼？」

「咦？啊，沒、沒什麼，只是來問你想不想一起吃個飯。」

「這個嘛，的確差不多該吃飯了。」

「對啊！」

「那麼，可以邀法連閣下一起用餐嗎？」

「咦？法連閣下？」

「我有點事想請教他。」

沒錯，就是黑暗大陸的事。

*

我們成功在之前造訪過的研究室逮到魔導貴族，一起讓馬車搖了一會兒後，來到首都卡利斯的餐廳。看起來是很受貴族與富商喜愛，所謂高級餐廳的店家。

我們在四人桌位就座，享用午餐。

「你說黑暗大陸？」

「是的，我想你應該知道。」

蘇菲亞和艾絲特也來了。

與魔導貴族相伴，使蘇菲亞進入渾身發抖模式。艾絲特搶先佔據和風臉旁邊的座位，讓蘇菲亞非得坐在魔導貴族身旁不可，再加上店家環境十分高級，整顆心繃到硬梆梆。

緊張得腋下濕濕的蘇菲亞真是太可愛啦。

「……我曾去過那麼一次。」

「真的嗎？」

「是啊。對力量有自信的人，自然都會想去那裡闖一闖。」

「這樣啊。」

魔導貴族也是求知慾強烈的人，不去才怪吧。

「然後呢，會有大半的人在那裡受挫，再也不想到那裡去。大多是無法離開大陸，進了當地生物的肚子，最後只剩下引人恐懼與好奇心的故事，向故鄉傳達死訊。」

「……這、這樣啊。」

魔導貴族的語調比平時沉重了些。

看來那裡真的是很危險的地方。

「不過憑你的能力，說不定能打進深處。」

「深處是指？」

「習慣上，大陸靠海一帶稱為沿岸，往內有畫到地圖的區域稱為中段，前人未至的內陸則稱為深處。據說倖存者大半在抵達沿岸就能摸清自己的斤兩，到了中段，生存率就不到五成了。至於深處，這一百年來幾乎是沒有開拓過。」

「這樣啊。」

真是簡單易懂。

艾迪塔老師就是從那樣的中段回來的。

等級一定很高吧。

對了，還沒看過她的屬性。

「然後黑暗大陸的深處佔了九成以上。會用沿岸、中段和深處這麼粗略的稱呼，就是因為根本畫不出詳細的地圖。人或類人生物的據點，用一隻手就數得完，而他們都在沿岸活動。」

「這、這樣啊。」

說得淺顯易懂是很好，不過還真希望他能保留一點。

講得這麼可怕，不猶豫也難啊。

「其他人就算了，你問我黑暗大陸的事，就表示你想去吧？」

「還在檢討當中啦……」

「了解。話說，你還真是定不下來，跑來跑去的。」

魔導貴族喃喃這麼說，大口撕咬叉子上的肉。

真豪邁。

順道一提，店是他挑的，表示他很喜歡吧。

他身旁肩膀直直抖的蘇菲亞表情驚恐地用餐刀切肉。似乎緊張到不行的她腦袋火熱混亂中。厚厚的肉排，被她分解成小指尖大小的骰子肉中隊。

其實她先前到魔導貴族家那時，無意間聽見宅中女僕的對話，得知魔導貴族曾為魔法實驗，而砍掉自家女僕的腳，而這似乎徹底顛覆了她自以為稍微累積起來的權勢抵抗力。

好想放下刀叉，吸她腋下變色的部位。

「還遠不及你啦。」

「你這次又想做什麼？」

「詳情還不能透露，只能說是為了做某種藥。」

「……嗯，上次那件事給了你某些想法嗎？」

「是啊，可以這麼說。」

如果我也是他這樣的帥大叔就好了。

根本不用這麼勞心費力。

「那、那個，要去的話，學、學校不就……」

說到這裡，旁邊有反應了。

是艾絲特。

緊張得要死的口吻，挑起男人的保護慾。

「要去的話，就得請一陣子假了。」

「！……」

金髮蘿莉顫抖著瞪大眼睛。

她還真的很愛我。一想到她遲早會移情別戀，昨天的亞倫便猶如明日的我。說不定趁早替自己想個新名字比較好。

雖然我並沒有和她交往，如果她現在就甩了我，我也有玻璃心碎滿地的自信。喝個三天悶酒跑不掉。

「學校會准這種長假嗎？」

「嗯，只要你開口，我就幫你辦到好。表面上以休學處置。」

「了解，謝謝法連閣下。」

太好啦太好啦。

回來以後能繼續和蘇菲亞同居，不用擔心跑這一趟會犧牲掉她了。

不過這次太危險，再怎麼樣也不能帶她同行吧。

「話說回來，現在我沒有交通工具，得先從這裡下手就是了。」

「交通工具是吧……」

「是啊。」

這次旅行純粹是為了私事，不便請求魔導貴族為我出錢出力。無論是搭馬車還是用其他交通方式，都得從蒐集資訊開始。對於奇幻世界的行事方式，我還有很多要學的地方。

不曉得這世界有沒有旅行社之類的行業。在日本，旅行業是二十世紀初開始蓬勃發展；若以全世界論起，比較有力的說法是發自十九世紀中葉。從這世界的產業成熟度來看，恐怕不太有機會。

在我如此苦惱時，魔導貴族忽然有個提議。

「就我看來，你應該能用魔法直接飛過去吧？」

「……對喔。」

都忘了有這種東西。也沒人說一定要搭交通工具過去嘛。以之前和龍對戰時到處亂飛的感覺而言，只要眼皮撐得住，要我連飛一天一夜也可以。

魔導貴族所言甚是。

「說得對，感覺是飛得過去。」

「隔壁大陸最北端的港都，記得是叫彭奇吧，有開往黑暗大陸的飛空艇。搭上個世代的舊機型，大概需要兩個晚上。憑你飛行的速度，我看不用一晚就到了。」

「這樣啊。」

「對了，我勸你直接用飛行魔法，不要有走海路過去的念頭。」

「這是為什麼呢？」

「我聽說黑暗大陸的海域有海龍一類的強大生物出沒。」

「又是龍啊……」

奇幻世界的海裡果然也有龍。

既然他會這樣勸我，整個就是天然災害的感覺。差不多是颱風的等級吧。

「如果我再年輕個幾歲，或許也會想挑戰看看。」

「你還很年輕吧？」

「哼，同樣的話換作你來說，感覺倒還不壞。」

剛才艾迪塔老師發的正能量，我也分給魔導貴族一點。

好東西就該跟好朋友分享。

「不、不過，你要去也是一陣子以後的事吧？」

「是啊。聽說那裡非常危險，能事先準備的情資當然是愈多愈好，也得要找幾個願意同行的夥伴才行。能找到對當地有一定認識的人作嚮導更是再好不過。」

「……在首都卡利斯恐怕很難照到這樣的人，距離太遙遠了。」

「我想也是。」

先不論能否抵達黑暗大陸，好歹得先到彭奇探探消息再說。

「對了，彭奇離這裡有多遠？」

「搭馬車起碼要兩三個月。飛空艇專程的話，最慢的也只要十天左右。如果搭乘客艇，由於需要在各地轉乘，日程可能會有延誤，要多算個幾天。」

「這、這樣啊……」

看來想環遊世界也不是問題。

只是很花時間就是了。

＊

用過午餐、前往學校時，又有大事發生。

幾個憲兵慌慌張張地往我們馬車行駛方向跑去。其中一個趕到腳尖踢到石階，差點跌個狗吃屎。

金屬鎧甲響亮地「鏗鏘！」聲，自然引起周圍注意。圍觀群眾阻擋了馬車的行進，強行止住類馬生物的腳步。

車夫大喊馬車主人的名號，要眾人立刻退讓。憲兵聞聲也露出得救表情，一起大喊魔導貴族。

「法連大人！請問法連大人在車上嗎？」

平民這樣呼喊大貴族，應該是十分罕見吧。

「吵死了，出了什麼事？」

魔導貴族打開馬車門，只見幾個憲兵跪在路上。

他們渾身發抖，語調迫切地求救。

「萬分抱歉攔下大人尊駕！有、有要事向您稟報！」

「我不就問你們出了什麼事嗎！長話短說！」

見到對方沒半點魔力，魔導貴族立刻就拉下了臉。

仍舊是個貫徹原則的人。

艾絲特、蘇菲亞和我都從背後往外窺探。

「遵、遵命！有、有一隻龍飛到大人您府上去了！好大一頭巨龍！聽見過的人說，可能是上次那一頭！」

「……你說什麼？」

大叔的臉明顯緊繃起來。

「那頭龍坐在大人的院子裡，大聲威嚇著要我們交出一個叫『齊藤』的人！如果不趕走牠，周圍住宅恐怕會有嚴重災情！」

「…………」

「正好騎士團裡有個叫齊藤的人在辦退團手續，就先請他去應付了。不過他似乎不是巨龍想找的人，對話進行得非常困難。拜、拜託大人代為出面救救大家吧！」

我想起來了。

想起齊藤了。

這下糗了啦，我操。

「那個，那、那不就是……」

艾絲特青著臉問。

我也是腦袋一片空白。

要是害亞倫的大冒險還沒退團就炸掉，也未免太罪過了，至少要讓他撐到鄰鎮再死。喔，齊藤啊，你怎麼死了呢！

真的非常抱歉。

「不、不好意思，能請你趕回去嗎？」

「我知道！」

大叔點個頭，轉頭對車夫大喊：

「立刻驅車回府！」

車夫連忙對類馬生物揮鞭。

馬車就此直奔魔導貴族府。

＊

『你又是什麼東西？我要的是齊藤。』

「所、所以說，我、我、我我、我就是齊藤啊！」

抵達魔導貴族府時，見到克莉絲汀如山一般似的坐在院子裡。亞倫在她面前舉著劍，屁股縮得好後面，怕到不行。

然而有膽跟她對話，已經很了不起了。

周圍還有大批裝甲騎士和高舉法杖的魔法師，可能將近三位數吧，可見城裡是多警戒這頭龍。畢竟這一帶是貴族豪紳雲集的高級住宅區，這也是當然的事。

『你不是看我不是人就想騙我吧？和上次相比，你的顯然髮色明亮很多。上次應該更深才對。』

「我、我天生就是這樣！絕對沒有頂替任何人！」

『真的嗎？總覺得不太一樣啊……』

「我不管你怎麼想！龍、龍到這裡來做什麼？」

『嗯，算了。人類這種小蟲子都一個樣，分也分不清楚。』

很難不有種答非所問的感覺。

也就是牛頭不對馬嘴。

看來就像人分不清蜥蜴的長相一樣，龍也難以分辨人的長相，再說雙方尺寸差距也真的是人和蜥蜴那麼大。不過，連人種差異都沒看出來也未免太遜了。難道是這個世界在暗示我，人在龍眼裡沒有美醜之分嗎？我會認真喔。

然而，現在不是期待異種姦的時候。

再怎麼說，克莉絲汀的屄都比人屌大太多太多，已經不是鬆的問題，肯定能把我從頭腳像睡袋一樣包起來。在裡面自尻也算性行為的話，幹龍也未免太空虛。要是龍來個陰道痙攣擠壓我全身，我就要變成陰道潤滑液與她共生了。真的是拿命來幹。

「亞倫先生！」

一下馬車，我就往舊名亞倫的齊藤奔去。

魔導貴族、艾絲特和蘇菲亞緊跟在後。

「田、田中先生！」

亞倫有如在地獄見到佛祖，看到我就顯露笑容。不然都快哭了。

『唔……』

不只帥哥，克莉絲汀的注意力也轉到我身上。

接著說的話，語調似乎拉尖了點。

『這樣站在一起，嗯，我對那黃皮膚就有點印象了，人類。』

「妳這頭龍還真會記這種無謂的事。」

『原來你叫做田中啊……』

到頭來，我的個資還是被這傢伙洩漏給克莉絲汀知道了。看來她還是能一眼認出膚色差異。就像我也能從有沒有圍兜兜來分辨褶傘蜥跟日本石龍子的不同吧。

無論如何，這場異文化交流就此從辨識個體踏出了第一步。

『你果然不是他，竟敢對我耍這種把戲。』

克莉絲汀往亞倫一瞪。

是發現自己受騙了吧。

「！……」

帥哥嚇得渾身一抖，但架勢依然不變。可能是艾絲特在場，再怕也要撐住吧。太帥啦，名字不是改假的。

不過我要在這裡和他交棒了，後面我來處理。

「沒幾天就跑過來，妳這頭龍行動力還滿強的嘛。」

職業不愧是背包客。

我若無其事地開口，只見她足有一個人頭大的眼珠轉了過來。

要開始跟醜男對話了。

『一想到和你那場戰鬥，我就惱火得睡也睡不好。』

「當時是妳來找我們麻煩，打不贏的也是妳，根本是妳自作自受不是嗎？要是在這裡又打輸，妳的面子真的要丟光嘍。」

『唔……』

睡不著是什麼意思啊。

又不是女人那樣容易歇斯底里，找個人吐吐苦水嘛。

喔不，都忘了這傢伙是雌性。

「能請妳回去嗎？妳把城裡的人都嚇壞了呢。」

『……不要。』

不要個屁。

少任性好不好。

「那麼，要怎樣妳才肯回去？」

『…………』

是傳說中的那個嗎？

純粹是先來再說，根本沒想過要做什麼的那種。

這個巨無霸在搞屁啊。

「退一百步來講，妳來找我是無所謂，可是請先考慮到自己的體型。這麼大的龍跑進城裡來，實在是一件非常擾民的事。法連閣下家裡的院子不是你的起降場啊。」

可能是為了兼顧魔法實驗吧，這庭園在這地區也是格外廣大。

「沒關係，我是無所謂……」

喂，有點所謂好不好，大叔。

到底是多想看龍啊。

『那、那麼……』

「就這樣，今天妳就請回吧。」

『！……』

克莉絲汀都來第二次了，要是繼續放任她說來就來，不管魔導貴族再怎麼罩我，都難免沾染不必要的嫌疑。再和這個背包客牽扯下去會很危險。

我要全力守護有可愛蘇菲亞陪伴的恩愛同居生活。

「不然，就是先想想辦法處理妳那麼大的身體。」

這最重要。

不能變幼女的龍根本不算龍。

自古以來，日本男性就把龍當異性看待。《山城國風土記》中〈宇治橋姬〉一節提到，為害喜所苦的橋姬對老公說：「懷你的貝比讓我好難受，去採約十二公尺的海帶回來給我吃。」結果老公在海邊遇到年輕貌美的蘿莉龍，當場就被她釣走了，是個很出名的故事。海帶好可怕。

要是不甘心，請變成幼女以後再來挑戰。

到時候我再跟妳談啦，臭糞龍。

『……那好吧。』

「嗯，知道了就好。」

『田中，你給我記住……』

「各位，客人要回去了，請把法杖收起來吧。」

請圍繞四周的大批魔法師指引巨龍升空之後，騷動終於開始要結束的樣子。克莉絲汀猛一鼓翼，轟地掀起一陣風，吹翻了大部分群眾。

真是個壞胚子，那一定是故意的。

飛上天的她很快就變成空中小小一點黑影，消失不見。

大盜

Great Thief

我們從魔導貴族府返回宿舍。

早先是預定搭魔導貴族的馬車回去，但最後我鄭重婉拒，徒步歸返。當然，這是為了一邊散步，一邊和蘇菲亞慢慢閒聊。

有蘿莉婊跟著，好吧，也是沒辦法的事。我想不到怎麼拒絕她。

於是乎，我就這麼在她們倆的陪伴下，從貴族區邁向王立學校的宿舍。貴族區的豪宅個個富麗堂皇，令人讚嘆不已，好像在觀光一樣。

原本亞倫也在，但他跑回騎士團營去了。聽說是手續辦到一半就跑來應付龍，得趕快回去辦完才行。

「這邊的房子真的怎麼看都不會膩耶。」

三人沉默一會兒後，我先開個話題。

蘿莉婊一開口就是想打炮，而蘇菲亞似乎是顧忌她，很少說話。所以出於無奈，我只好以帶領兩人聊天為己任，挑戰這艱鉅的任務。

「這、這種程度的房子，要幾間都送你！」

「……不了，這也太誇張了吧。」

然而那在戀愛的非處女面前不堪一擊。

她還是一樣全力求愛。

用閃閃發亮的眼睛注視我。

看得出她說不定真的會買。

現在的艾絲特不曉得會做出什麼事，恐怖死了。

「話說，不曉得這一帶的房子要多少錢呢。蘇菲亞，妳對這種事有興趣嗎？其實我很容易把精神投注在房子的事情上，還滿好奇的。」

「咦?啊,有、有啊!那個,我、我也很好奇!」

急忙點頭答腔的女僕好可愛。

託她的福,能聊下去了。

艾絲特看看我和蘇菲亞,說道:

「法連閣下府邸附近就算了,這一帶雖然也是貴族住宅區,但比較接近市井,沒那麼貴。地價大概只值兩千金幣吧?房子蓋得愈豪華,金額也會跟升高就是了。」

「兩千金幣啊……」

這數目實在是高得嚇死人。

獵龍的報酬都遜掉了。

可以窺見這世界的貧富差距是多麼巨大。

「跟這裡相比,鬧區的一級地段地價還比較高呢。貴族區和市井的地價反而顛倒了,所以貴族本身也不太喜歡這裡。因此實際上住這裡的,大多是有點權勢的商人。」

「原來如此,受教了。」

她說得沒錯,這裡的房子與魔導貴族府相比更接近平民風格,坪數也較小。

然而在萬年租屋的中年光棍眼中,一切都是那麼地金碧輝煌。不管左看右看,都是一排排令人好想住住看的高級住宅,能感到購屋慾滾滾高漲。

這裡的房子都很適合在室內養大型犬,而且是下班回家會來迎門的那種。一感到主人接近,就開心地吐著舌頭哈氣不停,尾巴也搖個不停。

啊啊,那畫面真美。

好嚮往那樣的生活。

如果蘇菲亞對我做那樣的事,更是無話可說。

「如果你喜歡這附近,買、買一間屬於我們的愛的小窩也可以……」

「在我來的地方,這種風格的房子很少見,光看就很有趣了。我純粹只是好奇而已,沒有別的意思,請妳不要想太多。」

「是、是嗎?」

「對,就是這樣。」

我要先下手為強,免得蘿莉婊又亂說些什麼。

實在不希望她又語出驚人，畢竟現在蘇菲亞就在我身邊走著。

我要的是全新未開封，不是二手貨。

「例如那間房子，給人的印象就很深。」

為了轉移艾絲特的注意力，我隨便指間房子這麼說。

與周邊住宅相比，它外型較為奇特，有座會令人想到天文館的圓頂。肯定是花了不少錢，才能用石磚堆出那麼漂亮的半球體。

加上側面一整排圓窗，整體外觀很像經典款ＵＦＯ。

結果就在我食指指的位置，發生了意想不到的事。

其中一扇圓窗啪一聲脆響，從裡頭打破了。玻璃碎片沿著屋頂往下滑，灑了一地。

「那是怎麼了？」

「那是……人沒錯吧。」

這時候，有到人影從破窗中現身。

由室內跨出窗框。

同時，人影用不顧社區安寧的音量高聲大喊道：

「黑心奴隸販子歐曼！你長年搜刮來的黑錢，現在全都落在我大盜哈多的手裡了！你記錄買賣用的帳簿也在我手上！你將無辜百姓屈打為奴，簡直罪無可赦！從這一刻起，你就好好悔改自己的罪過吧！」

看來這間圓頂豪宅的屋主，就是他口中的奴隸販子歐曼。

而鑽出窗口的人物，就是大盜哈多。

這個大盜真是爆幹帥啊，那些話好像在哪聽過。

「咦，大盜哈多不是……」

艾絲特表情為之緊繃。

似乎是聽過這名人物。

「妳知道他是誰？」

「他是這幾年在首都卡利斯專挑貴族或富商下手的竊賊。之前聽說逮到他了，什麼時候跑出來的？記得他入獄沒多久就宣判終身監禁了耶。」

「原來如此。」

對不起，對不起。

肯定沒錯，放他出來的就是我。

我剛來這座城就入獄，而他在越獄時幫了我一把，這段記憶依然是躍然眼前。他臉遮也不遮，還大聲報出自己的名號，應該是有他的用意吧。這就是他的魅力來源嗎？

「看樣子，會被他逃掉呢。」

「對啊，多半是這樣沒錯。」

不好了。

恐怕他是我現在最不想碰上的人。

入獄那時，剛得到治療魔法的我急著想找人試招而到處治療犯人。如今其中一個，就一腳踩在那圓頂上叫囂。

不過就現況而言，誰也不會發現我得對那場大越獄負起部分責任吧。一切都會在不知不覺中沉澱，誰也不知道就默默結束。所以沒問題的。一定沒問題。

「……這個奴隸販子歐曼，大概是費茲克勞倫斯派的商人吧。」

「咦，這樣啊？」

「他應該算是新來的，最近才開始出入我們家，我見過他幾次。他很投爸爸的緣，前幾天還看到他們有說有笑地談生意呢……」

「這樣啊。」

真的假的。

竟然是費茲克勞倫斯派的商人。

這下苦戰度狂飆啊。

「……妳爸很照顧他嗎？」

「詳情我不太清楚，不、不過應該滿照顧的吧……」

「…………」

看蘿莉婊的反應，他們關係一定很好。

我該看在朋友一場的份上，為艾絲特去追這個大盜哈多嗎？他把歐曼說成那樣，表示交易對象也不會清白到哪去，費茲克勞倫斯家八成也是貪贓枉法的一灘爛泥。讓他一溜，不可能無傷過關。

帳簿這種東西是絕對不能外流。

要是落到敵對派系手上，那更是糟糕。

然而對方認識我，要是在大庭廣眾下說我坐過牢，我的社會生命就毀了，每個人都會認為我有前科。說不定就連想留在這座城市裡都很難。

不不不，我怎能棄愛慕我的異性於不顧。就算她沒膜，我這處男仍想好好回報她對我的一片心意，哪還會恩將仇報呢。

「可是，我、我不覺得爸爸會做出那麼壞的事。」

「真的嗎？」

艾絲特不知何時握緊了拳。

看來她是想維護爸爸的名譽。

「真、真的！至少他以前當面對著我說過，絕對不會做出對不起我的事！當然，他、他可能多少做過一點壞事啦，可是……」

「……我知道了。」

好。

既然這樣，就先查清楚再說。

家族的醜聞，也是女兒的醜聞嘛。

「我去追他，妳們兩個都先回宿舍。」

我連完全空氣化的蘇菲亞一起下指令。

女僕頓時放鬆表情。

兩者對比之強烈，令人印象深刻。

「我、我也要去！」

「這很危險，就請妳和蘇菲亞一起回宿舍吧。」

「可是……」

「我一個平民說這樣的話，或許是有點往臉上貼金，不過我也是少數願意維護費茲克勞倫斯家名譽的人之一。不過比起這件事，妳的安全又重要得多了。假如妳說什麼都要跟，我就乾脆不追了。」

「！……」

艾絲特的臉紅到前所未有的地步。

純情到不行啦。

膜還在就完美了。

「艾絲特，能請妳先回去嗎？」

「那我要跟你一起回去，不、不管那個大盜了！我也一樣非常擔心你，根本沒辦法自己回去！我也是把你的安全看得比家族名譽還重啊！」

「…………」

可惡，這金髮蘿莉意外固執。

一般而言，這時應該乖乖死心不跟了吧。蘿莉婊這麼努力想陪我的樣子，其實有點可愛，不過這卻讓蘇菲亞淚眼汪汪，一臉請求我趕快回去的樣子。

「我想要還妳的人情啊。此時此刻，我找到了能向費茲克勞倫斯家報恩的方式，所以拜託妳們兩人，快點回去好嗎？現在不追他或許只有一點小影響，可是權力鬥爭這種事，往往是從星星之火燒成燎原大火的。」

「你什麼時候欠我人情了！反而是我欠你很多人情，真的很多很多！不是別人，全都是你！」

「妳之前不是才在學校幫過我嗎？」

「那樣哪算人情啊！」

我和艾絲特的價值觀有點偏差。

沒辦法，只好搬出她家堅持到底了。

「不不不，那對我來說已經是很大的人情了。所以拜託妳，為了費茲克勞倫斯家好，讓我去追那個大盜吧。」

「……可、可是！」

「我想保護妳的將來，而且我相信妳說的每一句話。也就是說，那個大盜傷了費茲克勞倫斯家的名譽，我不能放過他。」

「！……」

蘿莉婊的臉更紅了。

婊力爆表啊。

「拜託妳成全我吧，艾絲特。」

「……知道了。我、我也不想變成你的困擾。」

「感謝妳的體諒。」

「可是你絕對不能受傷喔！沒有你的將來我不要喔！要是你受傷，就等於是傷了我的將來！我不需要家族，真的不需要。只要有你在，我就夠幸福的了！」

我好像說得有點太動聽了。

艾絲特的愛情度已經升到紅色警戒區。

水潤過頭的眼珠都堆起淚珠了。

「那當然，我會完好如初地回來。」

「好，那麼……就、就聽你的吧，我跟蘇菲亞回宿舍了……」

「那我先走了。」

「啊……」

一見她點頭，我就用飛行魔法飄起幾公分。以防空角度來看，首都卡利斯可能禁止用魔法在空中飛翔。

說不定連這樣都犯法，不過憑我的腳程，肯定沒幾分鐘就會追丟。所以我用腳底與地面若即若離的高度模擬狂奔，動動腳意思一下。

當然，目標是大盜逃逸的方向。

＊

用魔法超低速飛行一段時間後。

我來到的是貧民窟。

貴族區大批追捕他的憲兵已經一個不剩，現在只有一個和風臉還在追。我保持充足距離，目前似乎完全沒被他發現，追得很順利。

最後，他來到一棟破得快倒的房子。

是個石砌的雙層樓房。

大盜直接敲敲正門那鉸鏈鬆脫的破爛門板。隨手背每次碰觸門板時，發出叩叩叩的乾響。

不久，有人開門出來。

「啊，哈多！」

是個年幼的少女！

過腰的長長金髮黯淡無光，沾滿灰塵而顯得髒亂。身上穿的是幾乎稱不上衣服的破布，伸出衣外的四肢乾癟細瘦，皮膚上堆積髒兮兮的汙垢。還似乎染了些源自營養不良的病，到處是疹狀的顆粒物

「嗨，愛蜜兒。媽媽還活著嗎？」

「還、還活著，可是好像很難過……」

「我給妳帶藥來了，讓她吃吃看。」

「咦，你、你說藥？我沒錢付耶！」

「送妳的啦，拿去。」

「啊……」

大盜將皮袋交給幼女。

若他說的都是真話，裡頭全是藥品吧。

「這是附送的，跟媽媽一起吃吧。」

「這是麵包！好白好軟喔！好軟喔！好棒！」

大盜再從懷中取出幾個麵包擺到幼女手上。

貧困蘿莉臉上堆滿笑容。

手腳不是瘦假的，肯定是餓好久了。

「我還有其他地方要去，先掰啦！」

「啊，謝、謝謝！謝謝你，哈多！」

「喔！今天就先這樣，我改天再來喔。」

「嗯！謝謝！」

大盜哈多揚起一手告別就瀟灑離去。

幼女望著他的背影，像個壞掉的音響不停道謝，直到他消失在轉角為止，著實表現出她是多麼喜悅。

搞什麼，哈多是個大好人嘛。

「…………」

慢著，人家是盜賊耶。

不管做多少好事，他都是盜賊。

這麼簡單就相信他太危險了。

如果他是蘿莉控，這樣對喜歡的女生進貢也是很正常的事。用自己壓倒性的優勢勾引貧困蘿莉，等她沒你就活不下去以後來場狂愛爆幹這種事，是全天下男人都會有的夢。像我自己每隔幾天就會有一次類似的模擬想像。

他不過是好命一點，有機會實踐而已。

「……總之先追下去吧。」

我認為有需要繼續觀察。

最好是能一併找出他的藏身處。

對了，在那之前要先治病。

我以整棟房子為目標來痛快一發治療魔法。地上浮現包圍房子的魔法陣，嚇得站在門前的幼女渾身猛然一抖，好可愛。雙手緊抱著藥和麵包皮皮挫的樣子，真是可愛極了。

這樣就不必吃哈多的藥了吧。

「啊，不能再拖了……」

糟糕糟糕，差點就被可愛的貧困蘿莉迷住了。

我急忙繼續跟蹤大盜的腳步

＊

離開貧民窟以後，接著來到鬧區。

而且是有一大排色情行業的地段，好像是首都卡利斯頗為知名的紅燈區。話說啟程獵龍前一晚，跟梅賽德斯一起遇到的那間黑店好像也在這附近。

該不會這個大盜大白天的就想打炮吧。

好一個翩翩紳士。

真想過這樣的人生。

「…………」

我一面找掩護，一面跟蹤前方的背影。

現在是白天，不像當時那樣女人滿街拉客。雖有零星幾個穿著有點那種樣樣的女性，但絲毫沒有夜間的風采。年輕女孩又少，看到的都是有點過期。

怎麼看都硬不起來。

這樣的畫面讓人聯想到新橋一帶的大陸妹馬殺雞。

「…………」

令我無心張望，一路跟隨大盜。

又追了幾分鐘吧。

他從成排的妓院挑了一間進去。

果然是白日炮。

可惡。

難道這就是非處男的胸襟。和幼女見面沒一個小時就登入妓院，他真的跟我一樣是人類嗎？到底要練就怎樣的氣魄，才能帶著可愛幼女的溫暖，找不認識的異性大幹一場呢。

「……這男人真不像話。不像話。啊啊，真的是不像話。」

有必要查看他還會做哪些壞事。

當然，要查看就得進那間店，不進門就看不到大盜幹了什麼好事。也就是說，這是必要的搜查行為，我進妓院絕不是為了打炮。

「上吧……」

沒問題。不玩女人就沒問題。

等大盜進門後片刻，我動身攻堅。推開不曉得在豪華什麼的雙開門，眼前是一片格局類似飯店的大門廳，能感到這裡頗會吸金。

前方擺了幾張沙發，幾個看似顧客的男子坐在上頭。櫃檯在更裡頭。

服務窗口前，站了個服裝筆挺的男性，大盜就在他面前，應該是在點小姐吧。請問您喜歡哪一位？之類的。

「…………」

在門口聽不見他們說了些什麼。

我若無其事地走過去，找距離櫃檯最近的沙發坐下裝排隊，豎起耳朵。蹺腳靠椅背，將目標留在眼角餘光處。

不久，深處走廊傳來啪啪啪一大串腳步聲。

好像有一群人跑過來了。側眼一看，全都是衣裝曼妙的女孩，他們一到大廳就找到櫃檯前的大盜。

然後爭先恐後地跑過去。

個個都是笑容滿面。

「哈多少爺！你來看人家啦！」「好高興喔！今天一定要陪人家玩喔！」「那個，錢、錢我自己出就好，可不可以陪我玩一下？」「啊，奸詐！這樣我也要！也抱人家一下嘛，哈多少爺！抱一下不用錢嘛！」

簡單掃視一下，發現同樣在沙發排隊的沒人愛都用極為難堪的眼神看著她們。見到價格肯定不便宜的小姐對別人主動求白嫖，也未免太可悲了。

對已經玩過的人來說，會比較容易看開吧。儘管這陣子恐怕很難再鼓起勇氣踏進店門，傷害總歸是比較小。然而對於接下來才要玩的人，實在是很哀傷的事。對於目睹免費宣言的嫖客來說，更完全是一場災難。

這畫面真是太可悲了。

但大盜絲毫不知這些沒人愛的心境，開朗地回話。

而且還是拒絕，簡直奢侈到極點。

「抱歉啦，今天我還有事要忙。」

「你每次都這樣說，一次都沒跟人家玩過耶！」「就是啊！好歹玩一次也好嘛！」「求求你嘛！我會誠心誠意服侍你的啦！」「這裡有很多女生都想要和哈多少爺上床喔！」「拜託嘛！哈多少爺～！」

在女孩們吱吱叫時，店裡有個頗有福態的男子走了出來。

外觀看來就是老闆的樣子，一身貴氣穿戴。櫃檯邊的男子和圍繞大盜的女孩也印證了和風臉的想法，一見到他就乖乖站好恭敬行禮。

看似老闆的人物沒有和他們多說話，直往大盜走。

「哈多，你該不會已經找回來了吧？」

他們認識的樣子。

「你猜對了。來，不要再被人搶走嘍。」

大盜將一捆紙疊丟進男子懷裡。

這世界大概沒有釘書機之類的東西吧，紙疊是從中央以細繩束起。紙質看起來不錯，配上「找回來」這段話，很可能是契約書或有價證券一類。

「想不到隔一晚上你就找回來，真是太好了。」

「只要我出馬，這沒有什麼大不了。而且我在那還有其他工作呢。」

「不，你真的很厲害。被抓的時候，我以為完蛋了，結果看到你生龍活虎地跑出來，大家都好開心呢。我不是幫女人說話，但你也偶爾陪她們玩玩吧？是你的話，破幾個例也沒問題。」

「哪天有空，我就來給你捧個場吧。今天我還有其他事要忙。」

「這樣啊？這裡的門隨時為你而開，想來就來啊。」

「好，有機會就來坐。」

大盜，給我等一下啊。你怎麼沒搞到啊。

再沒色膽也不是送個文件就了事吧。

不開房間的話，和風臉的成人社會科見習不就要在門廳結束了。雖然我沒打算在這破處，但還是很想知道奇幻世界的炮房長什麼樣嘛。

「我改天再來喔！」

和貧困蘿莉那時一樣，大盜手一揚就走出店門。

這樣我也非得走人不可了，不然跟丟了，豈不是變成白忙一場。至少要製造能和他單獨對話的狀況。

「……不好意思。這位客人，請問您訂房了嗎？」

這時，店員找上了我。

我當然不會傻傻訂下去。

「對不起，我突然想起有急事要辦。」

「這樣啊？」

「真的很抱歉，今天就先這樣了。」

向店員道歉後，我也走向妓院門口。

急忙跑出門廳，到街上去。

大盜奔過鬧區的身影出現在眼角。

「……可惡，手腳還真快。」

來到這裡也是種緣分，於是我和貧困蘿莉那時一樣，對整個妓院放治療魔法。地面照樣出現彷彿要吞噬整塊地的魔法陣。妓院和性病是密不可分，希望那些可愛的女生可以在這裡做得安穩。

畢竟要是我哪天成了自走炮，也可能受這裡照顧呢。

以眼角餘光確定治療的光輝後，我繼續追蹤哈多。

＊

離開了妓院，大盜再度來到貧民窟。

又是來勾引貧困蘿莉嗎？用一點點麵包就能釣上社會弱勢做愛做的事，真是羨慕死人啦。我也好想這樣。雖然應該會有點臭，但我也很想和貧困蘿莉幹個爽。

那夢寐以求的鮑魚垢，定是人間美味。

「…………」

我躲在陰暗處往前窺探片刻，見到他進入一整排的廢墟之一。乍看之下是棄置多年的石砌三層建築，佔地約三十平方公尺，門窗之類能破的全破了，讓人很懷疑它是否仍有遮風擋雨的功能。

這裡就是大盜的住所嗎？

每天睡在這種地方，也未免太悽慘了。

「…………」

不過呢，這樣對我也方便。

在這種地方，就能放心面對面對話了。我們曾是越獄夥伴，在人前接觸太過危險，所以我才花這麼久時間跟來這裡。總算是等到我理想中的情況。

好。

我下定決心，也往那廢墟走去。其實他人還挺好的，大概不會突然動手動腳。順利的話，奴隸販子一事動動口就能擺平。

想著想著，背後冷不防有人喊住我。

就在我踏出第一步的時候，完全沒料到。

「你找我大盜哈多做什麼？鬼鬼祟祟跟了那麼久。」

「！……」

而且對方還是剛才走進廢墟的人。

該不會就是事前就察覺了跟蹤者的存在，進了廢墟就立刻衝到後面，躲藏著繞過來，我現在佔據你背後了那種。

有一套。

不愧對大盜二字。

「你發現啦？」

「那當然。你這樣跟蹤我，不會不知道我是誰吧？還是你以為我哈多不會發現你這麼外行的跟法？不管是誰僱用你，那個人都蠢斃了。」

「真是一點也沒錯。」

說得也是。

盜賊畢竟是這方面的專家嘛。

「跟蹤我做什麼？……不，等等。你這張臉，我好像在哪看過。」

「…………」

「……喂，你該不會是跟女騎士關在一起那個吧？」

「那時候承蒙你照顧了。」

「搞什麼，該不會是想恩將仇報吧？」

「不不不，絕沒有那種事……」

他果然還記得。

如果我是單獨一間房，或是跟一大群人關在一起，他對我的記憶就只會是眾多犯人之一而淡去。看來和梅賽德斯關在一起，使我這張和風臉也鮮明地刻劃在他腦海裡。

「不然是怎樣，總不是特地來道謝的吧？」

「這個嘛……」

好啦，該從哪說起呢。

觀察到現在，他完全就是個黑暗英雄。若要正面阻止他辦事，實在教人心痛。以封建社會而言，費茲克勞倫斯家的罪惡想當然是比一個大盜來得重。

然而我是用滿嘴仁義道德才勸退艾絲特，總不能空手而返。

這下傷腦筋了。

「……你是怎麼啦？該不會不能告訴我吧？」

「不，絕不是那樣。」

「那就快點說啊。醜話說在前頭，該殺人的時候我也不會客氣。」

「…………」

這種時候，直接從訊問開始比較好吧。

要問的不是其他，就是那個黑心奴隸販子歐曼的事。

「有件事我想問問你。那個叫歐曼的奴隸販子是做了什麼，才會讓你叫他黑心商人呢？方便的話，我想聽聽你自己的說法。」

「啊？問這做什麼？」

「了解真相也是我找你的目的之一。」

「什麼東西啊……」

「不方便嗎？」

我刻意正面直視他。

結果他答得比我想像中還乾脆。

「他是最近崛起的商人，市井小民不知道也難怪。

那樣的人，我說什麼也饒不了他。他居然找冒險者去襲擊鄉下貧窮村落，抓人當奴隸賣給首都的貴族。」

「從貧窮村落抓人？」

「沒錯。他召集冒險者襲擊去村落，把村民全都抓了起來，其中還有很多是小孩。如果他們是因為破產或犯罪才變成奴隸，我也不會出手，那是自作自受。可是歐曼的奴隸，卻是襲擊村落搶來的。」

「原來如此……」

喂喂，這樣根本無法為他辯護啊。

這個奴隸販子歐曼比我想像中還壞呢。

「你是從哪裡知道這件事的？」

「就是那些變成奴隸的村民告訴我的，不會錯。」

「那些村民在哪裡？」

「啊？問這麼多做什麼？」

「沒有，只是好奇而已，沒有別的意思。」

「其他人把他們放了，現在都住在貧民窟。不過恐怕是很難回到原本的生活了，想回村裡也需要一筆錢。你跟蹤我的時候也看到了吧？」

那是什麼意思？

啊，難道是指那時候？

「你送藥和麵包的母女也是嗎？」

「答對了。女孩的爸爸已經被冒險者殺掉嘍。」

「真是人間慘劇啊……」

這個大盜的事後照護也很周到嘛。

能幹的人果然不一樣。

這也害得我現在很難處理了。

「話說回來，你到底是什麼人？別跟我說你是善良市民喔。」

「…………」

怎麼辦呢？

用飛行魔法開溜嗎？不不不，在這種狀況下逃跑，明天就換我被跟蹤了。我們是同吃一鍋飯的牢友，必須在這裡打下穩健的關係。

各種假設在腦中浮浮沉沉。

這時候，我忽然想起艾絲特的話。

『可是，我、我不覺得爸爸會做出那麼壞的事。』

『真、真的！至少他以前當面對著我說過，絕對不會做出對不起我的事！當然，他、他可能多少做過一點壞事啦，可是……』

「……就是啊。」

這裡就相信對處男宣誓愛情的她吧。

偶爾一次也不錯。再怎麼說，她也是我有生以來第一個說喜歡我的人。雖然她其實是個百分百非處女，就算對她的好感賠上社會生命，我大概也不會後悔到哪去。

「啊？就是什麼？如果你在胡思亂想，拜託停一停好嗎？」

「沒有，我是說事情說不定就是你見到的那樣。」

「那你到底想說什麼？那不是當然的嗎？」

「可是呢，每件事都會有不同的角度。你從這個角度看見的情境，不一定就是完全正確。我不認為現在的你，有額外心力去從其他角度來看這一件事。」

「……難道你是想說，我哈多搞錯了嗎？」

「說穿了就是這樣。」

「喔……」

大盜的表情變得有些戾氣。

看來這個男人也有他身為義賊的自尊。這倒也是，不然他也不會靠這麼危險的方式餬口。

「所以怎麼樣？你想讓我看什麼情境？」

「奴隸販子歐曼真的很黑心嗎？」

「如果他不黑心，這世上的商人每個都是好人了。」

「那我就讓你看看這世上的每個人都是好人吧。」

「……你是認真這麼說的嗎？」

「對。」

「…………」

醜男與帥哥互相瞪視。

要是費茲克勞倫斯家真的辜負女兒的信任，做些傷天害理的事該怎麼辦。未曾謀面的艾絲特爸爸，拜託你一定要是個清白的人啊。可是，艾絲特也是會隨便對人丟魔法的貴族耶。喔不，那是為了替人解圍。

「…………」

「…………」

管他的，事到如今只能順著這股氣勢走了。

假如真能一發逆轉，就能對眼前這位義賊做不小的人情，而且我們又一起越獄過，請他不要洩漏那段過去應該不成問題吧。這麼說來，這把賭局對我而言並不是全無利益。

考慮到未來，好，這裡就再加把勁。

瞪了一會兒後，大盜先開口了。

「好極了。要是你敢騙我，你很清楚自己會有什麼下場吧？」

「知道，儘管放馬過來。」

「醜話先說啊，我不是只會偷東西而已。像你這樣的貨色，我單手就能撂倒。」

「我會銘記在心。」

「哼，你就盡量掙扎吧，不過是白費力氣罷了。」

「我會的。」

就這樣，當前我要專心扮偵探了。

*

最首要的問題是我的資訊並不夠。

於是我決定先在首都卡利斯街上打聽打聽。目的地不是其他，就是奴隸市場。我到處走到處問，找到這首都近郊一帶平民也會涉足的最大市場。

歐曼是與費茲克勞倫斯家有直接生意往來的奴隸販子，所以我認為這裡一定有線索，絕不是想找有膜的美少女奴隸，更沒有把市場當女性器賣場逛的想法。

「……受不了啊。」

市場非常有活力。

在這早晨時分，能感到漁港競標的緊張氣氛。愈往中心走，人的密度就愈高。一路上帳篷林立，裡頭陳列大大小小的籠子。

當然，裡面關的都是人。

據說在這佩尼帝國中，罪犯或破產負債者會淪為合法奴隸，在市面流通。過去在街上，我也見過幾個戴項圈的人，所以很早就知道這裡有奴隸存在。

擺在店裡的不限於人類，有的耳朵長頭頂，有的屁股長尾巴，有的分不清是男是女。對於認為雙足步行是人類特權的現代人來說，這畫面的刺激或許有點大。

我的調查就在這當中開始了。

「不好意思，有件事想請教一下。」

我挑個店員長相沒那麼恐怖的店鋪問。

對方是個不胖不瘦，中等身材，沒什麼特徵可言的商人樣男子。年紀和我差不多，褐色頭髮褐色的眼，大概是算不上帥哥的普男。羨慕嫉妒恨。

他背後有個約五坪大小的帳篷，從開放的出入口可以窺見裡頭堆著幾個奴隸籠。一人一籠，比用來關山豬或鹿的再大一點。

「喔，歡迎光臨！想找什麼貨色呀？」

「其實我在找奴隸販子歐曼的店……」

我先往他手裡塞幾個銀幣再打聽。

「歐曼？喔，這裡是找不到的。」

「這樣啊？」

「他那裡只做貴族的生意，而且是一次批發兩位數以上給用量大的客人。我們這的奴隸比較便宜，可以直接挑過再買，和他那裡差多了。」

「原來如此。」

有第一步就要碰釘子的預感。

「找歐曼做什麼？平民跟他沒關係才對。該不會是家裡有人被賣掉，想找人吧？我勸你最好不要。小心被人抓住弱點，自己也淪落成奴隸。」

「我也會變奴隸？」

「很多平民來這裡是想把家人買回去，可是十之八九都沒那個錢而跑去借貸，把自己也賠掉了。一年裡真正有錢買回去的，用一隻手就數得完。」

「原來要買回被賣掉的人是這麼難啊。」

「就是這麼難。除非貴族或富商，不然根本作夢。」

「這樣啊……」

這麼一來就傷腦筋了。

一下海就觸礁啦。

「等等，先別急。我想起來有幾個歐曼那的奴隸轉到這來了，好像是水準太差，不能賣給貴族，說難聽點就是賣剩的。我之前看到她們用清倉價送去競標。」

「競標？也就是已經賣掉了嗎？」

「不，那是只限奴隸販子參加的競標，標到以後再拿回來賣。」

「這樣啊。」

也就是像機車業者專用市場那樣嘍。

價格上好像也不是那麼遙遠。

「請問那是在哪裡？」

「全都被那間包下來了。」

奴隸販子伸手遙指前方某座帳篷，不當回事地說。

「謝謝你告訴我這麼多。」

「說真的，希望你能找到要找的人。要是價格太高，勸你還是先冷靜想想比較好。原先以客人身分過來，最後卻被關進籠子送上車的人，我已經看過太多了。」

「好，我一定牢記。」

我向親切的奴隸販子低頭道謝，快步走向他所指的帳篷。

＊

走到下一個帳篷，沒花我多少時間。

門外只有塊寫著店名的招牌，沒看見其他人，裡面倒是有人的動靜。帳篷規模似乎比先前的大，有空間在裡頭走走逛逛。

「不好意思，我聽說有幾個歐曼先生那的奴隸賣到這裡來了，可以讓我看一看嗎？」

我從門口探頭，往帳篷裡頭喊。

很快地，門側後邊有聲音傳來。

「啊？看奴隸啊？」

「是啊，就是那樣。」

「那就別杵在門口，趕快進來看啊。」

「不好意思，打擾了。」

我依言進門，帳篷裡空間寬敞，約有十坪大，擺了幾十個籠子，層架似的堆了三層。

就像寵物店那樣。

老闆是個年過四十的微胖男性，光溜溜的頭和毛茸茸的下巴鬍子令人印象深刻。光看就覺得熱到不行。肯定是性侵慣犯。和奴隸販子這頭銜十分匹配。

「看歐曼那邊來的奴隸就好了嗎？」

「對，希望能全部看一遍。」

「這邊走，跟我來。」

「好。」

我跟從指示，尾隨大鬍子往帳篷深處走。

視線自然飄向堆積於前方的籠子裡頭。

看來這間店是專賣年輕女性。被扒個精光的女孩們在柵欄裡並排的畫面，令人驚豔。幸好有跑這一趟，真是太好了。震撼大到讓我不禁這麼想。

不過，感動也只有一瞬間而已。

每個奴隸都只看和風臉一眼就撇開了頭，然後視線往對向與我錯身的帥哥殺過去。

有的還主動張開大腿給他看呢。

平平是賣給人當奴隸，當然要挑帥哥嘍。

幸運分一杯羹的喜悅和被人別開視線的哀傷，就這麼打平了，感覺真悲哀。在如此衝擊使我心痛不已時，走在前頭的大鬍子停下腳步，看來是到了我要找的籠子。

「從這籠到這籠都是。」

老闆挺下顎示意之處，全是十幾歲的少女。

共有三名。

「只有這三個嗎？」

「不是她們三個啊？」

「……可以讓我和她們說幾句話嗎？」

我照慣例把銀幣塞給了大鬍子。

他點點頭，沒多說話就回到原來的地方，看來聊聊並無所謂。從這裡的美景來看，就算付點入場費也不吃虧，真想每天都來逛。

「不好意思，有些事想請教妳們。」

我挑三人中年紀最小的問。

而且還是十五歲左右。

「…………」

可是她沒有反應。

怎麼辦？

啊，對了。

「愛蜜兒這個名字，妳有印象嗎？」

我拿貧民窟見過的幼女試試。

結果對方立刻上鉤。

「咦？叔、叔叔，你認識愛蜜兒嗎？」

「對啊，我認識。她現在跟媽媽住在一起。」

「為什麼？愛、愛蜜兒應該也變成奴隸了啊……」

「妳們是朋友嗎？」

「是你買下來的嗎？叔叔你買了愛蜜兒嗎？」

少女潰堤似的說個不停。

看來他認識貧民窟幼女。若大盜所言不假，她們應該是同鄉。

中大獎啦。

「不，我沒有買，而且她也不是奴隸。」

「不、不是奴隸？」

「對。」

「怎、怎麼這樣！太不公平了吧！」

「……不公平？」

「為什麼？為什麼愛蜜兒不是奴隸？我都變成奴隸了耶！只有愛蜜兒不是奴隸，還能跟家人住在一起，未免太不公平了！為什麼我們就要作奴隸！」

「抱歉，這我也不曉得……」

大盜說他的夥伴放走了村民。

不過這件事還是別在這說的好。

「愛蜜兒全家也都是一起作惡的同夥啊，憑什麼只有我們要這樣！」

「妳說作惡？可以的話，能告訴我做了什麼嗎？」

「……這個，我……」

我試著進一步問，少女卻別開了眼。

多半是真的做了些虧心事。

我往掛在籠邊的價牌瞄一眼，做關鍵一擊。

「如果妳願意跟我說，我說不定能夠幫妳，甚至能救妳離開這個籠子。當然，前提是妳給得出有用的情報。」

「！……真、真的嗎？」

「對，我絕對不騙妳。」

「我說！我答應你喔！我也不會騙你！我全都說！」

少女的眼充滿希望的光芒。

這時，下籠與下下籠裡頭也開始吵鬧起來。我們的對話全被她們聽見了吧，她們雙手緊抓欄柱，想把臉擠掉似的腦袋用力往中間蹭，並大叫：

「喂！我、我也要說！我知道得比她還多！問她不如問我！拜託！我再給你一點服務怎麼樣！好嗎！拜託！來嘛！」

「等一下！既然這樣，我跟愛蜜兒家的交情還比較長呢！而且我也知道村子裡發生了什麼事！來跟我說嘛！拜託！救我出來！要我做什麼都可以！」

同樣購自歐曼處的女性們爭先恐後地說。大概是認為說得好就能脫離奴隸生活吧。看她們拚命成那樣，該怎麼說呢，不是處男想看的東西。

難得有全裸女子能看，卻感到兒子愈來愈軟。

「安靜一點，吵到人家作生意就不好了。我會公平對待妳們三個，所以請答應我，回答時不能有任何謊言或誇大，盡量客觀地說明真相，也不可以夾雜任何私情。」

她們都急著想出去，能否得到真確證詞還很難說。

我稍微板起面孔，問道：

「一旦妳們毀約，這裡的事情就完全沒發生過。」

就這樣，我開始訊問這些奴隸女孩了。

向她們問話是件累人的事。

＊

因此時間拖長，不得不再三往老闆袖子裡塞一點錢。最慘的是，待在這裡對我這處男的心靈有持續性的打擊。付出了絕不算少的勞力之後，獲得的情報量只是沒吃虧而已。

簡單來說，她們確實做了壞事。

原來奴隸販子歐曼抓來的奴隸全都是難民。佩尼帝國與鄰國的小衝突，使得幾個村落遭殃而化為火海，其中一個就是她們的故鄉。

無家可歸的難民們只好向鄰村求助。起先也是好聲好氣請求收容，但不管去到那裡都得不到好結果。

最後，他們這些難民決定用武力解決。

趁夜深人靜時入侵目標村落，殺害或捕捉原來居住的居民，強佔整座村落。她們說，那是為了求生而不得已。

如果事情在此結束，結局就是以難民大勝利收場了。不過順利奪村後沒過幾天，某天晚上不知哪來一群冒險者，像他們之前一樣趁夜將她們綁的綁抓的抓。

奴隸販子歐曼也在其中。

「原來如此。」

解答已經隱約可見。

奴隸市場真是來對了。

「我、我都告訴你嘍！真的都告訴你了，趕快救我出來！」「就是啊！趕快！趕快放我自由！」「我不要當奴隸！不想待在這種地方！拜託！」

三人急切的哀求錐子似的刺進耳裡。

不曉得難民做這種事，在佩尼帝國的法律會怎麼判。但從自詡義賊的大盜角度來看，站在難民這邊似乎也算不上義舉。

無論情況多麼緊急，也該遵守國家最基本的遊戲規則吧，不然根本無法管理大型聚落。比起來，我還覺得奴隸販子歐曼才是好人。

可是事到如今，憑我一己之力很難轉圜。

不好意思，只好借用艾絲特的貴族力量了。

問題在於目前通緝中的大盜，但這邊也只好想辦法擺平。如果兩邊能湊得漂亮，可以讓我的處境更為安全。

好，決定了。

「沒問題。我明天還會再來，請先忍到那時候。」

要設法在一天之內準備齊全。

才剛思考該怎麼進行，籠裡就爆出刺耳叫聲。

「啊？是、是怎樣？明天是什麼意思？」

「不是現在就放我們出去嗎？」

「放、放我們出去！你不是跟我們約好了嗎？」

女性們開始大聲吵鬧。

吵成這樣，老闆也頂著臭臉來看情況了。

「這位客人，我們也是要作生意的好嗎？」

罵人的臉好恐怖。

有夠恐怖。

「很抱歉造成您的困擾。這裡明天還有營業嗎？我想請您替我把這三個人留到明天。當然，我一定會照這裡的標價買下來，一毛也不少。」

「……沒騙我吧？」

「我向您保證，要我先付五成訂金也行。」

「…………」

老闆面對面直瞪著我看。

拜託別這樣。

獵龍賺的錢還剩很多，沒有金錢方面的問題。

問題只有老闆的臉真的好恐怖。

「有困難嗎？」

「我這裡賣的都是不入流的奴隸，你出手這麼闊氣，又只挑最近歐曼下放的貨，該不會是貴族派來的？」

「……差不多是那樣。」

「嘖，那好吧。我替你留著，訂金也不用了。」

如果穿學校的制服來談，說不定會比較省事，只可惜我是以平民裝扮來訪。算了，既然想問的都問到了，結果好就好。

「謝謝您的配合。」

「相對地，你回去以後別隨便亂說啊。我這裡是只作平民生意，靠薄利多銷賺點辛苦錢。要是被貴族盯上，連我也要變成奴隸了。」

「這您儘管放心。」

太好了，好像談得很順利。

對方的臉實在太恐怖，每次他瞪過來，我就忍不住往他袖子裡塞錢，所以他大概是把這舉動往我比較方便的方面想了吧。反正若問我背後有沒有貴族，倒還真的有一個特別大尾的，絕對算不上騙人就是了。

「那麼不好意思，我差不多該走了。對了，明天請不要讓其他人進來。可以的話，除了這三個籠子，其他的也要全部撤掉，感激不盡。」

「……這些費用你會給吧？」

「一天份的營業額和撤除及恢復的費用，我會一併承擔。當然請記住，要是有人偷聽，結果可能就不一樣了。萬一事情洩漏出去，憑我的權限也恐怕保不了你的命。」

「！……」

稍微強勢一點比較好吧。

我隨口唬一句，老闆就青著臉猛點頭。

「好、好的，我知道。對了，既然事情嚴重，就不要在這裡說太多了，拜託拜託。我真的是在作正當生意，薄利多銷也是真的……」

「我明白。那我這就告辭了。」

「……好。」

老闆表情非常擔憂，都快急哭了。

另一方面，女性奴隸們依然叫個不停。

在兩種對比的表情目送下，和風臉離開了奴隸市場。

＊

一出奴隸市場，我立刻往宿舍邁進。

果然沒錯，艾絲特就在我房裡。她坐在客廳沙發上，優雅地喝著茶。身旁有女僕裝的蘇菲亞，再加上貴氣逼人的裝潢擺設，簡直像幅畫。

「啊！抱、抱歉沒等你就進來了！」

「艾絲特，這樣正好。」

我一開口，杯子就回到桌上了。

同時她急忙站起，迎接我這個和風臉。

「那個，你、你有沒有受傷？有沒有被人家怎麼樣？」

「我什麼事都沒有。如妳所見，好得不得了。」

我隨便轉轉手表示一切無恙。

話說，怎麼樣是指什麼樣？

「艾絲特，妳真是太棒了。」

「咦？那、那是什麼意思，我聽不懂你說什麼耶。」

我在她對面另一張沙發坐下。蘇菲亞即刻動作，也為和風臉倒一杯茶。美少女女僕倒的茶真香。

潤潤喉之後，我接著說明：

「能請艾絲特協助我，為維護妳自己和費茲克勞倫斯家的名譽出一份力嗎？這絕對不會給任何人添麻煩。一次就行了，我想借妳的面子一用。」

「！……」

剎那間，艾絲特動身了。

具體來說就是身體爬上桌子，兩隻手往我伸來。也不在意裙子掀起來，一膝抵在桌面上，伸長上半身直往我面前傾。而且還加上更勝壁咚的沙發椅背咚。

臉近得都到快碰到了。

「要、要、要借什麼都行！錢也行！身體也行！心也行！」

「不了，妳、妳出個面就行……」

她的愛還是一樣激烈。

急促地吐出的芬芳氣息，搔弄著我的口唇。

初吻差點就要被婊子收走了。

＊

艾絲特同意協助後，我們再度離開宿舍。

目標是奴隸販子歐曼府上。

我們循正規禮數從正門拜訪，正好主人在家，我們便報上費茲克勞倫斯家的名號，請應該是管家的初老男子接引。

來到的是會客室。

當事人歐曼，要在這裡和艾絲特見面。

看來蘿莉婊說她在家見過歐曼果然不假。對方似乎仍記得她的長相，極為惶恐。現在是起身離開沙發，向艾絲特鞠躬。

「承蒙伊莉莎白小姐大駕蒞臨寒舍！小人歐曼銘感五內無比榮幸，小人這就設席款待……」

他慌得簡直要當場下跪。

一定是受到錢和帳簿被大盜偷走的影響吧。要是他的風評連帶使費茲克勞倫斯家蒙塵，就要等著迎接被切割之後的悽慘下場了。從兩者的力量差距這麼大，任誰都看得出那很快就會實現。

「平身吧。」

「這個，可、可是我……」

「要跟你談的不是我，是這位先生！」

「……請問是怎麼回事？」

歐曼的視線轉向和風臉。

我和全力散發貴族氣場的金髮蘿莉不一樣，完全是平民臉。

他臉上立刻冒出不少疑問。

「先提醒你，對他失禮，可是比對我失禮還不可饒恕喔。」

「知、知道！」

艾絲特下警告了。

奴隸販子歐曼因而端正儀表，嚴陣以待。

好吧，這樣其實也是有其方便之處。

「感謝艾絲特小姐引薦。幸會，我叫田中。」

「幸、幸會幸會，我是歐曼，請問有何指教？」

「我是來救您脫離目前的險境。」

「……什麼？」

歐曼的臉完全傻掉了。

這也難怪。

「恕我冒昧，其實我今天目睹了大盜哈多逃出府上的那一刻。」

「！……」

一聽見大盜二字，奴隸販子歐曼的臉就繃住了。

有如藏在房間的A書被爸媽發現的國中生。

「您和生意夥伴費茲克勞倫斯家，都不能放任這個問題不管。哈多是對市井影響力極大的義賊，聰明的您不會不曉得忽視他會造成什麼樣的損害。」

「這、這我當然明白。」

「因此，我去找大盜哈多談了幾句。另外，我也找到了能證明你因不白之冤遭到大盜行竊的證據。不實指控的部分，我想你還能為自己辯護，但費茲克勞倫斯家的名譽，就沒那麼簡單了吧？」

「咦？」

奴隸販子歐曼突然目瞪口呆。

看來他沒想到我會這麼說。

「不、不好意思，可以解釋得詳細一點嗎？」

「需要詳加解釋的部分，我想另跟您約個時間。明天一早，請您移駕到奴隸市場一趟，事情會在那裡解決。應該不成問題吧？」

「那、那當然！我一定去！」

「感謝您的配合。那麼明天一早，請來到這裡寫的地點。而且務必要單獨前來，一個人都不能帶，千萬別忘記了。」

我從懷裡取出紙條，蓋在桌上。

紙上寫有之前奴隸市場那間店的位置。

「我明白了。」

奴隸販子歐曼大概是以為我是費茲克勞倫斯家的使者一類吧，點頭如搗蒜地答應。一個女兒就讓他怕成這樣，爸爸本尊到底有多可怕啊，蘿莉婊家真不是蓋的。

總之，被害者這邊打點好了。

再來是大盜那邊。

＊

同日深夜，我前往貧民窟。

這次是單獨一人。

「想不到午夜都沒到就回來了，動作很快嘛。」

我在白天碰見他的廢墟邊繞一繞，他就冷不防地現身了。說不定他從我剛踏進貧民窟就開始監視我，大概是猜想我說不定會去調戲那個幼女吧。

這大盜真是可怕的蘿莉控。

不好意思，我只要喝酒就有提著禮物來找她的自信。

「所以你這次來做什麼？來向我下跪求饒的嗎？」

「怎麼會呢。」

「不然是怎樣？看我是賊就瞧不起我的話，小心倒大楣喔。先告訴你，一般的冒險者根本不是我的對手，像你這樣根本沒什麼鍛鍊的人又能做什麼？」

「我可以追究你的過失。」

「……我的過失？」

「明天一早，請你到這個地方來。」

我從懷中取出一張紙條丟向他。

紙上是之前奴隸市場那間店的位置和店名。

「奴隸市場？那裡會有什麼東西？」

「到了明天，我全都會告訴你。當然，要是你害怕知道真相而不願意去，也算是一種選擇。不過，到時候你就再也不配提『義』這個字。」

「啊？誰怕誰！明天是吧，好，我就去會一會你。」

「那真是太好了。」

「可是，如果你所謂我的過失全是你自己搞錯，應該知道自己會有什麼下場吧？別以為可以全身而退喔。告訴你，就算找十幾二十個憲兵來，也不能拿我怎麼樣！」

「不會有那種事。屆時只有我和幾個關係人在場。」

「哈，那可難說！」

「我剛說的都確實告知你了。」

「啊啊，真恨不得明天快點到啊！」

「話我就說到這，先失陪了。」

「哼……」

大盜哈多不悅地哼聲回答。

這邊也做好萬全準備了。

只等明天到來。

有種安排各級董事開社外會議的感覺。

＊

隔天，我們一早就來到奴隸販子的帳篷。

昨天敞開著歡迎路人進來參觀的門口，今天是垂下布幕的打烊狀態。我當自己家似的一手掀開布幕進入帳篷。

憲兵作夢也想不到，大盜和貴族會在奴隸市場裡見面吧。與其在貧民窟密會，我認為這樣的地方還比較好。

而且現在時間早，沒幾個人。

「你、你終於來啦……」

老闆就在帳篷裡。

裡頭一如我昨天所要求，除了他只外只剩三個籠子。其他擺得有如寵物店的籠子，全都消失得乾乾淨淨，反倒強烈表現出帳篷的寬廣。

我們向站於中央的他走去。

「感、感謝貴族大人大駕光臨，招待不周之處請多包涵……」

艾絲特接在和風臉之後進門。

老闆一見到她，態度就軟化了。

「那、那個人是你的朋友嗎？」

「算不上是朋友，不過這位奴隸販子也願意為維護費茲克勞倫斯家的名譽盡一份力。雖然他賣的是女性會較為反感的商品，但他堅稱自己做的是正當生意。」

「既然你這樣說，我就相信你！」

「謝謝妳。」

這蘿莉婊真上道啊。

她眼前的三個籠子，都關著被剝得精光的女奴隸。

也許是看慣了，不覺得有什麼大不了，只是表情有點面露厭惡。奴隸制度大概在這裡就是這麼稀鬆平常吧。

而籠裡的奴隸就很不平常了。

「啊！你、你不是昨天的醜八怪嗎！趕快放我們出去！我們什麼都告訴你了，為什麼還讓我們待在這裡？」

「對啊！大騙子！你就是長成那樣才要找女奴隸吧！」

「拜託你！拜託你救救我！我什麼都肯做！」

前兩個嘴好毒啊。

這三個淪落為奴的女人，即使見到貴族就在眼前也毫不在乎，完全是頂天狀態。我看她們根本不相信我昨天說的話。

聽了她們的話，我身旁立刻有人應聲。

「給我閉嘴！」

是艾絲特。

籠裡三人被罵得渾身一抖。

「再給我說一次看看？我當場就宰了妳們！死也要宰了妳們！我絕不允許任何人汙辱他！絕對、絕對不准汙辱他！」

「！……」

艾絲特發飆啦。

所謂的鬼氣逼人就是這樣。

女奴隸全都嚇死了。

「請、請問，二位接下來想怎麼做？」

老闆圓場似的問。

他還滿好的嘛。

「我還找了兩個人過來，等他們到齊就開始談正事。對了，當然這全都要保密。這裡的事要是洩漏出去，恐怕要請您捲舖蓋了。」

「我、我都知道！再怎麼樣都不會告訴任何人！我這就去外面看門了，這裡的事我什麼也沒聽見！也沒看見！拜託高抬貴手！」

「非常感謝您的配合。」

和老闆簡單對話幾句時，帳篷門口有人的動靜。

奴隸販子歐曼探頭進來了。

「不好意思，請問這裡有位田中先生嗎……」

他一見到帳篷中央的艾絲特就加快腳步。

帶著驚愕表情匆匆走來。

「歐、歐曼拜見費茲克勞倫斯家大小姐，受您照顧了。」

馬屁拍好拍滿。

但聽了這句話，老闆不禁慘叫。

「費、費、費茲克勞倫斯家！」

好像快哭了。

其實眼角已經堆起淚水。

艾絲特家到底多可怕？

「怎麼？我家那麼討人厭嗎？」

「沒、沒、沒有這回事！小的不敢有那種想法！我馬上去外面看門，抱歉讓您來這種又小又髒的地方，還請大人海涵！大人海涵啊啊啊啊！」

叫了一大串之後，老闆就哭著跑出帳外了。

艾絲特大勝利。

看在帶她來的我眼裡，實在是非常不忍。其實他真的是個老實的生意人吧。

見到這些情境，籠裡三名女子也完全不敢說話了。

「煩勞伊莉莎白小姐來到這樣的地方，歐曼感到萬分抱歉。假如您願意，不如就移駕寒舍讓小的款待您吧。」

「不行，他說這裡就這裡。」

蘿莉婊瞥和風臉一眼，果決地說。

這信任令人胸口發熱啊。

要取得大盜哈多的信任，就不能在奴隸販子家裡談。而且選擇奴隸市場，在增添真實性的份上也能起到極大作用。在這種時候，地點是個很重要的要素。

「可、可是，堂堂費茲克勞倫斯家的大小姐待在這裡不太好吧……」

「你就乖乖等著吧，這件事對你有好處。」

「…………」

奴隸販子歐曼表情滲出一抹不安。

狀況無視於他的心情，繼續進展。最後一個也到了。

他和歐曼剛才一樣，從垂掛的布幕之間進來，從頭到腳用長袍罩住。

兜帽蓋過眼睛，看不清長相。

「就等著你了，哈多先生。」

「……喂，這是什麼狀況？」

見到我們，哈多就取下兜帽。

語氣十分不滿。

見到大盜的一方，也傳來詫異的呼聲。尤其是奴隸販子歐曼，他可沒忘記自己錢財遭竊，一見到那張臉就雙眼瞪大、拳頭緊握，忍不住往前踏出一步，並破口大罵：

「怎、怎麼是你！」

一副要衝上去打人的樣子。

但打起來就談不下去了。

「這樣所有人都到齊了，事不宜遲，我這就開始。」

我站到兩人中間開口說道。

總不能讓他們打起來。

「我知道各位都對這個狀況存有疑問，但現在都請先忍忍。等我解釋一切之後，再多疑問也會自然化解，可以嗎？」

「……那就快點說吧。」

「田中先生，您真的能給我心服口服的解釋嗎？」

「真的，請儘管放心。」

吸引兩邊的怒火後，我開始解釋。

「從結論來說，這次大盜哈多的行竊，其實算不上義舉。找二位前來，是因為我發現這真的是誤會，希望兩位可以盡釋前嫌。」

「你連貴族富商都找來，應該是有實際證據吧？」

「盡、盡釋前嫌？他可是頭號罪犯耶！」

當然，雙方都有話說。

不過呢，我不會讓他們繼續吵下去。

「大盜哈多先生，你稱這位奴隸販子歐曼先生是黑心商人，並竊取他的錢財。然而，事情並不是你想的那樣。他抓來的奴隸，其實都犯了足以判為奴隸的罪。」

「……說來聽聽。」

「他所賣的奴隸原本都是難民，然後……」

我將昨天籠中三位少女所說的證詞轉述一遍。人是奴隸販子歐曼帶頭抓的，實情他比我還清楚，不過對大盜和艾絲特都是新聞吧。

他們都表情嚴肅地聽我解釋。

當然，哈多有表示過幾次懷疑。

但聽見籠裡的女性附和我的話，他也難以繼續下去。脫離奴隸身分這條件，使她們知無不言，甚至連原來的村民屍首埋在哪裡都說了。

「……就是這麼回事。」

「…………」

大致解釋一遍之後，我轉向奴隸販子歐曼。

「有這個榮幸請您補充嗎？」

「咦？好、好的，我想想……」

接下來，由處理難民的執行人將事情整體補充得更加明朗。

他說難民失手，讓僅僅一個原村民逃到首都卡利斯，向冒險者公會求救。為了討回自己的村落，他一定是用盡了所有可能的方法。

可是想當然耳，冒險者沒一個搭理，況且事情真偽也難以求證。再說，要一次逮捕數十名大多是成年男性的難民是個苦差事，村民付不出報酬。

這時，碰巧人在公會裡的奴隸販子歐曼把握了這個機會。

他以商人管道查證這位倖存者的說詞，再利用他的通路事先尋找奴隸買家，談妥之後召集冒險者。

此後的事，就是之前說的那樣了。

至於買家，一如艾絲特證詞說言，正是費茲克勞倫斯家。這裡的三個女性奴隸，是因為染上致命性病，來日無多而遭到拒買，最後經過競標而流落到這種地方。據說大約一年就會全身潰爛而死。

順道一提，這座帳篷是專門便宜收購女性的重度性病患者，據說同樣染上致命性病的男性很瘋這樣的女人。這就是所謂的夾縫產業吧，真是太刺激啦。

聽了這件事，女孩們全都面如死灰。看來她們都不曉得自己罹患死疾，只是以為手上背上長了幾顆東西而已。

「怎、怎麼會，那我不就是……幫了殺人凶手……」

知道來龍去脈後，大盜哈多表情與起初完全不同。可見他是真的深以義賊之名為傲。

「從今以後，請務必徹底調查清楚以後再行動。」

「！……」

俠氣哥完全失去起先的氣焰。

奴隸販子歐曼則是變得氣定神閒。

「那麼，您要給這位大盜什麼樣的懲罰呢？」

大概是確信自己佔盡優勢，帶著開朗笑臉問來。

這裡就是我要努力的地方了。

「關於這部分，首先當然是要他歸還偷來的錢財和證件等物。不用說，這不是我們能介入的事，全都要完完整整還給您。」

「這、這樣就夠了嗎？這樣煩勞伊莉莎白小姐，連我都想付出相應的代價了。我的清白在這裡獲得證明，我實在是高興得不得了啊。」

是認為這人情多留無益，想早點還清吧。

果然是個非常優秀的商人。

「雖然算不上補償，但我想先請他為另一個受害人費茲克勞倫斯家的名譽做點事。這次我們聚在這裡，主要也是為了維護費茲克勞倫斯家的名譽。」

「要怎麼做呢？」

「這位大盜的義賊之稱並非浪得虛名，您是黑心奴隸販子的說法，已經在市井傳開，而人們也早就知道那些奴隸是由費茲克勞倫斯家買下吧。販賣奴隸這種事，向來是市井小民絕佳的題材。」

「這倒是……」

「我們對此無法坐視不管，但已經傳開的流言是不可能收回的。然而，用別的流言蓋過去卻是十分可行。」

「……也就是費茲克勞倫斯家要放過這個賊？」

「不，不是那樣。我是要他去散布你這個奴隸販子和費茲克勞倫斯家，聯手解決棘手難民問題的新流言——喔不，應該說事實才對。為此，我們需要放他自由。」

「可、可是他是越獄的頭號罪犯耶。」

「奴隸販子歐曼先生，難道您是打算冷眼旁觀費茲克勞倫斯家蒙羞嗎？別忘了伊莉莎白大小姐就在您面前。」

「別、別急！絕對沒有這種事！」

「我們當然會裁罰他。畢竟他散布不實消息，損害了無辜商人的名聲，必須受到相對的懲罰。只是把他關進牢裡，對我們一點好處也沒有，不是嗎？」

「……您說得的確沒錯。」

「優秀的人才會有很多種運用方式，以販賣奴隸為業的您應該最了解這點才對。我也無法強行改變您的想法，但是我深深相信歐曼先生能夠諒解。」

「知道了。那麼這件事，我就當作互不相欠。」

「是的，就是這麼回事。」

好，平安保障大盜哈多的安全了。

和風臉最後要做的，就是請他做事。

「哈多先生，你願意接受這樣的處置嗎？」

「……好，真對不起。真的、真的都是我不好。」

「你能明白真是再好不過。」

「我實在沒想到那些人會強佔村子……」

「哈多先生，關於你的處置，我會改日再行通知。」

「……知道了。」

好，大概搞定了。

這樣在場所有人都是贏家吧。

*

隔天，首都卡利斯到處都有人在談論新的流言。

看來是大盜一個晚上就把事情辦妥了。

內容一如昨天密會上和風臉所交代，使得市井對費茲克勞倫斯家和奴隸販子歐曼的好感度狂飆。再加上艾絲特的存在，我實在欣喜不已。

至於大盜那邊，似乎是大方認錯這點博得好評，依然受到人民擁戴。人生在世，誰能無錯——這就是市井對新流言的總評。

和風臉側目著這一切，往貧民窟走去。

艾絲特用自己的錢替我買下了在奴隸市場遇見的三個女難民，包場與搬移其他籠子的費用，也是她替我代出。

說是我替她挽救家族顏面，這是理所當然。

傷害應該沒嚴重到需要用挽救這種字眼啦，但就這樣吧。

至於重獲自由的少女們，我以完全保密為條件，送治療魔法當餞別禮。看來她們原先真的都不知道自己染上死疾，全都乖乖接受。

稍走片刻，我來到那熟悉的廢墟前。

大盜也似乎算好了時機，單獨在那裡現身，周圍沒有別人的動靜。我們並沒有約好在哪見面，所以他只是因為這裡是我們都知道的地方而在這裡等我吧。

「讓你久等了。」

「……好了，說話不用那麼客氣。」

「是嗎？」

打過招呼後，他隨即低頭道歉。

「抱歉，這次完全是我不好，道理是站在你這邊。」

「別這麼說，誰都有誤會的時候嘛。」

「可是……」

「對了，有件事我要告訴你。」

「……什麼事？」

「雖然昨天在費茲克勞倫斯家的大小姐和奴隸販子歐曼面前說了那麼多，但我並不打算繼續約束你。」

「……這、這樣啊？」

「對。」

「就算不用坐牢，還是有別種處罰吧？我不認為貴族和商人會平白吞忍自己的損失。」

「這部分我事先就說好了，沒有問題。」

「真的嗎？對方可是費茲克勞倫斯家耶。」

「不過呢，我希望你今後不要跟我們有任何牽扯。我知道市井一定有很多關於這個家族的傳聞，但它應該會繼續往好的方面走。」

「…………」

「可以嗎？」

「……知道了。既然你這麼說，我就相信你。」

對不起，其實我沒有根據。

但我也不怎麼排斥去相信艾絲特的話就是了。

「謝謝你。」

「話說，真、真的這樣就好嗎？」

「對。」

「對不起，真的很對不起。這份恩情，我一定會報答你！」

「不用放在心上，我也只是還你人情而已。」

大概這樣就沒問題了吧。和風臉也能安心過日子了。

看樣子，大盜應該是不會說出越獄的事。當時犯人中摻雜一個黃膚人種的事，將會在近期內遭世人淡忘。

任務到此完成。

「那麼，我這就告辭了。」

「好。」

我以最簡方式說完該說的話，轉身匆匆離去。

事情圓滿落幕。

*

如此這般，我回到宿舍。

今天就不去上課了。

這幾天發生好多事，累死了。

「……悠哉過一天吧。」

我自言自語。

蘇菲亞去收衣服，不在房裡。

哎呀，她真是勤勞的孩子。每天都這麼努力灑水、掃地、洗衣，活力真教人敬佩。可能還有些看不見的屬性，例如毅力之類的吧。

「睡一下好了……」

我起身離開客廳沙發。

就在我要往臥室走的時候——

突然有人出聲。

「我、我進去嘍！」

是艾絲特。

聲音是從玄關來的。

然後霹靂啪啦一陣腳步聲，她的頭伸進客廳裡來。

門應該有上鎖才對啊。

「怎麼了嗎？」

「就是，那、那個……」

這次又怎樣？

最近事件也太多。

「開戰了啦！」

「……啥？」

最後要來個大條的感覺。

劇情跑太快了吧。

「開始召集了！就是我之前受封的那塊領地！」

「咦？所以妳也要去？對了，這場戰爭是誰跟誰打？我有點跟不上狀況。」

太突然了跟不上啦。

「就是我們這國和隔壁的普希共和國啦。之前國境上就時常有些小衝突，這次好像真的打起來了，已經有嚴重的損害了！」

「然後那條國境，就剛好在妳受封的領土上？」

「對，就是這樣！」

「…………」

艾絲特挺起扁扁的胸說。

大概她也很興奮吧。

情緒比平時還激動。

「話說，妳不是費茲克勞倫斯家的大小姐嗎？」

算是國內的頂尖名媛吧。

即使成了領主，這種事一般不也是爸爸出面嗎？

「我已經是費茲克勞倫斯子爵嘍。不能拋下受封的領地治理得平平安安的義務，在這裡安穩上學！」

「…………」

金髮蘿莉胸挺得更高了。

好強的自尊心。

不管有沒有膜，我都快愛上她了。

「所以那個，對、對不起。我暫時會不能陪你……」

「那麼，打這種仗有多危險？」

「……你、你在擔心我嗎？為我這種人……」

「擔心也是當然的啊。」

「！……」

畢竟是曾經一起旅行的夥伴嘛。

金髮蘿莉突然滿臉通紅，急忙低下頭去。

是怎樣啦，王八蛋。好可愛啊。

「很、很安全！我只需要在城堡裡坐鎮指揮！真的很安全！」

「原來如此。知道妳很安全，我也很開心。」

「嗚嗚……」

金髮蘿莉難耐地扭來扭去。

大腿狂蹭爆蹭。

不行了。再直視下去，我一定會淪陷。

處男的心會比這國家的國土更快淪陷。

婊子的心靈逆姦攻擊好可怕。

「所以說！我、我要出幾天遠門喔！我會用魔法轟垮普希共和國的爛兵，盡快回到你身邊的！」

這是在遮羞吧。

她匆匆轉身，逃出客廳似的離去。

想用魔法轟人的話，不就要到前線去了。

話說回來，原來戰爭這種事可以來得這麼突然。

戰事（一）

Conflict (1st)

艾絲特啟程的第二天，醜男收到一封信。

最近忙得很累，原想一整天到處打滾慢慢過，卻被這封信破壞了。

「……召集令？」

信是冒險者公會寄的。

拆封一看，正面輕描淡寫地簡述公會徵召冒險者為民兵的主旨，背面則是用小小的字寫上一排排看似公會規章的字句。

原來加入公會的冒險者，在發生戰爭時會被徵兵。

「喂喂，連我也要喔。」

看來昨天艾絲特說的事，絕不是與我無關。

考慮到很可能被送上前線，我還危險得多了。

可是不參加的話，好像會遭到公會永久除籍，還會視情況給予懲罰。

完全不曉得有這種規定。櫃員是個面惡嘴也惡的肌肉大叔，又沒有半點福利，冒險者公會也真夠黑的。

我也不是沒想過裝作沒看見，然而從冒險者接工作是我唯一找得到的現金收入。要是鬧得不愉快，未來生活恐怕不好過。

更何況我有神牌治療魔法，要橫越一兩座戰場也不是問題。應該不會跑出比克莉絲汀更誇張的怪物吧。現在最強的人類是魔導貴族，既然對方都是人，很難隨便就跑出比他還強的高手。

「……沒辦法了。」

不想去，但不得不去。

只好祈禱能配置在後勤之類安全的地方。

「總之，先去公會吧。」

我迅速給出門收衣的蘇菲亞寫張字條。

皮包塞進褲子口袋，離開宿舍。

*

以觀賞首都卡利斯街頭景致的心情走了一會兒，我抵達冒險者公會。

之前對話過的肌肉大叔就盤據在櫃檯。

櫃檯另一邊沒有其他人，所以沒辦法，我只好忐忑地走向他。看樣子，我不是唯一收到信的人，公會裡擠滿了冒險者。悶熱到不行。

平時有說有笑的人們，如今都面色凝重地交談，不時摻雜幾句像是唾罵的話。果然沒錯，真的發生戰爭了，令人唏噓。

「不好意思，我接到徵兵令了……」

「喔，上次那個軟腳蝦啊。」

和風臉不是長假的，好記得很。

要是通緝告示上有我的畫像，肯定兩三下就被抓。

以後要更加注重社交才行。

「是啊。如果有手續要辦，麻煩您指點一下。」

「……受不了，真的有毛病。」

「怎麼了嗎？」

「沒什麼。開往多利庫里斯的馬車就快出發了，你就搭上去吧。」

肌肉大叔的拇指順勢往公會門口一比。

沒想到會這麼急。

我一個包都沒帶就來了。

這樣連內褲都沒得換。

「要直接出發？我什麼都沒準備耶……」

「別怪我，這都是上面的意思。當地有物資配給。」

「這、這樣啊……」

真是周到。

希望保守的日本企業也能學學人家一點皮毛。

「上面也只是叫我給人而已。距離上次召集冒險者，都已經有十五年了。還以為最近衝突範圍縮小了呢。」

「和鄰國的衝突從以前就有了嗎？」

「是啊。他們是議會制，我們是君主制。你是外國人可能不太清楚，佩尼和普希從以前就打來打去的。」

「原來是這樣。」

公會冒險者有義務接受徵召的原因就出在這裡吧。

「你怎麼看起來一點都不緊張，有上過戰場嗎？」

「沒有，我是第一次……」

「所以是不知道什麼感覺？好吧，抵達之後再不願意也會懂。」

「這樣啊。」

拜託不要像戰爭電影那樣。

「你會用治療魔法是吧？」

「對。」

「不想死的話，就善用你的專長小心進退。要是配置為補給部隊的後援，就沒那麼容易掛掉；如果上了前線，指揮得不好會死個兩三成。」

「……這樣啊。」

「你覺得我這隻眼睛怎麼樣？」

大叔手指右眼問。

炫帥？別鬧了好不好。

「眼睛嗎？好像沒有比較特別……」

簡直羨慕死碧眼了啦。

「我在十五年前那次徵召中了敵人的閃光魔法，這隻眼睛看不見了。」

「……這、這樣啊。」

不要嚇我嘛。

話題怎麼突然這麼沉重。

「只賠掉一隻眼睛算命大了。我那個隊上的夥伴，全都沒什麼戰績就死光了。那可是B級的隊伍耶。想上的女人也被抓過去輪姦，最後被砍成不倒翁慘死。」

「…………」

難怪公會裡氣氛這麼緊繃。

想跑的人也不少吧。

要是我沒治療魔法，一定早就急瘋了。

艾絲特真的是顧城堡的吧？

其實我還滿想看被輪姦得全身精液的不倒翁傲嬌是什麼樣。我、我不是為了你才變成不倒翁喔！那當然。

可是呢，現在我們這麼親近，當然是不忍心。至少會希望她四肢健全，平平安安。

「所以啦，你自己小心一點。」

「……謝謝您的忠告。」

話說在戰場上趁亂強姦女兵，聽起來好刺激啊。感覺有點硬。

我最喜歡這種題材了，姦成阿嘿臉蕩婦更棒。

「喔，馬車快出發了。」

公會前的街道傳來人聲。說是要出發了。

接著整個公會的人都起身離席亂成一團，還有人踢了桌腳椅腳再走。每個都很不爽的樣子耶。多半和我一樣，為了日後生計不得不來吧。

這個世界對窮人真的很不友善。

「慢走啊。」

「啊，好。」

在肌肉大叔目送下，我出征了。

與大群陌生冒險者共乘馬車。

一路前往要給艾絲特統治的領土。

＊

【蘇菲亞觀點】

糟糕了，田中先生被抓去當兵了。

「怎、怎麼辦……」

要我不慌也難。去拜訪艾絲特小姐，想問她是不是知道些什麼，結果她已經出發去領地了。這是正在整理房間的蕾貝卡小姐親口告訴我的，肯定沒有錯。

怎麼辦？

怎麼辦？

怎麼辦？

不，不怎麼辦。

「……急也沒有用。」

吃點午餐，幫自己鎮定下來吧。

田中先生連龍都打得贏，一定不會有事，很快就會完成任務回來。盡情享受這短暫的自由，才是正確的選擇。

所謂男人不在家，女人放大假，說得真是對極了。這樣我就可以過悠閒自得的女僕生活。但其實我也沒那麼辛苦，田中先生完全不是要人伺候的人，已經比在家輕鬆得多了。

「無論如何，先去廚房拿午餐吧。」

今天不曉得是什麼菜色。

昨天的肉排真是好吃極了。

我將田中先生的字條放回客廳桌上，一顆心飛向廚房。裙襬一甩向右轉，朝玄關出發。

結果就在這時候——

「不好意思！田中先生！田中先生！」

突然有人在門口大聲叫喚主人的名字，還砰砰砰地用力敲門，敲到我都想叫警衛了。甚至讓人以為是炒地皮的來趕釘子戶。

不過，我記得那聲音。

「亞、亞倫大人！」

沒有錯，是亞倫大人的聲音。

不是吃飯的時候了。

「來、來了！我這就來開門！」

我急急忙忙跑向玄關。

這當中，我也不忘梳理頭髮，拉平女僕裝的皺褶，再把領口拉漂亮。最近都在陪田中先生，變得有點隨便了。

「田中先生！不好意思，我是齊藤！」

對喔，亞倫大人前幾天開始改叫自己齊藤，這是某種懲罰遊戲嗎？聽起來很不像人的名字耶。感覺上，有點接近「田中」的感覺。

「我馬上開門。」

我解鎖開門。

走廊上的人，啊啊，真的是亞倫大人。

穿甲冑的亞倫大人真是帥死了。

心裡有種給田中先生的飯加料時不一樣的激動，這一定就是戀愛的感覺。緊張得腋下都開始冒汗了。

「咦？妳、妳不是……」

「不、不好意思，亞倫大人。法連大人命令我到這所學校當女僕，現在在服侍田中先生。」

「原來有這種事。」

「對呀。」

不可以讓他誤會。這類的藉口一定要一開始就準確到位，男女遊戲不許有任何萬一。既然艾絲特小姐離開亞倫大人，那我稍微有點機會了吧。

而且田中先生不在。

沒有比現在更好的機會。

讓人有點期待啊。

亞倫大人又是看起來動作很快的人。

「不好意思，蘇菲亞小姐，我有件事要問妳。」

「請問什麼事？」

「田中先生人在哪裡？」

「田中先生說他接到召集，參戰去了。」

「……這、這樣啊，田中先生已經出發啦。」

亞倫大人短短這麼說，失落的視線垂向地面。

真是帥死了。

受不了。

口水都要流出來了。

「那艾絲特不在的原因想必也……」

「艾絲特小姐的女僕蕾貝卡說她昨天就已經離開首都了。走得那麼急，大概情況也是那麼緊急吧。」

「唔……怎麼會這樣。我、我只想到自己，結果忘了她！」

恐怕是一聽到戰爭的消息就焦急地一路跑過來了吧，

額頭脖子都是滿滿的汗珠。他的汗味好香喔。會讓胯下癢癢的味道耶。

「……亞倫大人。」

亞倫大人真是個好人。

他泫然欲泣，咬緊一口整齊白牙的樣子，啊啊，一定是因為在擔心艾絲特小姐。真希望他也能為我露出這種表情。

「謝謝妳告訴我這件事。」

「哪、哪裡，應該的！」

現在是進攻的機會。

「那個，方、方便的話，不妨喝杯茶再走！」

「不了，抱歉。我也要趕快到多利庫里斯去才行。」

「這、這樣啊……」

馬上就慘敗了。

根本沒戲唱。

艾絲特小姐好強喔。

果然厲害。

年紀比我小，做人卻完全贏過我。

「謝謝妳，改天我再向妳道謝。」

「哪、哪裡，不需要特地道謝啦。」

「那我這就告辭。」

「啊，好的。」

亞倫大人以騎士方式敬禮，快步跑過走廊。

靴子踩踏地板的聲音很快就消失不見。

「…………」

目送到看不見人影，我才關上門。

感覺有點孤單。

「……來吃飯吧。」

覺得大家都好忙喔。

*

路上，車內氣氛非常糟糕。

馬車是載著前往戰地的軍隊，這也是當然。

「我不想死、我不想死……」有個十幾歲，像是新手冒險者的年輕人不停這麼唸。還有年約二十，穿長袍看似魔法師的女性頹喪地把臉埋進雙膝之間。一個紙老虎全開的輕甲中年男性大聲說話，其實嘴巴都在抖。形形色色。

一轉眼的功夫，身邊已充滿戰爭的氣息。

「…………」

雖然說是戰爭，聽說那是國境上的衝突時，我還很樂觀。

但事實似乎不是如此。

無論是傾全國之力的總體戰，還是國境上的小衝突，對上戰場的人而言都一樣是戰場。可能是我想起這類的影片，以為遇敵就打，打完就算了。

受不了，怕得發抖的女冒險者好可愛。

我要狠狠視姦她。

徹底享受這幾個抖得亂七八糟的女孩子。

爽了幾個以後，我的目標來到盤腿坐在身旁的女性。

外表約二十來歲，有肥臀巨乳的魔鬼身材。重點部位有金屬輕甲保護的她，如身旁的佩劍所示，是擔任戰士的位置吧。

長過腰際的銀髮與富有光澤的褐色肌膚非常性感，略顯上吊的銳眼也很高分。身高有一百七十左右，以女性而言相當高。從尖耳朵來看，大概是所謂的暗精靈。態度頗為鎮定，是公會的肌肉大叔說的習慣戰場的那種吧。

「…………」

上翹的巨乳、很會生的屁股、肥滋滋的大腿，都不由分說地挑逗男人的淫性，感激不盡。黑肉真的好棒啊，嘖下去特別鮮明，受不了啊。

「…………」

大概是盯得太露骨了吧。

看到一半，她突然往醜男看過來。

四目相對。

「…………」

紳士如我，當然若無其事地別開眼睛。

而責問的她卻是個野婆子。

「喂！一直盯著別人身體看，你想怎樣？」

「！……」

喔呼，來找碴了。

被人這樣看，不氣也難吧。

「辯解幾句來聽聽怎麼樣啊，軟腳蝦。」

「很、很抱歉，因為妳實在太美了……」

在早上的埼京線，這樣說是必死無疑吧。

好可怕，冤罪好可怕。

光看也不行喔。

「參與人類紛爭的暗精靈有那麼稀奇嗎？」

「不，我不是那個意思。」

「想笑就笑吧。反正我沒其他地方能去，只能盡可能多殺一點人。啊啊，就讓我親手把你們變成和我一樣無處可去的肉塊吧……」

「…………」

這個精靈也是一副快崩潰的樣子啊。

和之前的艾迪塔老師一樣。

多娜多娜一號車不是搭假的。

順道一提，後面就是二號車。

浩浩蕩蕩一大排。

「……妳也是苦過來的吧。」

在早上的埼京線，一定是火速報警，沒得辯駁就抓回局裡。然而在這裡，就只是罵我兩句，還附帶獎勵對話。我超愛這個男女關係輕鬆的地方。

和這樣的美女說話，在日本一小時要價一萬圓也不足為奇吧。

這個世界的ＣＰ值真棒。

「你沒看見這個嗎？」

「……什麼？」

她用拇指比了比自己的脖子。

那裡配戴了看似項圈的東西。

「我不太清楚那條頸環是什麼意思，設計得滿漂亮的嘛。」

「你在耍我嗎？這表示我是奴隸！」

「…………」

被罵了。

奴隸。奴隸啊。

「我是公會管理的奴隸。原本是冒險者，可是被同伴陷害而失去自由。平時待遇比其他奴隸還好，可是想不到這種時候會爆發戰爭，開什麼玩笑。」

「這、這樣啊。」

看來她是受到項圈的箝制，被迫當兵。

難怪臉這麼臭。

「可是既然妳登記當冒險者，遲早也會被召集吧。像我就是才登記沒多久就接到徵兵令了。」

信能寄到學校宿舍裡，我還滿意外的。

工作室是經過各種官方手續才到手，能寄到不奇怪，可是他們怎麼知道我搬來宿舍，疑問就大了。我只有告訴亞倫和艾迪塔老師，會是他們說出去的嗎？還是入學手續上填的資料會轉到冒險者公會去？

「到時候我就跑。憑什麼要精靈為人類而戰啊。」

「是嗎？」

「哈！那當然。人類自相殘殺關我什麼事！」

「這樣啊……」

在這個世界，種族情結也是很強烈呢。還以為這裡人種多樣，有的尖耳朵，有的長翅膀，對種族之分看得沒那麼重，結果也並不盡然。

「但是，如果我逃不出人類紛爭，啊啊，我就開殺。既然要我殺人，我就殺給你們看。多殺一個是一個，用我這雙手把你們人類砍成碎塊。」

「……那、那妳加油。」

奴隸不是幹假的。

對人類的怨恨好深啊。

「…………」

說到這奴隸嘛。

聽起來多麼美妙。奴隸。等當完這個兵，我非要買一個不可。可能是為了大盜的事走過一遭奴隸市場，突然覺得距離沒那麼遙遠。金髮蘿莉美少女肉便器奴隸啊。我要只親近我一個，只愛我一個，只服侍我一個的幼齒可愛處女性奴。

「…………」

嗯，這樣就對了。

我心中的天平開始從蘇菲亞往金髮蘿莉美少女肉便器奴隸傾斜啦。那可是金髮蘿莉美少女肉便器奴隸耶，這世上最有價值的東西，蘿莉之光。光是這十二個字，就能讓人從賢者模式換檔到大爆硬。

我還有兩百枚金幣。這足夠買一棟房子，一兩個奴隸應該不是問題吧。啊，對了，一次買兩個說不定更好。姊妹肉便器，真是棒呆啦。

姊妹丼最強傳說。

可以感到邊舔邊插的慾望正在高漲。

貪心如我，如果不上下交相爽是不會過癮的。

「啊啊，好啊。太好啦。」

熱血沸騰啊。強強滾啊。

「……這種時候你是在好什麼？還一副噁心的臉。」

「沒、沒事，請別在意。我的臉本來就很噁心。」

「哼……」

現在不是打仗的時候了。

我要趕快結束兵役，殺到奴隸拍賣會去。

總算有點鬥志了。

*

問題發生在運送第三天。

慢慢移動的馬車裡，有一個冒險者抓狂了。一車的人都沒什麼對話，各自低著頭隨馬車搖晃，等死似的前往戰場。這樣的旅途，終於壓垮了他的心靈。

「啊！啊啊啊啊啊啊啊啊啊啊啊啊啊！」

首先來的是尖銳的怪叫。

每個人都抬頭看狀況。

一個男子在眾人注視下突然站起。穿袍持杖，應該是魔法師沒錯。年約二十中旬，中等身材，有褐色平頭和褐色眼睛，是個清爽型帥哥。

「我不能接受！我絕對不要死在戰爭裡！」

他不曉得在想什麼，將法杖指向車夫。

「你搞什麼！」

一旁年紀與我相仿，身穿戰士風便宜金屬輕甲的男性中年冒險者，保持坐姿粗暴地抓住他的手。

結果青年反應非常誇張。

「不、不、不要碰我！」

這就是開端了。

青年猛一揮杖。

同時，男子抓他那條手的肩膀以上炸開了。

多半是有火球之類的爆炸了吧。

「靠……」

還沒到戰場就爆漿了。碎裂的血肉和細小骨片啪噠啪噠地到處噴。不曉得是人體哪個部位的碎片打在我臉上又往下滑，最後掉在腳邊。

有沒有搞錯。

如果是少女的血肉，我還能忍忍。

臭大叔滾遠點啦。

麻煩你往隔壁的女生再來一次。

遭到攻擊的男子當場死亡，鎖骨部位被整個挖掉的肉體從坐姿咚一聲向前倒地，再也沒動靜。若不事先幫他開閃亮亮無敵模式，是不可能治癒的吧。

青年不管倒在腳邊的屍體，繼續為自己辯駁。

「與其去打仗，還不如去找龍麻煩！我、我要回去！這就回去！誰來攔我都沒用！我要回家和約瑟芬共組幸福家庭！」

約瑟芬又是誰啦。

嗆我處男嗎，這位帥哥。

我會上鉤喔，全力上鉤喔，去你的。

「請把杖放下。在這裡用魔法太危險了。」

總之我先試著和他談。

並站起來面對他。胡亂刺激他，恐怕會走上剛才那中年戰士的後塵。我輕展雙手，以笑容表示沒有害意。這陣子好像常碰上這類場面。

「你、你也不想死吧！對不對？」

「當然是不想啊……」

不想死就忽視徵兵令嘛。

多半是膽子小不敢忽視，結果半路崩潰了。

「不想就跑啊！誰要繼續待在這種地方啊！」

「要怎麼跑？」

「這裡公會的人只有車夫而已！殺了他就不會有追兵了！」

「但還是會留下逃兵紀錄，沒什麼意義吧？你不也是想繼續作公會的一員才接受徵兵嗎？逃走就全泡湯了。」

再說，這位小哥已經殺了一個大叔。

剩下的路就只有奔向荒野的盡頭而已吧。

「我、我才不管那麼多！到其他國家去就沒事了吧！不，也不用這樣，說是路上遇到強盜就行了！只要把公會人的滅口，就不會洩漏出去了！」

「呃，是沒錯啦……」

「哈哈哈！怎麼樣！計畫很完美吧！」

「那也要處理好後面馬車的車夫才行。」

「是啊，所以我要拜託你們幫忙！」

青年氣急敗壞大訴己見。

「正因為是這種時候，才、才要你們幫忙啊！我們可以直接奪走馬車，逃到其他聯盟國去！這樣我們就是自由之身了！雖然沒辦法再當冒險者，總比因為大官一句話就白白死在戰場上好吧！不、不是嗎？」

玻璃心要煽動群眾似的大喊。以臨時發狂怪叫的人來說，腦袋好像不錯。這就是所謂狗急什麼碗粿的那個吧。聽他這麼拚命地講道理，我也不禁贊同他的想法。

然而對我個人來說，這有點太臨時了。不如一開始就拒絕召集，安排退出冒險者的人生。這裡不少人在首都卡利斯有家人或物業吧。

要處理後面馬車的車夫，途中也很可能遭遇未經溝通的冒險者抵抗。要是真的像他說的那樣，讓他們以為有強盜——不過是我們，還沒上戰場就會出現許多死傷。

「怎麼樣？拜託！」

然而其他和他一樣快不行了的人，似乎也受了他這一連串喊話的影響，很多人都是表情迷惘地默默聽著他說話。

不久，貨臺角落出現細小的聲音。

和青年一樣身穿長袍，蹲坐著發抖的女性喃喃地說：

「……你說得對。」

就是上馬車後，被我視姦到爽的狂抖系女孩。

怪的是，那聽起來格外地響亮。

其他人也以此為機，附和起來。

「仔細想想，這真的很蠢……」「憑什麼要讓一個見都沒見過的人命令我們冒險者賣命啊？」「就是說啊。我們就是想自由過活才當冒險者，這未免太矛盾了。」

「我、我也不想打仗……」

感覺這車上容易受慫恿的人比想像中更多。

十幾個同車的人開始同意青年的熱切訴求。

不管財產、家人、愛侶，全都是有命才能夠消受。

這是那個嗎？

我也該上車的情況嗎？

現在，馬車裡發生造反的徵兆。

「…………」

不行，我不能參與這個計畫。

會害我再也見不到蘇菲亞。

有治療魔法的我，應該吞忍些許的不便，聽從上級指示想辦法混日子。前幾天，我才因為這張和風臉很顯眼，在冒險者公會決定保持低調，不惹風波地過日子而已。

「我們跟他拚了！好嗎，各位！」

獲得支持，使青年的精神狀況稍微平復。

笑得出來了。

說話也變得很有力。

之前被他幹掉的大叔都要哭哭九泉了。

這世上真的有太多莫名其妙的事。

然而，他的反撲也只撐了一下子。

一道聲音從車篷外，類馬生物背上傳來：

「你、你們幾個，把他給我宰了！誰殺了他，我就幫忙跟上面說情，讓你離前線遠一點！」

車夫從車篷另一邊焦急地瞪著我們這喊。

而他所提的條件，對這邊來說是極為誘人。

「你……」

青年的眼愕然睜大。

同一時刻，車上的人往他撲了過去。

有如磁鐵入沙坑。

說時遲那時快。

「啊啊啊啊啊啊啊啊啊啊啊啊啊！」

慘叫迸響。

臨死前的那種。

他身上伸出許多東西——劍、槍、冰柱等物刺穿了他的身體。

下手的每一個人，眼睛都光燦燦地注視青年的身體，晃也不晃。該怎麼呢，就像欠了一屁股債的人，將希望都放在聽牌了的小鋼珠輪盤上。

非常駭人。

場面緊繃到不行。

繃到讓人忍不住想創一個新單位來描述。

肯定有十劈哩劈哩。

「是、是我！是我殺的……」

某人喊道。

接著，其他人也一個樣地堅稱。

「才怪咧！是、是我！我殺的！」「最好是啦！自己看清楚，刺在他胸上的是我的槍！」「是我的劍先插進他脖子！」「明、明明就是我的魔法先插破他！」

每個都無視於自己滿頭血肉，爭執不休。

想勸架也需要勇氣。

搞不好一開口就被捅。

說我什麼都沒做，少來攪局之類的。

「……你真的不去阻止他們嗎？」

在我皮皮挫的時候，身旁有人這麼說。

原來是暗精靈。

她看著不知所措的我，挖苦人似的邪笑。

「這對妳來說不是好機會嗎？」

「那車夫一定只是講講而已，再說我是奴隸。」

「……這樣啊。」

難怪她動也不動，只是盤腿坐在原地。

經她一說，我也這麼覺得了。

唉，戰爭真是狗屁不如。

長期杵在這種環境下，人格想不扭曲也難。

吵著吵著，車夫又吼人了。

「你們給我安靜一點！我全部一起報上去，少給我在車上吵！不然我全部送到最前線去！」

好大聲。

了不起同歸於盡的氣勢。

不過吵鬧的冒險者全被他罵乖了。

冷眼旁觀的暗精靈喃喃地說：

「看吧。」

「妳、妳說得對……」

車夫恐怕不會真的去說情吧。

現在就暫且視姦暗精靈的奶子和大腿根，裝作什麼事也沒發生。

魔鬼肉彈逼死人啊。

*

我們搭了五天馬車才終於抵達艾絲特的領地。

若跨越國境，直衝鄰國普希共和國的首都，狀況再好也得花上十天路程。難怪魔導貴族會如此致力於製造更快的飛空艇。

希望不會開個戰就一路殺到敵國首都去。頂多只是防止自己領土遭到侵佔吧。但這只是我一廂情願的想法，戰況會怎麼演變還是未知數，不是我這底層小民能預測的。

順道一提，我們路上吃的都是保久乾糧。

肉乾果乾菜乾，除了乾還是乾，敲起來喀喀響。車上似乎沒有廚具，吃飯就是把人家給的東西直接吃到肚子裡。

有水分的東西呢，就只有飲用水而已。然而水溫溫的，又有種說不上來的臭味。感覺就像牛丼連鎖店員把別人沒喝完的冰開水拿給下一個客人那樣。大概是裝在皮水袋裡運送的關係吧。

飲食就這麼馬虎了，對乘客當然是一點照顧也沒有，馬還比較好命。我們就這麼以強行軍的方式，看著來路向後飛逝。路上一個村落都沒停靠過。

和過去與亂交團組隊時差了十萬八千里。

也許戰況就是這麼緊張。

既然是國境上的領地，應該有軍隊一類的人員常駐。

「全部下車，然後在這裡的公會辦手續領裝備。」

駕車的公會職員說。

我這才發現馬車已經停止，前方是一棟大型建築。按招牌來看，這裡就是多利庫里斯的冒險者公會。大小不輸首都卡利斯的會館。

「…………」

我們匆匆下車，進入公會。

公會裡照樣有櫃檯，大批冒險者列隊等候。這些八成全都是被徵召過來的冒險者。從裡頭擠滿了人來看，徵兵令不只是發到首都卡利斯。

「唔，這人也太多了！」

排在我身旁的暗精靈馬上發火。

隨她去吧。

這裡據說是費茲克勞倫斯子爵領地中最大的城市「多利庫里斯」。

相對於卡利斯這名副其實的首都，這裡就是地方城市的樣貌，規模當然也比較小。但這裡是佩尼帝國與普希共和國的外交與防衛要點，繁榮程度不在話下。

領主的城堡位在中央，和卡利斯一樣，有大片屋宅緊鄰城牆而居。就馬車上所見，這裡有幾座人流熙攘的市集，縱橫無阻的道路十分寬廣，行人又多，幹道比假日的秋葉原還熱鬧。

在這個世界，每個聚落的人口密度都很高。大概是因為城外到處有怪物或盜賊趴趴走，造成城市幾乎要變成城邦。包圍城市的層層圍牆，也突顯出這座城與國境是多麼近。

一年到頭沒事就有小型衝突也是難免。兩個大規模國家比鄰而居，不太可能沒有任何往來。

必須擔保他國商人安全，成了緩衝兩國正式動武的首要理由。而其少數窗口之一，多半就是這多利庫里斯了。

這麼說來，艾絲特也是接下了一顆燙手山芋。這純粹是我自己的想像，我看國王實際上要的不是艾絲特本人，而是請她爸爸這個現在進行式的大貴族來幫他管理土地。

「下一個！」

櫃員大叔從櫃檯後邊喊。

總算是輪到我了。

「你好。」

怎麼這裡的公會櫃員也是肌肉男啊。

而且也是光頭加凶臉，有沒有搞錯。

難道是服務規約上制訂的嗎？

「當我時間多啊，快把牌子拿出來。」

「不、不好意思。」

我跟著將入會當時拿到的牌子交給他。

幸好都放在錢包裡。

大叔比對文件與牌子內容過後說：

「來，裝備拿去。到外面白色篷子的馬車上等。」

他將衣服、背包等一大團東西擺到櫃檯上，看起來有二三十公斤重。其他排隊的人，也都是交出牌子之後收取裝備。

自己有裝備的人，好像可以選擇不拿。可是我穿居家服又空手而來，非拿不可。不然明天都不曉得怎麼過，肯定要曝屍荒野。

「咦？又要坐車啊？」

「要直接送到前線去。呃，這是唸田中嗎？」

「對。」

「這名字真怪……」

大叔看著手上資料說。

「抱歉。你也看得出來，我不是本國人。」

「前線現在嚴重缺乏後勤補給，再這樣下去非得退守不可。所以上面命令我們一找到會用治療魔法人就送到前線去。」

真的假的。

太鬼畜了吧。

「資料上說，你的專長是治療魔法和……這什麼？電腦？一種治療魔法嗎？算了，總之專長上有上面要的。我的工作就是找出需要的人，送到白篷馬車上。」

「這、這樣啊……」

一秒上前線喔。

好歹讓我在床上睡個一晚嘛。

我已經五天沒辦法打手槍了耶。

再憋下去，風一吹兒子就要站起來了。尤其是那個暗精靈前凸後翹，車篷裡又空間狹窄，非常危險。像昨晚，我沒事就要為怎麼扳位置傷透腦筋。

「你把後面堵住了，趕快過去。」

「是……」

好吧，在這種狀況下，也不能怎麼樣。

公會裡都是人，總不能在這裡耍賴妨礙別人。櫃員兩三下就打發我走，也是因為國境戰況緊迫吧。儘管不滿，現在也只好告訴自己以大局為重，繼續前進了。

戰爭真的好可惡啊。

逼得人像物資一樣隨波逐流，一點辦法也沒有。

轉頭一看，那個暗精靈還在旁邊櫃檯跟櫃員吵架呢。

「這是什麼意思！要我穿這種裝備上前線嗎？」

「規定就是規定啦！不想穿就自己弄啊，奴隸還敢嫌。」

「你說什麼?你、你這滿嘴屁話的東西！」

「少廢話，快給我上白篷馬車去等！別在這礙事！」

「給我記住！等我、等我自由以後，我一定不讓你好過……」

看來她也要與和風臉一起上前線了。

可能奴隸本來就會受到這樣的待遇吧。她左頰泛紅，似乎捱過一巴掌，使已經很黑的膚色看起來更深。唇上也有些許血絲。

若放著不管，恐怕會打起來。

「好了好了，退一步海闊天空。」

好歹她在車上對我有交談之恩。

就讓我插個手吧。

畢竟這是合法碰觸她那褐膚肉彈胴體的大好機會。

「放、放手！」

一抓手就被吼。

然而我有正當名義。

「妳美麗的臉龐都弄髒了。」

我隨口耍個帥，對她泛紅的臉頰放治療魔法。

傷口瞬時癒合。

她舉起了另一隻手因而停止。

「！……」

看來不用挨揍了。

話說這個暗精靈真的是戰士，很有肌肉。手臂摸起來有稜有角，不是我期待的觸感。我想要的是充滿女性的柔嫩，軟綿綿幼咪咪的那種。

說不定屁屁的肉可以滿足我的夢與希望。

想摸屁屁。想摸屄屄。好想知道是什麼感覺。我要親手開創未來。

然而條件並不足夠。

「現在有很多人在等，快走吧。留在這裡很礙事。」

「唔……誰、誰礙事啊……」

暗精靈狠瞪櫃員一眼，只是儘管不情願也聽從了我的話。手用力甩脫我的束縛，逕自走出公會大門。

對不起，說妳是肌肉型。

我還想多摸幾下。

好想被肌肉型壯壯美少女強姦。

我也跟著黑肉精靈的背影，走向外頭的馬車。

＊

此後，我們沒有稱得上對話的對話，又默默讓馬車搖了一整天。

抵達所謂的前線基地。

「喔呼，我的天啊……」

眼前是一整片電影中戰地醫院的景象。

沒有任何人造物的草原上，有五六座以木材為柱、破布作圍牆搭建的應急小屋。進去一看，裡頭單純用毛毯打地舖當床，躺了大批傷兵。

與其說是基地，還比較像難民營。

一下馬車，就被這畫面來了場震撼教育。

怎麼說呢，彷彿世界全變了樣。

好像能體會突襲諾曼地時，登陸艇上同盟國士兵的感覺。

眼前全是斷手斷腳、肚破腸流的人，實在不堪卒睹。要是沒噁心抗性，絕對會當場吐出來。在網路上搜尋噁心圖片的經驗在這裡發揮得淋漓盡致。

遠方，多半是源自魔法的爆炸聲現在進行式地轟隆作響。看來戰鬥在此時此刻也仍在持續。躺在這的傷兵，都是從音源處送來的吧。

「…………」

好近，最前線怎麼這麼近。

馬車卸下我們這些貨就迅速折返。公會派來這裡的新戰力，含我在內共是男七女一。女的不是別人，就是那個上火暗精靈。

除醜男外，每個都是扛著劍的戰士型。公會櫃員說後勤不足應該是真的。在馬車上就穿好裝備的他們，一進小屋就被身穿騎士甲冑，看似正規兵的男子帶上陣了。

第一天上班就要直上火線，這個職場黑到不行啊。

「你！會用魔法嗎？治療魔法！」

我也沒閒著，有人叫住了我。

一個穿法袍的大叔，以疲憊不堪的眼注視我說。

「啊，對。」

「太好了！快過來救人！」

馬上向我求救了。

這麼多傷患，治起來很帶感吧。

「從這邊過去的都拜託你了，我負責這邊。」

「好，我知道了。」

我接受前人指示，開始上工。

這位給我下指示的大哥裝扮有如祭司，比我大上一輪，快五十歲了吧。不知他在這忙了多久，身心磨耗甚鉅，一臉的疲相。

連問名字的餘暇都沒有。

「…………」

看樣子，是沒閒工夫在我隨波逐流所來到的這個漩渦中開場歡迎會了。我以治療魔法消除長途車旅帶來的一身疲憊，接下來是幹活的時間。

「……話說數量還真不少。」

僅是他交給我的就超過十人。

乾脆用廣域型的治療魔法一口氣搞定。

反正等級MAX，不是問題吧。

傷兵幾乎都是男性，而且肌肉碩大，胸口滿是看了就悶熱的旺盛毛髮，長相也是大多很嚇人。想當然耳，一個個治療根本讓我開心不起來。再說傷口都很噁，完全不想靠近。

如果對方是可愛女生還有樂趣可言。

「哼！」

我裝出發功的聲音，施展治療魔法。

雙掌向前攤開，同時地上浮現出包圍整個小屋的魔法陣。是怎樣，帥呆啦。我再哼叫幾聲以後，地上的男子們身上出現變化。

內臟外露的、失去腰部以下的、臉噴掉一半的……

雖然好像都沒救了，可是只要還有一口氣，傷勢就能覆水回盆般痊癒。

充斥戰地小屋的痛苦哀號一一轉為錯愕。

「怎、怎麼會這樣……」「我的腳！腳長回來了！」「喂！我的手也長回來了！」「我的老二也長回來啦！好像比之前還大！」「這樣作弊吧？」「好厲害的治療魔法，該不會是把我們一次全治好吧？」「不會痛了……不會痛了耶……」

儘管各自有程度差異，大家都十分高興，太好了。

見狀，剛對我下指示的那個祭司樣男子也難掩驚奇。

「先、先生！這是你做的嗎？」

「我不是有意搶您的工作，真抱歉！」

「快、快別這麼說！能用這麼強大的治療魔法，您一定是非常知名的大師吧。我叫亨利，在多利庫里斯擔任祭司，請問尊姓大名？」

「我叫田中，身分就只是普通的冒險者，只有D級而已。」

「您別開玩笑了。剛才治療魔法可是大主教級……不，水準還要在那之上啊！」

亨利和滿地躺的男子們一樣，驚訝得臉都繃住了。

有點爽。

不，超級爽的啦。

但現在似乎不是陶醉的時候，狀況來了。

「打過來啦啊啊啊啊啊啊啊啊啊啊！」

小屋外的哨兵如此狂吼。轉瞬之後，轟隆隆的爆裂聲搖撼大地。

這樣連話都不能慢慢講了。

不愧是最前線，這一炸比先前近好多。

幾個碎片射破布幕，飛進小屋裡來。

一片擦破我的臉頰，血痕滴垂。

好痛啊。

我對亨利問。

「……我這樣是不是看起來狂野了點呢？」

「是、是啊，這樣很好看。」

最前線真刺激啊。

角度稍微偏一點就直擊腦門了。

要是腦漿炸開，我再強也頂不住吧。

「總、總之先告訴我怎麼做吧，亨利先生。」

「知道了，田中先生。」

我和祭司大叔相點個頭。

當我們醫療小組結束溝通，其他躺在毛毯上的男子也急忙起身整理行裝。拆下繃帶之類的醫療用具，穿上鎧甲或長袍，抄起傢伙。

有槍有杖有劍，是毫無統一可言的混編隊伍。

看得出戰況多危急。

「我、我們也能上！」「是啊！多虧醫生治好了我們，不在這裡撐住算什麼男子漢！」「說什麼都非要守住這裡不可！」「好！我們上！」

肉體痊癒，似乎也恢復了他們的神智。

截至剛才還在不斷喊疼的樣子，已遠在天邊。

心態能快速轉換的人，不論是男是女都超帥。

真的會崇拜。

「我要和田中先生到其他小屋救人！救完就馬上過去跟各位會合，可以嗎？抱歉要讓你們再撐一下！」

「喔！其他弟兄就交給你啦，醫生！動作要快喔！」

回答亨利的是個不知名的鎧甲男。

他催趕我們似的繼續說：

「不然等醫生到了，我們也全都玩完了！」

「這樣啊，的確是會覺得有點悔恨呢。」

看來亨利在這裡頗受敬重。

對他說話的語氣很親暱。

男子是個長相凶狠的光頭佬，年紀約是二十下旬，右眼周圍像某個黑人摔角手那樣刺了青。是我平常絕對不會接近的人種。加上他粗獷的舉止，肯定是冒險者一類。

個子大約高我一個頭，也就是一百九十左右。渾身肌肉，肩膀又特別寬，光是站在旁邊就有壓迫感。裝備是以保護要害為重的輕甲，揹了把巨斧。大到很想問他到底揮得揮不動。

「是吧？不過呢，醫生當然是沒得表現最好。慢慢來沒關係，可是拜託了，一定要治好我們那些受苦的弟兄啊。」

「好，當然的事。」

人稱醫生的祭司系中年男子，和不知名戰鬥猛男的對話雖然青澀又爛大街，但感覺還不壞。

這類B級味濃厚，美國戰爭電影常見的對白，有時候就是會讓人覺得很對味，想要定時攝取呢。

「好了。各位，我很期待你們的表現喔。」

「嗯，看我們的！真的太謝謝你啦，醫生！旁邊那個也是！」

男子們踏著有力步伐奔出戰地小屋。

和風臉和亨利也隨其背影到外頭去。

這裡是及膝短草茂密的草原地帶，建築物只看得見充當前線基地的戰地小屋，四面八方都是直達地平線的平地。據說另一邊就是連接普希共和國的國境。

遍布各處的陷坑和植物上的焦痕，肯定就是至今戰鬥所留下的痕跡。我們所待的小屋極近處地面也有個大坑，還在冒煙呢。

多半就是剛剛那巨響的來源。還能活著，算是運氣很好。再偏個幾公尺，恐怕我還不曉得自己死亡就噴得到處都是了。

「…………」

忍不住打個哆嗦。

這裡原本是片清幽的草原吧。然而我們面對的方向，有一大排穿袍的敵軍遮擋了地平線，不下千人吧。離這麼遠，也能看見他們高舉法杖，腳下也有類似魔法陣的光。

狀況不是普通的糟啊，艾迪塔老師。

至於衝出戰地小屋的我方戰鬥員呢，則是聲威浩壯地朝他們直衝。「哇～」跑過去然後「啊～」地被炸散的不久將來輕易地浮現眼前。

敵軍當然是開始攻擊。

宛如翼龍吐息的火焰肆虐戰場。

但戰鬥員之中似乎也有魔法師，張開魔導貴族在飛空艇上用的那種護盾魔法，有驚無險地擋下。前鋒在這當中逼近到攻擊範圍，開始揮劍。

太好了，其實挺耐打的。

「……團隊合作得不錯嘛。」

「是啊。他們都是多利庫里斯C上或B級的冒險者。」

「這樣啊。」

不愧是B級。那樣的事像吃飯喝水一樣，令人嚮往。

據說在首都卡利斯的冒險者公會，B級冒險者也只有每間十幾個，而卡利斯有二十幾間會館。換言之，整個卡利斯的B級冒險者約有三百左右。

雖不知多利庫里斯有多少冒險者，但總不會比首都多吧。這麼說來，不難想像在這裡舞劍弄杖的士兵，大多是來自這一帶上選的菁英冒險者集團。

順道一提，大半冒險者是終其一生都跨不出C級，因此實際上還有細分。習慣上，水準由高至低稱為C一、C二、C三。很像死也不給員工多發獎金的日本企業人事

考績制度那樣。

「敵方有很多魔導士，我們也趕快救人吧。」

「是。」

我和亨利醫生分擔工作，一間一間治。

屋內狀況和第一間大同小異，都是一堆男人在啊嗚。如果我是同性戀，一定會覺得來到人間天堂而狂喜亂舞吧。受重傷而瀕死的半裸的大肌肌不斷啊嗚，受不了啊嗚。

所以在其中一間發現女生的時候，我感動到整顆心都飛躍了。

是我千呼萬喚的虛弱女生。心裡充滿非常信服的感覺。

這個長相可愛的女生約十五歲左右，有頭褐色短髮，體格略瘦。頭髮缺了一塊，似乎是因為受到魔法爆炸波及。那裡頭皮都沒了，還露出一小塊顱骨。

「妳還好嗎？撐著點。」

我當然會一次治一屋，但我的正義讓我走向她。

這個命危的女孩肚子都破了，能直接看見內臟。閃現出漂亮的粉紅色。

又嗯又A啊。

喔不，其實我也不曉得A不A。大概是大批男人的啊嗚過於遠離日常，麻痺了我的心靈。抑或是禁槍這麼多天，使我的精神憋到極限了。

「啊啊……嗚嗚……」

啊嗚到貨啦！美少女的新鮮啊嗚到貨啦！

「我、我馬上治好妳！」

即使在這樣的精神狀況下，本能也使我緊張起來，想起要放治療魔法。

照例，地上浮現包圍整個小屋的巨大魔法陣。

美少女和肌肉男的傷勢逐漸痊癒。從肚子流到舖墊上的內臟，也如吸塵器電線回捲般漂亮收回，被肌肉蓋過，最後覆上滑溜溜的皮膚，美肌大變身。

「……好、好厲害……我的傷……」

美少女驚愕地注視她袒露的腹部。

她沒穿衣服，臍下蓋的那塊布不怎麼大，大腿全都露。

戰場真是配菜的寶庫。在這種極限狀態下，價值狂跌的人類尊嚴飄散出野生動物般的性感氣息。

「謝、謝謝你！」

「哪裡，應該的。」

我這才注意到她也有項圈。

也就是奴隸吧。

說不定冒險者公會養的奴隸還滿多的。又或許公會規章裡藏了一些會把人打成奴隸的條款。回卡利斯以後，還是重新看清楚比較好。

「請問，剛、剛才那個治療魔法該不會是您單獨一人放的吧？」

「是啊，因為人手實在太缺了嘛。」

「好厲害……」

我老實回答，而她的反應甚為感動。

和亨利一樣。

這個女生有對狗耳朵，之前大概是炸爛了才沒注意到。也就是顱骨裸露的部分。隨治療魔法生效，耳朵從腦袋鑽出來，尾巴也長出來了。毛茸茸的。像黃金獵犬的旗狀尾。

恐怕是被敵軍狠狠摧殘過，這樣還能回基地也真夠命大。那塊布底下，肯定有個被人內射再內射的多汁嫩鮑。

糟糕。硬了。戰地輪姦最強傳說。

唸起來感覺真不錯。

所以八成是沒膜了吧。阿彌陀佛。

「外面戰況激烈，沒信心的話，還是退遠點比較好。」

「呃……我、我也不是那麼……」

妳下垂的三角耳已經透露出信心多低了啦。

「就算是我，也沒辦法復活死人。」

大概吧。

「！……」

「就這樣，我先走了。」

簡單結束對話後，我離開小屋。

正好，亨利也從其他小屋出來。

我們在鑽出布幕時對上視線。

「田中先生，您那邊怎麼樣了？」

「如果亨利醫生您那間小屋完成了的話，這邊就告一段落了吧。有不少人已經不幸過世了。」

有的人身體裡還有類似蛆的東西爬出來。

鑽出眼窩的那種實在有夠噁。

「這、這麼短的時間內就治好上百個瀕死傷患……」

「如果沒有其他傷患，我們就和前線會合吧。」

「好的，就這麼辦。」

我和亨利相視頷首。

要趕去救前不久返回戰場奮勇抗敵的冒險者們了。

我是很想慢慢飄過去啦，可是亨利就在旁邊看，我這個容易從眾的日本人不得不全力以赴。

前方數十公尺處正打得火熱。

「我先走一步。」

「！……」

用魔法直接飛過去。

遼闊草原上，敵我雙方戰成一團。延綿到地平線的短草會東缺一塊西缺一塊或燒成黑炭，應是魔法往來的結果。

兩軍都是戰士型士兵在最前方以槍劍等近戰武器交鋒，魔法師在後方不停灑魔法。後方之中，也有人從事防禦工作，用魔法替前鋒抵擋來自敵陣後方的魔法攻擊。

雙方打的都是建立在成功合作上的團戰。

「好猛啊……」

尤其是前線對後方的信賴，實在是大到極點。儘管防衛稍有差錯就可能當場死亡，劍也揮得毫不遲疑。是我就用飛行魔法全力撤退了。一定會。

唉，現在不是感動的時候。

每次防禦出現偏差就有人受重傷。

有的已經完蛋倒地。

大半是身體嚴重缺損，還比較像肉塊。

現在應該推一波，幫他們贏得勝利吧。

我得快提供幫助才行。

「……上吧！」

可以的話，我是很想用對戰克莉絲汀時確定過的閃亮亮無敵模式下場打。既然能撐住四位數等級龍的惱羞洩恨，人類根本沒什麼好怕的吧，還可以在戰場上哼歌散步。

不過那招實在太耗ＭＰ。

還要同時治療大量我軍，恐怕很吃緊。儘管發光以後等個幾小時回魔就補得起來，但現在沒有那個閒工夫。

所以還是只能靠飛行魔法，用超強閃避技巧決勝負。

加快腳步。

「各位再撐一下！援軍馬上就來了！」

我從空中衝進戰場，飛向傷兵。

從視野範圍內傷勢嚴重的開始。

「你、你不、是……」

「請別亂動。」

這位幸運的頭號傷兵，我剛才還見過。

就是之前在戰地小屋和亨利有段B級對話的肌肉男。

眼睛下方的刺青非常吸睛，不過看起來很恐怖，希望能弄掉。不知道治療魔法能不能用來除刺青。算了，隨便弄掉搞不好會挨罵。

長得還滿帥的嘛。那把足有一個人高的巨斧就掉在旁邊，肯定是前鋒。才不見幾分鐘，下半身就又分家了，實在很不好笑。要是我沒趕到，再幾分鐘就死透了吧。

「哼！」

我賣力地放一發治療魔法。這裡傷兵眾多，又散布在戰場各地，不能在同一處停留太久，MP耗用率再差也要以治療速度為優先。快點恢復、快點恢復。我不斷唸著。痛痛飛走吧。

這讓他腰部以下幾秒鐘就再生了。

嘟嚕一下長回來。

超噁的。

「媽的，又讓你看到這窩囊的樣子。」

「只要還有一口氣，倒再多次都沒關係。我一定把你治好。」

「……好，太感謝你了。能活下來真的太好了，謝謝。」

凶臉隨笑容而扭曲。

「不用謝，身體感覺怎麼樣？」

「嗯，沒問題。話說，你的治療魔法真厲害……」

「有治好就好，我再去治別人了。」

「好，弟兄就拜託你了。」

「包在我身上。」

簡單講過幾句話，他又昂然挺立。

接著拾起掉在一旁的巨斧，放聲一喝。

「看我的，老子還有得打！」

然後迅速往敵人衝。

「吃我的斧頭！看我把你們一次砍光！」

整條雞雞晾在外面甩還這麼大聲。

就是這樣才會被集火啦。

要拚可以，安靜一點嘛。

算了，現在該以治療其他傷患為先。

接下來，我也一樣致力於治療倒地的友軍。

如亨利所說，這裡的友軍大半是公會旗下的冒險者。怎麼看出來的呢？很簡單，因為正規軍穿的都是同一式盔甲。

而穿這種盔甲的人雖是一身看似昂貴的近戰裝備，卻不怎麼敢上前，都只在安全的地方嚷嚷著那邊做什麼、這邊怎麼跑，很少親自揮劍殺敵但還是很顯眼。

看來這些少數族群是擔任小隊長、分隊長之類的職務，多半是高層直接派來的空降主管。

就像企業集團的課長位子多半會被母公司的正式職員佔走那樣，危險的工作交給子公司職員或派遣工去做就好了啦的感覺高到爆炸。不過呢，現在的情況是課長全滅就是了。

大半早就死透了。

倒在地上動也不動。

不知是他們生存力比冒險者差，還是敵軍看出他們是指揮官而集火攻擊。唯一能肯定的事實是，正規軍死傷慘重……唉，又有一個被火球之類的魔法炸死，脖子以上不見了。

所以看樣子，我軍戰線實質上是由冒險者構成。

我一面拚命治療不知名的大批肌肉男，一面想這些事。

「謝謝你！得、得救了！」

「哪裡，不客氣。」

不曉得聽過多少次道謝了。

無論左看右看，戰場上都只有男人，看來打仗是男人的工作。女性少之又少，現在只看到在最前線敵陣中不斷揮劍的某暗精靈而已。話說這暗精靈也太猛了吧，還直接用劍砍爆魔法咧。

我在治療的空隙瞄了她幾眼，發現這裡似乎沒有比她更強的前鋒。說不定她擊倒的敵人數量，比後方轟魔法的人加起來還多。

這場會戰的MVP無疑是這個黑肉。

以憎恨為生存原動力的人，在逆境中都特別強悍呢。

「不好意思，我還有其他人要救，先走了。」

「真的很謝謝你！這樣就能繼續打了！」

「出事了就大聲叫，這樣我比較容易注意到。」

「喔！多虧有你在，我可以安心往前衝了！」

每個都好熱血喔。

熱到要起火了。

虧我還想慢慢飄過來的說。

「加油喔。」

「好，我上了！」

我也受到他們不少影響吧。

這個開個玩笑以後一手拿劍衝向敵陣的無名氏，是大概小我一輪的青年。原先用詛咒整個世界似的表情在呻吟，一治好就笑著往前衝。

「他一定是好人……」

我不禁這麼想。

是與他國戰爭，讓他在此時此刻如此行動嗎？

我不曉得。

不過呢，今天好像流行全力以赴。

傷癒而往後跑的冒險者，目前一個也沒看到。

連狗耳少女都在努力射箭。

「這麼為同伴賣命，到底是多現充啊。」

羨慕死人了。

令人嚮往啊。

「田中先生，我這位交給您了！憑我的魔法治不好他！不、不好意思，拜託來幫幫忙！」

啊啊，現在不是嫉妒的時候。

「好！」

我應亨利的呼喊，用魔法飛過去。

真是的，這麼受臭男人歡迎是怎樣。

要是戰場男女比例顛倒，我還能多一點幹勁。

「馬上過去！」

拜託饒了我吧。

害我都熱血起來啦。

*

【蘇菲亞觀點】

田中先生已經離開宿舍好幾天了。

完全沒有要回來的樣子。

看來現在這種悠然自得的女僕生活是真的穩了。我和昨天一樣，睡到過中午才起床，吃人家為貴族做的飯。飯後懶懶地躺在客廳沙發上，看昨天在街上書店買的小說，喝香噴噴的茶。

皮包裡有獵龍時分到的金幣，肥得不得了。

「在學校當女僕也不壞呢……」

我在照進窗口的陽光下，讚嘆這美好的生活。

會讓人忍不住祈禱這樣的舒適可以持續到老呢。如果我還住家裡，這時候一定是汗流浹背地忙著送晚餐吧，

而現在的我不同了。

「……我是貴族。」

呵呵。

呵呵呵呵。

任何平民女孩都嚮往這樣的身分。

「我是貴族千金大小姐……」

我沒來由地高舉茶杯。

這樣的感覺真不錯。

想不到我也會有這樣優雅喝茶的一天。

在家頂多就是趁休息時間在廚房角落喝碗員工餐的湯。雖然爸爸的湯沒這裡好喝，在我們那邊已經很厲害了，沒什麼好挑剔的，可是用餐地點的氣氛比什麼都重要。

沒錯，就是呈現的方式。

「我今晚要和第一王子在舞會上共舞呢。」

我當自己是舞臺優伶般自言自語。

平民女孩都想說說看這樣的話吧。

就像一般人根本不曉得王子長什麼樣，但就是會讓人憧憬。

當然在現實中，比起接觸不到的美好，我寧願以手邊的小幸福為目標。生活的環境，讓我學到女人一定要實際一點。

想釣金龜婿而和爸爸離婚，卻半路夢碎淪落柳巷的媽媽，更讓我了解妥協的重要。

不過，妄想一下無傷大雅。

我現在勉強還算是可以作夢的年紀吧。

「舞會結束以後……王子就會把我帶到房間裡，然後……」

我情不自禁地傻笑起來。

妄想無止境地蔓延，感覺幸福得不得了。

「啊啊，王子殿下，不可以。我、我是……我其實只是小小的平民……」

珍惜到現在的第一次，啊哼，就要被王子那高貴又雄壯玉柱給……

啊哈，王、王子殿下。

請您收下我的貞操吧。

啊啊，我也會盡力的。

我會盡量去享受這一刻的。

來吧。啊啊，愛怎麼來都可以。進來坐喔。

大概是老天懲罰我胡思亂想吧。

「喂！他在嗎？」

「砰！」地好大一聲，客廳的門突然開了。

「咿……」

怎、怎怎怎怎、怎麼會這樣？

法連大人、法連大人他跑進來了！

這是怎麼回事，沒聽見敲門聲啊。

對了，難道我沒鎖門嗎！

「唔，不在嗎？」

「請、請問大大大大、大、大人這、這是……」

幸好沒自慰。

不然已經掉腦袋了吧。

我立刻縮回伸向胯下的手。

胯下有點濕了耶，啊啊。

「小女傭，他上哪去了？」

「田中先生、他到艾絲特小姐的領地去了……」

「理察家女兒的領地？不會是多利庫里斯吧！」

「是、是的！」

我話還沒說完就拚命點頭，脖子快散了。

法連大人是個非常恐怖的人。

他對於有魔法素養的人，可以放下身分敞開胸懷；可是對於沒有的人，就當作路邊的石頭一樣不管死活。對於當然是後者的我來說，沒有比他更可怕的人。

聽說他以前還毫不猶豫地砍掉了家裡女僕的腳。

「唔，怎麼偏偏在這個時候……」

「…………」

對了，法連大人旁邊的女生是誰呀。

他帶來的小妹妹，年紀大概沒有十歲。

皮膚很白，不過讓人印象最深的還是過腰的黑色長髮和金色眼睛。對了，她的眼白怎麼是黑色的呀，不是普通人吧？亞人也沒看過這樣的。首都卡利斯已經是國內人口特別多的地方了，我也沒看過這種的。

服裝和法連大人一樣，是貴族的華服。

一件裙襬領口等部位都有漂亮荷葉邊的紅色禮服。

非常可愛。

『喂，他不在啊？』

小妹妹這麼問法連大人。

朋友的語氣。

很沒禮貌的朋友語氣。

她真的跟外表一樣，也是貴族嗎？

「嗯……聽說是出門了。」

『什麼？丟下我自己出門，這傢伙真可惡。』

「妳有跟他約好嗎？」

『……是亂跑的人不好。』

面對法連大人的問題，小妹妹把頭甩向一邊。

感覺有點像艾絲特小姐。

不過很明顯地，她任性得多了。

「沒有事先約好啊？」

『那當然啊，我又不在這座城裡。』

「算、算了，那也只好去找他了……」

好難得喔。

法連大人態度好卑屈。

平常的話，他是不會用算了這種話來收回自己的想法。這麼說來，這個小妹妹是什麼人呢？

法連大人對艾絲特小姐說話一樣是高高在上的態度，要我不好奇這個小妹妹的是什麼身分也難呢。

『多利庫里斯在哪裡？』

「普希共和國的國境附近，這樣說聽得懂嗎？」

『我不懂人世的規矩。』

「我想也是。總之就是距離這裡幾天馬車路程的城市。」

『哼，憑我的翅膀，連半天都不用。』

「這、這樣啊。」

法連大人好像很緊張耶。

這畫面太稀奇，讓我不禁看得眼睛發直。

『好，決定了就馬上出發！』

「嗯，快去吧。祝妳順利找到他。」

『說什麼傻話，你要帶路啊。』

「我、我嗎？」

『不服氣啊？』

「唔……」

皺眉頭的法連大人好可怕。

好希望他們趕快離開這個房間。

可是這種想法好像反而害了我。

「那個女傭，妳也跟我一起來。這樣跟他比較好說話。」

「咦……」

意想不到的命令使我腦袋一片混亂。

為什麼找我？

「他」是指田中先生嗎？

但對方是貴族，我沒有搖頭的份。

「……遵、遵命。」

最近幾天，我身邊的人好像都過得很匆忙。

絕對不只是錯覺。

「好，那就跟我來。」

我的貴族家家酒，就這麼隨法連大人的命令落幕了。

*

上戰場幾個小時後。

我們的部隊成功力挽狂瀾，打跑敵軍。現在，附近沒有普希軍的影子，前線基地也恢復平靜，原先的混亂彷彿不曾存在。

治完傷兵，我稍作休息。剛在小屋外坐下，亨利就走了過來。衣服滿布血跡塵埃，到處坑坑洞洞，臉色也不太好，但他仍對我微笑。

「田中先生，您辛苦了。」

「亨利先生，您也辛苦了。」

這就是男人卸下重擔時的表情吧。好個帥四十。

我也想成為這樣的中年男性。

喔不，現在重點是回春。

「多虧有田中先生，我們才能順利撐過這一戰，真是太謝謝您了。一想到沒有您會是怎麼樣，我就直發抖呢。」

「哪裡哪裡。能有這樣的勝利，全是大家合作的結果。」

「大家的確配合得很好，這無疑是得勝的一大要素。可是在後面支撐這一切的，就是田中先生您啊。」

「亨利先生不也是嗎？」

「憑我一個實在撐不住，半途就崩潰了吧。」

同時他視線往和風臉所坐的位置旁邊瞄。

「可以一起坐嗎？」

「當然，請坐。」

亨利嘿咻一聲，席地而坐。

我們的視線，都投向之前戰鬥的殘跡。

滿地都是大坑洞，有的地面燒得焦黑，有的依然結凍，周圍草枝全成冰雕。而且屍橫遍野，已經吸引許多鳥獸前來撿食。

場面非常悽慘。

知道身分的死者，認識的會簡單憑弔，但大多沒這麼幸運。敵軍更是不理不睬，直接棄置。既然現在是能穿短袖的舒適氣候，屍體要不了多久就會腐爛，惡臭將籠罩這個地區。

「……真的太感謝您了。」

「彼此彼此。」

看著亨利百感交集地道謝，我也很感嘆。

奮鬥到現在，讓雜念隨汗水流去一般，心情平靜。

「田中先生，您是哪裡的冒險者？」

「我嗎？我從首都來的。」

「卡利斯啊，真好。首都很繁華，人也很多吧。」

「您又是哪裡人呢？」

「我在多利庫里斯出生長大。不怕您見笑，目前負責管理一座修道院。」

「啊，不好意思。您之前就說過這件事了吧。」

「一聽說敵軍可能會攻進我所愛的這座城鎮，我就坐也坐不住，不看自己已經一把年紀就跑來這裡出差了。」

「太偉大了，這不是普通人做得到的。您是個值得尊敬的人啊。」

「我只是孤家寡人，沒有牽掛而已。妻兒，都先走了。」

「這、這樣啊，不好意思。」

「不，那已經是好多年前的事了，請別放在心上。因為這個緣故，我反而能救更多的人，所以我現在很慶幸自己能來到這裡。」

「……就是說啊。」

儘管心情平靜，但氣氛隱約透露著哀淒。

「前不久，城裡有傳令來過。」

「傳什麼令？」

「說是部隊輪替，要我們回城。」

「這樣啊，那真是太好了。今天實在是累斃了。」

與其他人相比，我不過就是在這裡過了一天，但耗時數小時的大規模會戰大幅消磨了我的精神。前往戰場這段好幾天的路途，相信也造成不小影響。

魔法只能治癒肉體，治不了心靈。

這點在我伴隨亂交團時就驗證過好幾次。

「等戰況穩定以後，請一定要來修道院坐坐。」

「那當然，改天我一定登門拜訪。」

他手伸了過來。

緊緊握住我的手。

我一直很憧憬這種事啊。

感覺上，心裡都熱起來了。

暖呼呼的。

這時，也有其他人向我出聲。

「兄弟，你叫田中是吧？」

「找我嗎？」

轉頭一看，有個肌肉猛男站在我斜後方。我認得他，就是幾秒鐘就生出腰部以下的超再生系光頭，眼睛下方有刺青的迷人帥哥。長相好恐怖。

他慢慢走過來，一屁股坐到我面前。

盤起雙腿，眼睛與我齊高。

「我是代表戰團成員來感謝你的。」

「戰團？」

「我們叫黃昏戰團，有聽過嗎？在多利庫里斯這邊還小有名氣，最近在首都那也有不少工作。」

「不好意思，我是個四海為家的人，不太了解這種事……」

「沒關係，不用在意。我只是想要個帥而已。我叫岡薩雷斯，在那個戰團作團長。」

「你好，岡薩雷斯先生。今天真的辛苦你了。」

「是啊，你也辛苦了。」

岡薩雷斯，好殺的名字。

和這樣一個凶臉肌肉大棒子有夠搭。

敬替他取名的父母一杯。

粗啞嗓音充滿成熟磁性。

有夠岡薩雷斯的啦。

「看到那麼強大的治療魔法，真是佩服得五體投地啊。」

「能幫上各位的忙，我也非常高興。」

「這次派上戰場的冒險者，大半是我們戰團的人。其實冒險者公會高層不太喜歡我們，所以不管等級和適不適合，全部藉這個機會要我們去送死。」

「這、這樣啊。」

果然會被送上這種嚴酷戰場的，都是被特別檢選過的倒楣鬼。所以我也是嗎？感覺應該不至於。算了，沒必要想太多，搞得自己烏煙瘴氣。

現在要和岡薩雷斯分享倖存的喜悅才對。

「不過，能夠這麼驚險地守住女人小孩，也算是不幸中的大幸啦。」

「那真是太好了……」

原來如此，所以肌肉率才這麼高。

真希望戰場可以多一點養眼元素。

「如果戰團能升到A級就能免役，低等的成員也一樣受惠，可是現在怎麼看都衝不到B以上啊。但是話說回來，恐怕不管再怎麼拚，上面都不會點頭吧。」

看來除了個人之外，還有所謂戰團的隊伍。

而戰團也有分等級，A以上就不用收紅單了。

對於D級的底層狗來說，似乎是個非常好的消息。

「所以我原以為這次死定了，神已經拋棄我們了，結果事情並不是那麼回事。多虧有亨利醫生跟你，我現在才能活跳跳的，沒什麼事比這樣更開心了。」

肌肉男笑嘻嘻地說。

他連亨利一起誇，我只好乖乖同意。

「有你這句話，我就沒白忙了。」

「雖然還是有人陣亡，可是數量完全不能跟活下來的比，還有得玩呢。這全都是你們的功勞，真的非常感謝你們，你們是我們的救命恩人。」

「哪裡哪裡，這樣說實在太客氣了。你們在前線破敵，我們在後面支撐。這世上不管任何事都要前後方互相幫助，我們也只是做了分內的事而已。」

「可是我好像看到你用飛行魔法在最前線飛來飛去耶。」

「這種婆婆媽媽的話就說到這裡吧，現在我們應該單純分享打勝仗的喜悅，不需要有太多顧慮。我也不怎麼喜歡說些拘謹的話。」

「不好意思啊，還要你替我想。」

「沒關係。」

岡薩雷斯靦靦地摳摳臉頰。

即使是這樣的小動作，悍臉帥哥做起來就是帥。真是的，明明都是男人，和風臉根本像個屁。覺得他有點可愛的時候，我就已經輸定了吧，可惡。

女人這種生物，八成會被這種表情ＫＯ。我懂。

「對了，之前那邊那個暗精靈跟我說你也是冒險者，真的嗎？用那麼誇張的魔法，還以為你一定當過祭司什麼的呢。」

那個暗精靈就是那個暗精靈吧。

從第一天認識就都是很不爽的樣子。

現在也是不靠近戰地小屋，一個人躲得遠遠地啃乾糧。

那一定很難吃吧。

只出門幾天，我就好想念宿舍的貴族午餐了。

「對啊，我是冒險者。」

「不嫌棄的話，要不要加入我們的戰團？」

「……你們的戰團？」

這是那個嗎？

俗稱的挖角？

「對，我們會很需要你的力量。」

他正面直視我說。

如果我是女人，三秒就濕了吧。

整個就是好萊塢動作片裡扛機關槍衝鋒陷陣的那種

帥哥，充滿連我看了都想在今晚重訓一下的男性魅力。結實壯碩，狂野豪邁。

可是，他的眼睛卻閃亮得像個小孩，讓人很不曉得該怎麼辦。

真是個傷腦筋的肌肉棒子。

「這樣啊。」

他說自己前途不樂觀才邀我入團，一定不是個壞人。我自然而然這麼想。壞人應該會像某些教學廣告那樣，舉一堆好處出來。是一個加分之處才對。

然而我還有其他地方要回去，有使命等待我去完成。

我要回到首都卡利斯，買一對金髮蘿莉美少女肉便器奴隸姊妹，這就是我的使命。

「你願意邀請我，我實在感到非常榮幸。可是很抱歉，還有人在等我回去，所以我不太能接受你的邀請。」

「這樣啊，那真是不好意思。」

「對不起。」

「沒關係，就當我沒說過，別放在心上。」

「謝謝你的體諒。」

肌肉棒子即使遭到我拒絕，表情也沒有絲毫不悅。還替我圓場，繼續聊下去，表示他真的很好相處。

「要是在多利庫里斯遇到麻煩，就找我們黃昏戰團吧。只要你到公會說要找岡薩雷斯，我馬上就過去，絕對能幫到你。」

「謝謝你。希望到時候不是這麼殺風景的戰場，而是在有氣氛的餐廳邊吃午餐邊聊。」

「就是說啊。」

岡薩雷斯咧開嘴爽朗一笑，附和我的話。

我的戰場第一天，就麼在悶熱的男人堆中度過了。

＊

從前線基地走了兩天，我們總算平安返回多利庫里斯。

第二天，回城的兵要進城堡見主子。

哪座城堡呢，就是位在多利庫里斯的領主城堡。

在公會簽下的旅舍過一晚之後，日出時分就有個稱作接待員的差爺把我挖起來，唏哩呼嚕趕上馬車，強行載到城堡裡。車上還有岡薩雷斯和臭臉暗精靈兩個。

差爺路上說，領主看我們戰果優異，要我們去領賞。

原本以為又要上前線，結果是個令人鬆口氣的好消息。其他人也一樣，臉上自然有了笑容。

總之就是那個吧，代表全學年領畢業證書的感覺。

隨馬車晃了不到一個小時，我們就進了城堡。當然，城裡都打點過了，我們一路暢通地隨接待員左轉右轉西西東東，最後來到一扇高大的雙開門前。

這城鎮的領主多半就在門後等著。

「…………」

糟糕，領主就是艾絲特嘛。

最近發生太多驚人的事，害我都忘了。應該不會還沒到吧。忽然高漲的不安，使我緊張得全身緊繃。

站在身旁的岡薩雷斯似乎注意到我的變化，問道：

「怎麼了？」

「沒、沒什麼，就是……」

「不用那麼緊張啦。」

「這個，我……怎麼說呢……」

她在這種狀況下見到我，會發生什麼事？

已經有個模糊的畫面了。

然而狀況不會因為我緊張就暫緩。門很快就開啟，看似謁見廳的寬敞房室映入眼中。大小當然比不上卡利斯的王宮，不過好歹也挑高兩樓，又高又開闊。

一條紅地毯從門口向深處延伸，最底有幾級臺階，有金屬裝飾的豪華寶座鎮座於其頂端。兩側有一大排穿斗蓬的貴族，感覺只是比上次謁見規模小一點而已。

「…………」

我看了幾眼，發現金髮蘿莉不在廳裡。

似乎是不會出席。

「進來。」

帶路的差爺在一旁下指示。

我們隨之向前走，停在豪華座椅前幾公尺處，跪地俯首。

在首都卡利斯有過一次經驗，這次自然沒那麼緊張。對方是艾絲特領地的人也有不少影響吧。

就像去朋友家玩遇到人家老媽一樣。

不過六日老爸也可能放假在家，這種時候就有點恐怖。

「各位戰士，很高興見到你們。」

寶座還是空的。

站在一旁的大叔代替領主說話。

在王宮裡多半就是宰相那樣的人物吧。

他年紀比我大一輪，禿得厲害的條碼頭很是顯眼。頭髮很黑，條碼到不行。不過眼睛是淺綠色，皮膚很白，終究是歐美人種。

大得難以看清腳邊的肚子、重重下垂的單眼皮和鬆垮垮的臉頰，讓我怎麼看都是壞人。若在色情遊戲裡出現，肯定是凌辱專員，而且是死命內射，要把人肚子搞大那種。

「…………」

一想到這祕書長職位的人整天在艾絲特身邊跟前跟後，怎麼說呢，我就滿腦子都是色色的畫面。興奮的同時有點不耐，心情非常複雜。

被痴肥大叔無套內射妊娠調教的艾絲特也很可愛。

嘴上說討厭，最後還是乖乖生出來呵護長大的傲嬌真可愛。

不過還是有點不甘心啊喂。

我該拿這份鬱悶怎麼辦啊。

說來說去，萬惡的根源就是我的童貞。積久成疾啦。

「面對兵力差距十倍的普希共和國部隊還能奪得勝利，成功重建戰線，領主費茲克勞倫斯子爵非常高興。」

太好了，看來艾絲特已經平安抵達多利庫里斯。

她高興就好。

雖然這種時候寶座為何空著令人在意，但多半是有其他事要忙吧。對方是領主，不會閒到來參加小小兵卒的頒獎典禮。而且在這種剛到任的時期，肯定特別忙碌。

「鑑於本次戰功彪炳，領主賜封各位為佩尼帝國軍階二等曹，以資獎勵。另外，各位的部下也在此封為一等士，而各位當然也會獲得對等的薪俸。」

「！……」

「…………」

聽條碼頭這麼說，岡薩雷斯和暗精靈都暗抽一口氣。

我這個佩尼帝國一年級的大外行，實在聽不出那番話有什麼弦外之音。不過，從他們緊繃的表情看得出來，那並不是好消息。

若單純照字面看來，升階應該是件好事。

「普希共和國仍沒有打算撤軍的樣子，還望各位再接再厲，拿出更好的表現。未來還會有新任務交給各位，期盼各位盡忠職守，馬到成功。」

條碼頭轉動眼睛，掃視我們這些跪地的人。

嘎嘎。一旁傳來暗精靈的細小咬牙聲。她今天也是要抓狂的樣子。大概是對方從高處看她，我們連屁都不能放，讓她很火大吧。真是難搞的人。

「今天的謁見就到此結束。」

和獵龍後那次不同，都是對方在說話。

這次謁見好短啊，感覺還有點隨便。

真是留下諸多不安的獎勵時間。

＊

謁見過後，我們又搭馬車返回冒險者公會。

下了車，一大早帶領我們的接待員才總算離去，好像是有事要交代公會職員。叫我們在原地等等之後，就在櫃檯另一邊消失了。

這讓跟著他跑的岡薩雷斯、暗精靈和我有機會偷偷交換資訊。我們隨便找個四人座的位置坐下來談。

「他們好像真的要把我們用到死為止……」

頭一個開口的是岡薩雷斯。

「可惡，真是混蛋……」

暗精靈也點頭認同。

表示雙方見解一致。

而和風臉則是一點也無法理解他們的心思。既然封了軍階，應該也不全是壞事吧？

「這樣很不好嗎？」

總之先問清楚再說。

岡薩雷斯立刻回答：

「還用問嗎？那擺明是要把前線完全推給我們。就算有二等曹的頭銜，戰場上還是有監督看著，就是軍隊裡尉官或騎士階級的人。你也看到他們在戰場上態度有多糟了吧？」

「對、對啊，真的很……」

「我看上頭根本就不想在這場戰爭裡消耗正規軍吧。出來監督我們的人動作那麼差勁，一看就知道是吊車尾，送來這裡主要是為了處分掉那些根本派不上用場的飯桶。」

「會不會是想太多了呢？戰爭是國家大事耶。」

「那不是更糟嗎？明明是國家大事，不派正規軍才奇怪吧？小兵幾乎是由冒險者組成耶。而且同行的騎士和尉官死了大半，他們卻完全不聞不問，戰果再怎麼顯赫也不該這樣吧。」

「……說得有道理。」

「這次謁見不是沒有找亨利醫生嗎？就算你是外國人，也能從這點看出上面對我們冒險者的想法。不過就這點而言，我倒是還有點慶幸。希望醫生能多活久一點。」

「原來如此。」

聽了岡薩雷斯的說明，感覺還真是那麼回事。

他現在的心情，和到了母公司卻被強迫無薪加班的子公司正式社員一樣吧。

「如果他們有派駐守多利庫里斯的正規軍到前線去，我們就不會那麼辛苦了。要是我們輸了，附近的村莊一定會有不小損害，而且現在還看不太出來普希共和國出兵的理由，都讓人覺得很奇怪。」

「仔細想想，我也覺得很有問題了。」

背後大有文章的感覺相當強烈。

「而且剛好在這時候，領主換人了。這個新領主腦袋到底是有什麼問題？管他是不是殺過龍啦，政治恐怕是不怎麼樣。再這樣下去，搞不好多利庫里斯再過不久就要淪陷了。」

「這、這部分，呃，可能有點難說。」

「搞得好像故意要打輸一樣。這次是多虧有你在，我才能活下來。一想到要是沒有你，我就渾身發毛。而且現在看來，這種事要持續多久還很難說呢。」

「……這樣啊。」

共患難的戰友所說的話，格外撼動人心。

我也覺得他說得一點也沒錯。

艾絲特是不是很不適合當指揮官啊。

讓人非常擔心。

敢衝出來丟火球表示很有膽量，應該不錯啊。

話說回來，這下傷腦筋了。

照現況看來，恐怕是暫時回不了首都。這場戰爭到底要打到什麼時候啊。

「公會規章沒有限制日期之類的嗎？」

「出征之前我看了一遍，沒有寫到期限之類的東西。不過，這本來就是國家緊急的時候才會用到的條款，寫了也沒意義。」

「那真是太慘了……」

「二等曹這個階級，也只比大部分人高一階而已，封這個是在下面有人出包的時候找個人背鍋吧。像我這個團很大，問題也多。而且不管封得再高，死了就全沒了。只要我們繼續留在戰場上，那就一點意義都沒有。」

「…………」

看來我來到的環境比我想像中更嚴峻。

「公會這種組織，和國家有不少類似的地方嘛。」

「還好啦。對他們來說，就是無數安插空降肥貓的好地方之一而已。」

「原來如此。」

在這種事情上，奇幻世界和現實也差不多的樣子。

我和岡薩雷斯就這麼聊個沒完。他提供的資訊，對我這個缺乏這方面常識的人來說十分寶貴。聽到好奇的就問，然後「這樣啊」個沒完。

至於暗精靈，則是始終默默看著旁邊。

臉還是一樣臭。

所以從頭到尾都是我們兩個在聊。

「不好意思。我對這裡社會的構造實在有很多不懂的地方，有件事想請教你。冒險者公會是只有這個國家有，還是遍布鄰近國家的跨國組織呢？」

「這個嘛……」

我鼓起勇氣開口問，而岡薩雷斯想想後回答：

「叫做冒險者公會的，其他國家也有，像買賣、治金之類的其他公會也都是這樣。不過冒險者公會並不是走到哪裡都一樣。聽說彼此之間有所聯繫，經營方式大多是隨國情而不同。」

「原來如此，所以空降也是因為這樣……」

「對啊。如果是同盟國，公會之間大多也能互相通融。如果是敵國的公會，最好是當作另一種東西。像佩尼帝國和普希共和國感情很差，就幾乎不一樣。」

「抱歉問了這麼怪的問題，我學到了很多。」

「哪裡。不管你是什麼人，都是我的救命恩人。」

「真的很謝謝你。」

「還想問什麼嗎？既然有這個機會，想問什麼都沒關係喔。不知道的事就是要早點問清楚，不然鬧出問題就來不及了。我也希望你能活久一點呢。」

岡薩雷斯爽朗地咧嘴笑。

「不好意思，那我就不客氣了……」

我順了他的好意，問出累積到現在的問題，學習這世界的種種。包含金融、物流、交通方式、國家規模等，基本上就是在這世界生活的成人應具備的常識。

一次解決所有疑惑，真是痛快。

像魔導貴族、蘇菲亞、亞倫等其他熟識的人，我已經建立起一定關係，有些事實在很難問他們。例如我知道怎麼醫治公主的病，卻不曉得這塊大陸有幾個國家，問下去就很怪。

我繼續想到什麼問什麼，把一肚子的疑問全倒出去。

岡薩雷斯也爽快地有問必答。

雖然長相超級恐怖，實際上卻是個古道熱腸的人。

不愧是一團之長。

「……差不多就是這樣吧。」

「感謝你詳細的說明，這下我都明白了。」

「是嗎？我不太會說話，還怕你沒聽懂呢。」

「你真的說得很清楚，解決了我好多疑問。」

「那就好。」

一口氣補習嚴重缺乏的奇幻知識，感覺好充實。甚至讓我覺得，要是能平安返回首都，上前線打這場仗或許也不是全無意義。

原來我所在的這塊大陸上，擠了十幾個大大小小的國家，其中佩尼帝國是立於金字塔頂端的大國。與其接壤的普希共和國規模相當，為爭奪第一強國之位而幾百年來大小紛爭不斷，但兩國原本其實是同一個國家。

這種事我之前一個字也沒聽說。如果這世界有相當於小學的初級教育機構，在歷史課就會上到吧。幼少期的教育學習真的很重要。好想上小●生。

沒上過學，搞得我像質詢一樣。

可能是真的問太多了。

始終無視於我的暗精靈在最後喃喃地嗆我。

「……你也太無知了吧？」

「沒、沒有啦，就是發生過一些事，我對這世界的構造不太清楚。」

而且是傻眼的表情。

平常那張臭臉都縮起來了，可見有多麼誇張。

「聽你這樣說，難道你是從其他世界來的嗎？」

「也不是那樣啦……」

還是到這裡打住吧。

問題解決得差不多之後，我試著強行改變話題。

再繼續麻煩岡薩雷斯也不好。

「這次能和岡薩雷斯的戰團並肩作戰，我真的獲益良多。見到各位面對那麼龐大的敵人也毫不畏懼地奮勇向前，給了我非常大的勇氣。」

既然人家好心告訴我那麼多，讚美幾句也是應該的。

「沒什麼了不起的啦，只是愛找死的人特別多而已。我們這團有很多別的地方不想收的人，所以才會被上面盯上。」

「我相信你們總有一天會撥雲見日的。」

「有就好嘍。」

光頭佬同樣是笑嘻嘻地這麼說。

這從容大方的態度，就是他最大的魅力所在吧。

不過臉好恐怖。

「雖然不能加入你們的戰團，但我真的很希望繼續與你們共事。可以學到非常多東西呢。」

如果再多點女人味就沒話說了。

那個肌肉率實在會讓人再三考慮啊。

「我們也很歡迎你，你的魔法真是太厲害了。」

「如果有機會，請一定要找我過來。」

「好，求之不得。」

可能是說這些話插旗了吧。

一旁有人對我們說話。

和岡薩雷斯粗野的嗓音不同，有點尖銳。

「你們的下一站決定好了。」

那個差爺回來了。

一聽他這麼說，三人都繃著臉看過去。

決定今後進退的重大指令要下來了。

「黃昏戰團要返回原來陣地，建立並維持前線基地。另外兩位，則是要參與一項十萬火急的作戰，要再度到前線去。詳情我們在馬車上說。」

又要上前線啦，我靠。

＊

【蘇菲亞觀點】

龍耶。我在龍背上耶。龍牌貨運耶。

又被龍載著飛了。

和法連大人一起到宿舍來的黑髮小妹妹，竟然就是田中先生之前打敗的那頭巨龍。

她還能變成人形的樣子。似乎是魔法的樣子。魔法好厲害喔，想怎樣都行。

小妹妹在學校庭院變回那個眼熟的巨龍，也就是她的真面目。真的就是龍呢。她佔滿整個寬廣庭園的模樣，感覺比在山上見到的她還要大。

龍小姐是有事要找田中先生，所以請法連大人帶路而來到學校宿舍。不曉得找他有什麼事。我沒時間多問就被拉上龍背，變成空中飛人了。

目的地就是田中先生紙條上寫的多利庫里斯。

多利庫里斯是佩尼帝國的邊陲城市，和普希共和國相連接。我之前只有聽說過這個地方，從沒來過。就連離開首都的經驗，也是一隻手就數得完。

『竟然坐上我的背兩次，你們這些人類也真是夠了。』

龍說話的時候，屁股底下震個不停。

身體愈大，聲音也愈大。真的好響。

坐了這麼久，實在很累。路上下來上廁所好幾次，應該是飛了很長一段時間吧。不過原本要好幾天的路程變成半天不到，龍真的好厲害喔。

「唔，看見了。就在那邊。」

『哼！田中你給我等著……』

巨龍朝法連大人指示的方向快速下降。

從天空看來，我們是飛向一座大城堡的中庭。現在的領主是艾絲特小姐，所以那是她家嗎？跟首都的城堡比起來小一點，可是在我這個平民看起來還是非常氣派。

「咿……」

急速下降的同時，我全身猛然一晃。

害我忍不住尖叫。

巨龍朝城堡中庭直線飛去。

地上的阿兵哥跟著慌張起來。天上有那麼大的龍飛下來，這也是當然的事，是我就絕對會沒命地逃跑。事實上，大半的人也像小蜘蛛破蛋那樣到處跑。

少數有幾個比較勇敢的朝天空放魔法，可是都被巨龍鼻尖某種看不見的東西阻擋下來而消散，記得那好像叫做護壁吧。在飛空艇上，艾絲特小姐曾替我說明過。

不久，巨龍著陸了。

發出轟隆隆的巨大地鳴聲，降落於中庭。

「咿咿咿……」

落地時的震動，又嚇得我叫起來。

巨龍的背比學校宿舍四樓田中先生的房間還要高。我不會用魔法也不會飛，萬一摔下來肯定會出事。

不管重複幾次，會怕就是會怕。

對了，我上下龍都是靠法連大人的魔法。

「呀啊啊啊！」

啊，愣著愣著，身體又飄起來了。是法連大人要把我放到地上吧。我不自禁地到處揮動手腳，但怎麼揮都抓不到東西，只是劃過空氣。

不知不覺地，屁股已經在地上了。

「怎、怎麼了！在吵什麼？」

人們聽說出事，紛紛聚到中庭來。

其中有個熟悉的身影。

就是艾絲特小姐。

在大批騎士大人和魔法師大人的包圍下，她從巨龍身旁出場了。穿的不是學校制服，而是一身貴族樣的服裝。

她帶大批隨從快步走來的模樣非常威風，令人憧憬，不過有一個地方不懂——為什麼要穿男裝呢？

外套領子又寬又大，後襬垂到膝後，十分醒目。金線刺繡從胸前遍布全身，豪華絢爛。下面是白色襯衫，脖子圍著同色的圍巾，再加上披風和厚皮靴。這裝扮不管怎麼看，都會讓人想到上流社會的男性貴族。

艾絲特小姐穿這樣穿起來英氣凜凜，也非常好看呢。和她那頭柔亮的金髮很搭。雖然不知道為什麼，可是她心中似乎下了某種決定。要是梅賽德斯大人在場，一定會興奮得鼻子噴氣，然後我又要被她摸了。

「理察的女兒，妳來啦。」

法連大人真厲害，見到這難得的男裝也絲毫不為所動。

與一天不見的同事打招呼般與她交談。

「法連閣下怎麼突然來到這裡？算了，那個，這、這頭龍不就是……」

即使是艾絲特小姐，見到曾經要殺了她的龍也吊起一邊嘴角。

畢竟能壓下巨龍的田中先生不在這裡，要是她突然抓狂，多利庫里斯不用等鄰國攻過來就完蛋了，然後換佩尼帝國完蛋。

「他在哪裡？既然妳是領主，應該收到消息了吧？」

「他？請問那指的是誰？」

「田中。他不在妳這嗎？」

「咦？田、田田田、田中？這是怎麼回事？」

「嗯，狀況和我想的不太一樣。」

一聽見田中先生的名字，艾絲特小姐就慌了起來。

老實說，我真的想不通。田中先生很厲害，待人接物不分男女都很有禮貌，平常又很穩重——咦，對耶。像這樣把優點列出來，他還真的很有魅力呢，真是奇妙。

可是他不是我喜歡的型，就這一點實在是難以接受。如果要找男人，我當然是要亞倫大人。他超帥的。既然艾絲特小姐不要了，不曉得可不可以賞給我。

男人還是長相最重要啦。長相最重要。沒錢也沒關係，我賺來包養他。

「他、他也來了嗎？什麼狀況？」

「這個女僕說他受到公會的召集，來到了這裡。」

「公會召集？難道是徵兵令？」

「嗯。」

「蘇、蘇菲亞！妳快解釋清楚！」

「咿……」

艾絲特小姐大聲地問。

有點恐怖。

「對、對不起。田中先生接到冒險者公會的召集令後，留了紙條說要到公會去，結果一去就幾天沒回家。所、所以我對法連大人說，田中先生多半是來這裡了。」

「……這樣啊。」

「非、非、非常抱歉！」

就算平時常見面，艾絲特小姐終究是大貴族。

實在很恐怖。

都怪我最近有點太散漫，要時時繃緊神經才行。

分清楚身分界線很重要。

「抱歉，我太大聲了。謝謝妳告訴我，蘇菲亞。」

「哪裡，您言重了！」

看來艾絲特小姐也不曉得田中先生的動向。她現在是統治這一帶的領主大人，要在名冊裡找出一個冒險者的名字，實在是不太可能的事。

我在家裡會管理帳簿，所以稍微知道這有多難。例如要從舊帳簿裡找出某個客人喝過的一杯酒，就算有紀錄也不可能。兩者的道理應該差不多吧。

既然田中先生不在，現在該怎麼辦呢？這位龍小姐已經不高興了。我們的對話讓她聽得鼻息好重，呼嚕咻咻咻地吹呢。

裙子還被吹得拚命飄。好濕好熱。

『怎麼啦？田中不在啊？』

啊啊，她開始催了。現在該怎麼辦才好呢？

回答的是法連大人。

「他好像不在，要暫時等等。」

『……什麼？』

龍小姐的喉嚨咕嚕一震。

在場所有人也抖了一下，無一例外。

田中先生不在，也沒人能阻止她發飆了。

「我、我有辦法！」

「理察的女兒，妳要怎麼做？」

艾絲特小姐沒有直接回答法連大人，對身旁的貴族下令。對方是個年紀和法連大人差不多的壯年男子，不過外表完全相反，又肥又禿。

眼睛好下垂，老實說看起來很噁心。

「迪布，立刻去調查公會徵兵的人都派到哪裡了！」

看來那個人叫做迪布。

「咦？請問，現、現在嗎？這……」

「少廢話，快去！找到就立刻告訴我！」

「咿！遵、遵命！」

艾絲特小姐一罵，他就嚇得拚命點頭。

然後青著一張臉，急急忙忙跑回城堡。

見背影遠離，艾絲特小姐轉向法連大人。

「這樣可以嗎？」

「嗯。」

「法連閣下，有件事我想請教一下。」

「什麼事？」

「那個，就是……」

艾絲特一瞥一瞥地往龍小姐瞄。

不用問也知道她想說什麼。

「喔，她啊。」

「讓她待在這裡，實在不太好。」

城裡的人聽說出事而不斷聚集過來，中庭愈來愈吵。

這頭龍大成這樣，不能在這裡待太久吧。萬一哪個士兵發瘋而對她揮劍丟魔法，我實在不敢想像會發生什麼事。

「說到這個，其實她也因為田中的話而做了點改變。」

「……這是什麼意思？」

「龍啊，能請妳變成之前那樣嗎？」

『還要啊？那樣很彆扭，我不喜歡。』

「如果我想得沒錯，田中這個人會很喜歡妳那個樣子。」

『……你說什麼？』

「妳變成那樣以後，應該能談得更順利才對。」

『…………』

「我再問一次。龍啊，能請妳變成之前那樣嗎？」

『那好吧，就這麼辦……』

龍小姐被法連大人說服後，腳下浮現魔法陣。非常巨大，足以包圍整個學校宿舍。光也竄過我腳下，嚇得我跳了起來。

緊接著，一陣光罩住了巨龍全身。

好像陽光的泉源掉到了地上一樣。

強烈得讓所有人都瞇起了眼睛。

光輝持續了一段時間。

最後，我感到眼皮另一邊的白色逐漸消退。

覺得大概沒事了，我才戰戰兢兢睜開眼睛。只見先前還在的巨龍已經消失，只有在學校宿舍見到的黑髮小妹妹光溜溜地站在廣大的中庭中央。

為什麼全裸呢，那是因為變成龍會弄破衣服，所以她事先脫掉，收在我的包包裡。好像就算魔法再厲害，也不能隨便就變出衣服來。

「請、請穿！」

身為女僕的我連忙從包包掏出衣服。

拿衣服跑過去給她，就是我的工作。

『嗯……』

沒想到我也會有需要伺候龍族的一天。

她和在學校中庭起飛前替她脫衣時一樣，舉直雙手讓我幫她穿上。就像服侍貴族那樣，只是在公眾面前做。對龍來說，人類的目光一定不具任何意義吧，她一點也不在意。

畢竟原本的模樣就等同於全裸嘛。

「法連閣下，那個，這、這個小孩真的是她？」

「都親眼看見了還懷疑嗎？」

「不、不是，但……」

艾絲特小姐也十分震驚，目不轉睛地盯著黑髮小妹妹看。

＊

【蘇菲亞觀點】

巨龍變小以後，地點來到城堡內。大家在會客室裡尋找田中先生的蹤跡，討論接下來該怎麼做。參與討論的有法連大人、艾絲特小姐和龍小姐三個。

至於我呢，則是因為待在那裡也沒事做，艾絲特小姐便好心讓我在多利庫里斯的城堡裡探險。大概是因為看到我在走廊上很興奮地東張西望吧。非常感謝您。市井小姑娘就是會對這種事很有興趣。

「這座城堡也好豪華喔……」

儘管規模比首都卡利斯的城堡小，裝潢感覺是不遑多讓。

我就這麼獨自在走廊上東看看、西看看。

好開心喔。

我一直很喜歡城堡和宮殿這類建築。

既然沒其他人，我就不客氣地到處逛嘍。

「哇，這裡天花板的浮雕好精緻喔。」

好像很花錢。

我抬高頭半張著嘴，傻頭傻腦地看。

好棒喔。

好有貴族的感覺。

走著走著，突然有人聲傳來。這裡是領主大人的城堡，撞見貴族也不奇怪。要是給艾絲特小姐添麻煩就糟了，於是我趕緊端正儀容準備行禮。

「聽說被派去當先遣隊的那個戰團回來了耶。」

「是啊，我也聽說了。對方人數足足有十倍，結果還打贏了。」

聲音越過走廊轉角，從牆壁另一邊傳來。

好像是兩個男人在說話。

「據說下次也要派到前線去喔。」

「誰教他們是上頭的眼中釘，是想用這個機會搞垮他們吧。尤其是岡薩雷斯，雖然家道中落了，但好歹也是奧夫修耐達家的嫡長子啊。」

「現在應該沒有威脅了，可是上面還是會想斬草除根吧。」

「就是啊。無論如何，對我們這些小兵來說都八竿子打不著。」

「其實我有一個朋友也加入黃昏戰團了。」

「真的嗎？」

「是啊，他說那裡還不錯。啊，不要告訴別人喔。」

「我知道啦。」

他們好像是這座城堡的衛兵。

除了對話聲以外，我沒有聽見任何腳步聲，應該是站崗的衛兵之類吧。又說不定只是蹺班閒聊。不管怎樣，我這個外面來的小女僕還是不太敢從他們面前經過。

即使艾絲特小姐准許我在城堡裡自由參觀，可是城裡的人應該作夢也想不到會有我這樣的人在觀光，還是有可能遇上麻煩。

「打贏十倍大的敵軍，一般是直升騎士也不奇怪的大功呢。」

「就是說啊，還有可能回到首都的騎士團咧。」

「首都的騎士團啊……一次也好，好想進中央看看喔。」

「對拿劍的人來說，前途最好的就是那裡了。只要進得去，最慘也保證有二線都市的隊長能當；要是升得上禁衛，最後當上貴族也不是夢。」

「貴族啊，好羨慕喔。」

「是啊。一次就好，真想吃吃看貴族的飯。」

「就是啊。」

呵呵呵，阿兵哥夢想中的貴族飯，我已經吃過嘍。實在是非常美味呢。

雖然我是個小小的女僕，現在也有那麼一點點優越感。

「對了，這次的新領主很不一樣喔。」

「是費茲克勞倫斯家的大小姐對吧？」

「聽說是治好公主殿下的病，所以國王陛下封她為子爵，還把這裡賜給她當領土。」

「這樣啊。」

「是啊。這是首都的人跟我說的，不會錯。」

「這樣就變成領主，太像童話故事了吧？」

「聽說治那種病的藥，需要用紅龍的肝來做，所以她就和法連大人一起去沛沛山找了。現在是首都的話題人物，大家都叫她屠龍士呢。」

「紅龍？真的嗎？」

「是啊。是法連大人作總指揮，費茲克勞倫斯家的大小姐還有騎士團某個分隊長，第三魔法隊的副團長組成隊伍。對了，還有個搞笑的傳聞說，他們找了餐館的招牌小妹和小二幫他們顧行李。」

「喂喂喂，第三魔法隊的副團長，該不會是希安吧？」

「是啊，就是希安副團長。」

「真的假的，她超可愛的耶。我超喜歡她的。」

「希安副團長真的好可愛喔。好想被她純真的眼睛盯著看。」

「是吧？會想吧？清純感真是高到不行啊，誰都想跟她結婚。那個有點冷淡卻又有點溫暖的語氣，實在是太迷人啦。」

「要是我能娶到希安副團長，其他的我什麼都不需要了。」

「如果新領主不是費茲克勞倫斯家的大小姐，而是希安副團長該有多好。要我每天站哨都沒問題。」

「喂喂喂，這種話不能亂說。小心隔牆有耳。」

「可是……」

艾絲特小姐被嫌棄了呢。

然而，市井傳聞裡的田中先生更慘。應該說，整個消失了呢。

地位比我還低。

考慮到他的背景，這可能也是沒辦法的事。雖然都是人類，但他多半不是這個大陸的人，怎麼看都是外地來的。

要是救活一國公主的人竟然是個來路不明的小角色，國家的面子就掛不住了。田中先生自己也這麼說過。

「……田中先生真是吃力不討好呢。」

不過他本人不怎麼介意，我也能輕鬆看待。

「好，往其他方向走吧。」

我如此自言自語，繼續我的城堡探險。

戰事（二）

Conflict (2nd)

在多利庫里斯的冒險者公會與岡薩雷斯告別後，我和暗精靈再度搭上馬車，在車上過了整整一天，來到不知位於何方的山間小村。聽說歷史只有幾十個世代，真的是小巧玲瓏，再怎麼搞錯也不會稱它是小鎮。

進了唯一的旅舍後，差爺開始做任務簡報。

太陽已經下山，窗外全是一片夜色。

「因此，要派給你們的任務就是救回來自中央的禁衛騎士。這位富有榮譽感，盡忠職守的騎士，當開戰的狼煙一升起就趕往前線。你們無論如何都要把人救回來。」

除暗精靈外，那個帶路的差爺也與我們同桌，總共三個。

工作內容如他所言，要救回那個衝鋒陷陣的英勇騎士。據說是遭到敵軍猛攻而在戰場上遭到孤立，無法與其率領的部隊取得聯繫。

該部隊有幾個生還隊員來到多利庫里斯求救，而他們指示的地點，就是我們要搜救的位置，距離這村子大約是步行半天的路程。這麼說來，這個村子也挺危險的嘛。

由於附近全是山林，生還者給的位置非常模糊，差爺就只是說在村子北方，出發以後要我們自己看狀況隨機應變。

哪來這麼隨便的搜救行動。

這樣那位騎士大人恐怕是凶多吉少啊。

會派我和暗精靈去，很可能是為避免落人口實而意思一下，說自己已經設法救人了而已。這麼說來，前線還真像是人事部的滯銷品跳樓大拍賣呢。

真的沒問題嗎，佩尼帝國？

說不定在他人眼中，現在向我們簡報的差爺也是差不多立場。一這麼想，我就覺得我們好親近，心中充滿溫情。人真是奇妙的生物。

「知道了，就這麼辦。」

「嗯。那麼接下來，兩位就自行前往吧。我還有很多緊急的要事要處理，得立刻趕回多利庫里斯。很抱歉，只能陪兩位到這裡。」

「……知道了。」

不過呢，他做的一樣是行政工作就是了。

會怕的人就是會怕嘛，我也是很怕上戰場。有治療魔法的人都會怕了，沒有的人一定更怕。

但我還是希望他多照顧我們一點。

差爺話一說完就離開旅舍房間了。

門砰一聲關上，腳步聲遠去。這間旅舍和首都卡利斯或地方都市多利庫里斯不同，完全是木造，容易傳導聲音和震動。因此，差爺下樓出門都感覺得到。

最後，窗外傳來類馬生物的嘶鳴和馬車駛動聲。即使天黑很久了，他仍要趕回多利庫里斯。不曉得是真的忙，還是這座村莊真的位在危險範圍內。

算了，多想也沒用。

少做些無謂的臆測，給自己徒增壓力吧。

現在該思考的是現在的處境。

「……怎樣，不高興啊？」

我偷瞄暗精靈，結果她先出招了。

她坐在床上，想打架似的看來。

「不，我沒有那個意思……」

「有話想說就趕快說清楚。」

「不不不，我也沒有想說什麼。」

「那就沒事少看我，噁心。」

「對不起……」

可是死處男的基本習性就是說不要看愈想看。想不到今天要和暗精靈同房，而且是兩床相鄰到天亮套餐，心臟跳得都發痛了。怦怦怦怦停不下來。

問題全出在差爺要我們今晚在這過夜。

「那個，需要的話，我可以去弄一點飲料過來……」

「不需要。」

「……這樣啊。」

這下尷尬了。

喔不，會這樣想的只有我而已。對她來說，這和風臉的存在根本不在視線範圍內。她就只是坐在床邊，不停盯著窗外看，如詩如畫。誇張交疊的大腿肉度又夠銷魂，恨不得馬上舔爆。

在據說會隨季節更替而從兩個變成四個的月亮照耀下，她銀髮的長髮璀璨動人。再加上英凜的臉龐與深色肌膚，有種神聖的感覺。啊啊，真的好想舔爆。

她現在跟第一次見時一樣，胸部、胯部和手臂等重點部位都裝備了金屬輕甲，之前戰鬥中斬倒無數人類的愛劍立在床邊。

她應該不會想穿那樣睡覺吧。

房裡兩張床並排，暗精靈靠窗戶睡，我靠走道。之前差爺站在房中間說話，所以我們都坐在床邊，身體都朝向床尾板。要偷看她，就是歪點頭看她的側面。

這角度真棒。

肉肉的大腿在這個角度美到極點。

月光為穠纖合度的肌肉所勾勒出的陰影，正是肌肉型美女的醍醐味。

「需要的話，我去燒點開水……」

「不需要。」

「……這樣啊。」

現在怎麼辦。超緊張的。

雙人房、過夜、與異性獨處、有生以來第一次、奴隸、暗精靈、肉彈，各種關鍵字在腦海裡飛快盤旋。現在我如何選擇關鍵字肯定會造成路線分歧，十分重要。

啊，對了。

和異性在同一個房間過夜。

是我有生以來第一次。

糟糕啊。過夜好刺激啊。

兩個關鍵字排在一起，就要讓我體驗第一次了。

「……」

不知道她到底有沒有膜。

我的初體驗，還是想在夜景美麗的房間床上和處女做。

雙方情投意合。

這點我是不會退讓的啦！乾柴烈火的夜晚！

所以是怎麼樣？聽說精靈很長壽，艾迪塔老師那麼老成也是長那個樣，那麼眼前這位肉彈暗精靈會有幾歲呢？我實在不認為會在她身上找到綠洲啊。

而且她還是個奴隸，生過一兩個遭人強姦而懷的小孩也不奇怪。這麼說來，我不該將希望放在她身上，必須放眼未來。把這個媽媽不要也不疼的苦命半精靈來一個無套駕駛才是正道。

「…………」

冷靜的思考與判斷，使我的心平靜下來。

明天要早起，今晚還是乖乖睡飽比較好。

最前線可是地獄啊。

「那個，我差不多要睡了……」

我又回頭看暗精靈。

以道晚安為藉口。

結果想不到的事發生了。

「噗……」

「……看到女人的裸體還這種反應，你這男人真沒禮貌。」

很久很久以前，有一對奶子。

兩個奶子。

兩個一對。

「對、對不起……」

看來暗精靈是要更衣準備就寢。

急忙別開臉，是處男的反應。

可惡。既然這樣，就用知識來掩飾我沒有經驗吧。

「因為妳的身材實在太好了。」

「……你再拿我尋開心，我就把你胯下兩顆蛋都扯下來。」

「我沒拿妳尋開心。但如果稱讚有魅力的女性很有魅力是犯罪，那我現在就犯了很重的罪吧。非常抱歉，罪犯要先睡了。」

跟知識完全沒關係。

我隨便說幾句動聽的話就躺下。

蓋上被子睡覺覺啦。

啊～好爽。

好久沒在床上睡覺了。

祈禱明天會邂逅有膜美少女，向今天告別吧。

純潔的胯下，晚安啦。

然而，暗精靈還有話要對死處男說。

「喂，人類。」

「……什麼事？」

沒辦法，我只好維持躺姿，轉頭回答。

「…………」

「…………」

結果視線因此對上。這就是所謂的四目相對嗎？

是怎樣啦，媽的。

在頭部以下包著被子的狀態被女性注視的羞恥度增加了三成啊。

「那個，什麼事？」

「……就這樣而已？」

「什麼？」

「我問你只有這樣而已嗎？」

「什麼這樣哪樣的，我也只能說就只是這樣啊……」

這個黑肉精靈到底想說什麼？

莫名其妙。

「……是嗎？」

「是的。」

「那就……沒關係。」

「這樣啊。那麼不好意思又說一次，晚安了。」

「……喔。」

幾句對話後，我閉上眼睛結束這一天。

＊

隔天，我們按照計畫啟程搜救下落不明的騎士。

然而有點小意外。

「喂，你就不能走快一點嗎？」

「不、不好意思，我平常太缺乏運動了。」

不習慣爬山的我，沒多久就變成累贅。這就是我現在的角色。

這一帶全是群山環繞的密林，沒幾步就有茂盛草木阻擋去路，但問題不在這裡。

打倒高等獸人等諸多怪物所取得的經驗值，成為稱作等級的助益，加強我的耐力。現在我搞不好一晚就能登上聖母峰。

可是我還有其他問題。

缺乏運動只是藉口。

植物茂盛的地方，就是會有某種生物棲息的地方。

「哇！又、又來了！」

我很怕蟲啦。

尤其是熱帶雨林屬性的那種。

顏色鮮豔腳又多，根本要命。

隨便就能嚇得我往後跳。

然後又遇到其他蟲，往旁邊跳。

「……你小妹妹啊？」

「非、非常抱歉……」

說處男是小妹妹其實也差不多啦啊啊啊啊啊啊啊啊啊啊啊。

「又、咿……」

出現啦！很像蟑螂的出現啦！飛過來啦！

全身僵硬。

這隻不妙啊。

好大一隻。

大概有十公分。

嚇得我都向前伸手準備射火球。

「緊張什麼，不過是隻飛蟲而已。」

暗精靈轉頭對我嘆個氣，揮劍一掃。

往我飛的甲蟲就這麼分成兩截。

嗆歸嗆，她還是救了我了。

「謝、謝謝妳……」

「你怕蟲啊？」

「對、對啊……讓妳見笑了……」

我城市社畜不是幹假的啦。沒鋪柏油的路，我一年走不到幾次。小時候還敢抓蜘蛛蚯蚓什麼的，可是我和牠們都訣別二十幾年，沒辦法復合了。

之前的戰場是草原，所以就還好。

我就是拿蟲沒辦法。不是有很多現代人在家看到蟑螂就非要打死才敢睡覺嗎？我就是那種。不管升再多級，這部分都很難克服。

而我現在走在森林裡頭。

一個充滿唧啾唧啾、嘎叩叩叩叩等怪聲的地方。

到處都有手掌大小的多腳生物爬來爬去。覺得腰部感覺怪怪的低頭一看，才發現有個像椰子蟹的生物攀在我身上，真是夠了。

我才不要真實系的奇幻世界咧。

外骨骼，聽起來多麼可怕。強調牠們是異類，擾亂心神。與我的靈魂水火不容。

「真是娘娘腔……」

「非、非常抱歉。」

而這個明明是女人的暗精靈卻叫也不叫地把蟲幹掉。甲蟲突然飛撲過來耶，恐怖死了啦。即使有最高等的治療魔法也擋不了這種厭惡。不是有沒有毒的問題。

這世界也有外骨骼存在的事實，讓我好失望。

怎麼不死光。

內骨骼才是高等生物的證明。

螃蟹除外。牠們很好吃，可以容忍。

「可是，任、任務就是任務……」

「你真的行嗎？」

「可、可以，嗯……真的很不好意思。」

這樣連欣賞暗精靈肉彈胴體的心力都沒有討厭啦。

「真不曉得你這個男人到底行不行。」

「很抱歉。我會好好努力的，請妳別生氣。」

那位騎士大人真的在這嗎？

不在的話我哭給你看喔。全力哇哇大哭喔。

好想回宿舍喝蘇菲亞為我準備的溫暖鮮湯。

「哼，不管你了。」

暗精靈往我看一眼又立刻繼續向前，順著不見路的路大步大步不停地走，我拚了命地追趕她的背影。這場與蟲的搏鬥，就這麼持續了大約一個小時。

走在前頭的她，忽然停下腳步。

似乎是有所發現。

「那個，怎麼……」

「安靜。」

「……是。」

我乖乖模仿暗精靈的動作站到她身旁，藏在樹幹後面往森林一處窺視。

那裡有窸窸窣窣的樹葉摩擦聲。

就在這時，有個影子跳了出來。

「嘖！哥布林！」

她說得沒錯，前方的茂密樹叢猛然跳出一個哥布林，看來對方是先一步發現我們的存在了。哥布林狠狠劈下手上的劍。

對此，肉彈選擇接擋。她在跳出樹幹的同時橫向架劍，接住對方縱向逼來的劍鋒。

兩兵相接，尖銳的金屬碰撞聲響遍四方。

「唔……哥布林也能砍這麼重。」

在前一個戰場殺敵如砍菜，銳不可當的暗精靈都喊重，表示這一擊真的很強勁吧。

從先前冒險者公會所提供的討伐哥布林任務難度為F來看，可以窺知哥布林在人類眼中基本上是什麼水準。

這麼說來，眼前這個哥布林可能不太一樣。

想著想著，我忽然想到一件事。

「……啊，不會吧。」

「你……我還記得你……」

他該不會就是那時的藥草哥布林吧？我沒見過其他哥布林，分辨不出差異，可是我對那把劍有印象。

而且對方好像也注意到我了。

根本就是他嘛。

仔細一看，他背後草叢裡還有另一隻小小的哥布林躲在樹幹後面，多半是他妹妹。

看來她也平安無事。

不像有受傷，太好了太好了。

「等、等一下！停手！精靈小姐妳等等！」

「啊？為什麼！」

暗精靈向前踏出一步，正要轉守為攻。

而我急忙從背後抓住雙肩阻止她。

「那個哥布林是我朋友，不可以砍！」

「……你說什麼？」

肉彈原本就很高的眼角現在氣得更高了。

「這裡交給我處理。」

「人類跟哥布林作朋友？聽都沒聽過！」

「那此時此刻，我就送妳第一次當禮物吧。」

「！……少、少說那種噁心的話！」

性騷擾攻擊對這個暗精靈很有效的樣子。

那一擊似乎成功削弱了她的戰意，放下劍來。說不定對方是砍了有損劍格的哥布林也起了一些影響。

哥布林見她收劍，也放下武器。

肉彈仍保持警戒，而藥草哥布林則是因為發現我而稍微放鬆緊繃的身軀。視線從暗精靈轉向和風臉，開口說：

「人類，又見面了……」

「是啊，又遇到你了。你離開到現在還不到一個月吧，感覺卻已經好久了。你怎麼會在這裡？」

「我照你說的，帶妹妹逃來這裡。」

「喔，這樣啊。」

看來他是聽從我當時的建議，從首度近郊到這裡來避難。

「所以你現在住在這附近？」

「對。」

「……這、這樣啊。」

如此一來，我又要帶給他們壞消息了。

這個地區已經成了佩尼帝國與普希共和國你爭我奪的前線地帶，兩軍會什麼時候會在哪裡打起來都是未知數。哥布林恐怕很難繼續過安穩生活。

「那我要告訴你，這邊已經變得很危險了。」

「……真的嗎？」

「人類的國家發生戰爭，這地區剛好變成戰場。」

「原來……是這樣……」

「你們剛來這裡沒多久，我也很不願意這樣說，不過我還是希望你趕快再找其他地方。至少人類的士兵已經跑到這附近來了。」

「……既然是你說的，我就相信你。」

「謝謝。你願意相信我，我也很高興。」

「我會跟妹妹，一起逃走。」

「好，這就對了。兄妹感情好是好事。」

「……人類也會這樣想？」

「至少我自己是這樣。」

「這樣啊……感情好，是好事。」

「嗯，是好事沒錯。」

難道在哥布林社會不一樣嗎？不曉得。

但從這個哥布林身上，能感覺到他是個愛護妹妹的好哥哥。

我也想要一個妹妹。

等我返老還童，也要找個有可愛女兒的家庭收養我。

「……那好，我會逃出這座森林。」

「老是害你因為人類的事受委屈，真對不起。」

「別在意……」

不會吧。

哥布林在安慰我耶。

他真是個好人啊。

對了，藥草的事我還沒向他道謝呢。

「那麼，我走了……」

「啊，先等一下！」

我在他轉身之際叫住他。

藥草哥布林轉頭問：

「……什麼事？」

「這個你收下。」

我從錢包取出一枚金幣拋給他。

他用沒拿劍的另一隻手靈巧地接下。

「這是什麼？」

「對人類很有價值的東西。等你找到新家，認識可以相信的人類，你就把這個給他。這樣一定能幫到你。」

「把這個，交給人類嗎？」

「你、你做什麼！那是佩尼金幣耶！」

暗精靈突然吠起來，不管她。

「對，交給人類，但一定要是真的真的可以相信的人才行。不然的話，說不定會惹上麻煩。這一點一定要注意。」

「……知道了。」

哥布林嚴肅地頷首。

人類的錢幣對他來說似乎很稀有，盯著看了好久。

最後他突然想到什麼般對我說：

「我……什麼都不能給你喔。」

「別這麼說，這是謝謝你之前給我那麼多藥草，別在意。」

「……真的？你什麼都沒有喔。」

「這個我還有很多，儘管放心收下。」

「…………」

「妹妹在等你對不對？趕快回去讓她安心吧。」

「……知道了。謝謝你，人類。」

「不客氣。」

哥布林稍微躬身道謝。

長得很醜，但有點可愛。

這就是所謂的醜得可愛吧。

「那麼，請你好好保重。」

「……掰掰。」

哥布林輕輕揮手。

就這麼返回他跳出來的草叢另一邊。

我默默目送他和妹妹離去，兩人很快就消失在林木之間，愈離愈遠。沒幾分鐘，連腳步聲和樹葉摩擦聲也聽不見了。

只有我和暗精靈兩個留在原處。

「……你瘋了嗎？」

「妳這精靈講話還真不客氣。」

「我有說錯嗎，世上哪有人會給哥布林金幣啊。」

「這裡不就有一個。」

「……哼，神●病。」

「那個哥布林是我的救命恩人呢。」

「什麼跟什麼。」

「有機會我再說給妳聽。」

「我、我又不想聽！少廢話，快趕路！」

「好的。」

暗精靈朝哥布林所走的其他方向前進。

「…………」

大概是因為和哥布林說過話，使我因沉重的戰場體驗與森林怪蟲纏鬥而龜裂的心稍微滋潤了一點。

感到心情好了點的和風臉，繼續跟隨她的腳步。

*

與哥布林告別後，我們又在森林裡走了一個小時左右。頭上枝葉間的太陽，也爬到了好高的位置，差不多能休息一下。事情就在我這麼想時發生了。

走在前方的暗精靈再度止步。

「停！」

「……怎麼了嗎？」

「不曉得，前面有動靜。」

我停下來豎耳聆聽。

結果還真的有聲音，聽不太出來是什麼。

我和暗精靈一起凝視有動靜的位置，發現茂密樹葉之間有不是綠色的顏色，還反射了穿過枝葉的陽光，不時閃動。

「不、不要……這、這樣我我會……」

「呵呵呵，怎樣？這裡嗎？這裡很爽嗎？」

「唔……不、不要，怎麼這樣，啊啊啊……」

「妳以為我會聽敵國士兵求饒嗎？」

「啊咿咿……」

不曉得發生了什麼事，只知道植物後面有東西動來動去。可是我聽見的無疑是嬌喘。還有金屬鎧甲鏗鏘鏗鏘的碰撞聲，而這裡是戰地的森林。

野炮的預感。

「……什、什麼情況？」

「甲冑上有帝國的徽記，我們上。」

「咦？啊，等等……」

暗精靈的判斷力好可怕。

真虧她這樣也能看清甲冑上的徽記。我啥都看不到。

沒躲多久，她就握緊劍柄起腳飛身，躍出樹幹後，同時將她與目標之間的茂盛植物一口氣橫掃開來。濃濃青草味撲鼻而來，躲在裡頭的蟲子也一起跟我說你好。

一次飛來好幾隻，還有像蜈蚣的貼在臉頰上。

「啊啊啊啊啊啊啊！」

驚聲尖叫的，是醜男。

可是我還是拚命跟上去了。還不快稱讚我的勇氣，糞精靈。

我就像赤腳跑燒紅鐵板一樣，一口氣跑過十幾公尺，來到一個較為開闊的地方。約五坪大，草木都被掃倒了。從殘株上還很新的切口來看，肯定是人為製造的空間。

而事情也不負我期待，我在這裡發現了聲音來源。

「……啊。」

只是有點意外之處。

「啊，你、你不是……」

身穿佩尼帝國徽記甲冑的騎士，正在強姦看似敵兵的長袍少女。這位猛之又猛的騎士，已和下半身甲冑分離，光天化日搞暴露，同時右手用力按住少女的臉。

受害者全身被藤蔓五花大綁而動彈不得，胸部和胯下衣物也遭刃器劃開。這～個也露出來，那～個露出來。八成是被褻玩過一輪了，身上沾滿來路不明的亮晶晶體液。

長得很可愛，大概十五六歲吧。西瓜皮金髮很顯眼。身材略瘦，可是從顏值高度而言，有一級苗條美少女的水準。難得能在戰地上發現這種貨色，是男人肯定都會想強姦她。

問題是下手的那個騎士，是我認識的人。

「梅賽德斯小姐，妳、妳這是在做什麼……」

「呃，我、我這是，你聽我說……」

女同騎士突然緊張得支支吾吾。

身上裝備的是刻有佩尼帝國徽記的甲冑沒錯。

一旁，暗精靈舉著劍動也不動。

就算是黑肉，也沒想到自己會衝進美少女百合劇場的樣子。

「……人類，你認識她嗎？」

「對、對啊，認識……」

該不會我們要搜救的禁衛騎士就是梅賽德斯吧？

我這才想起自己只知道對方頭銜，沒問姓名。

沒那麼巧吧。

可是我找不到任何可以否定現況的材料。

才覺得最近都沒看到她，原來跑到這裡來了。

「這是那個！在、在拷問我抓到的俘虜！就是拷問！」

「……原來如此。」

「喂！快給我說！把你們大營的位置老實招來！」

「啊咿！」

暴露下半身說那種話，說服力根本是零。

梅賽德斯往她屁股大拍一掌，拍得少女嬌喘連連。

愛液飛濺。森林 love juice。

竟然已經已經調教完了。

超猛的。

梅賽德斯，我發現啦。

正因為我們是在酒席上徹夜談心的伙伴，我才能一眼就看出妳想在這裡找些什麼。只是我沒想到，妳竟然先一步實現了自己的願望。

厲害。

好樣的。

可怕的行動力。

我也該向妳看齊。

在此封妳為戰地強姦最強傳說。

「抱歉爽到一半打擾妳，有個問題想請教一下。」

「什、什麼事？」

「梅賽德斯，妳是禁衛騎士嗎？」

「……是又怎麼樣？」

「禁衛騎士梅賽德斯小姐，我是奉上級命令來接妳回去的。」

「！……」

這丫頭的表情也太不甘心了。

*

整理儀容後，我們開始交換情報。地點不變，一樣是梅賽德斯為野合而開闢的百合廣場。

因為這裡滿地的殘株，每個切口都很新。

她俘虜來的金西瓜皮少女，依然是滿身藤蔓地倒在一邊。可能餘韻還沒退，身體不時陣陣抽搐。那模樣撩人得讓我好想全力強姦她。

把半裸的人丟在一邊，被蟲螫了說不定有危險，於是我無視於堅持說不需要的騎士大人，為她披上公會發的外套。蟲很討厭，要是害我遭殃，造成二次傷害也不好。

披外套時，我也像個幹練偵探，若無其事地用手指在她身上輕輕一抹。不能忘記採集她們的體液。一次取得俘虜少女和梅賽德斯的混合體液啦。

然後手伸進口袋避難，等等找個機會舔一舔。

「所以呢，我們才會來到這裡進行搜救。」

「這、這樣啊，辛苦你們了。」

「您真的懂了嗎？」

「……言外之意也懂了。」

「那麼，我也要謝謝妳的配合。」

沒必要在這種蟲蟲樂園待太久。

趕快撤退，好好泡個澡才實際。

「所以恕我冒昧，請妳立刻跟我返回多利庫里斯。」

「……可是，我、我還有保衛前線這麼一個重責大任啊！」

「妳想帶俘虜回去也可以，或是回去以後再來嘛。」

「知道了，就聽你的。」

最近我好像發現怎麼控制梅賽德斯了。

不出所料，附上正確條件就立刻答應了。

女同騎士的眼睛，往倒在一邊的豬籠少女瞄了一下。

那彷彿觸動了什麼，少女細瘦的身體一抽一抽地猛烈抖動。我不解地盯著她看，只見一條像蟲的東西從她兩腿之間爬出來。黃底黑點，長得像蜈蚣。

將近三十公分長，有酒瓶頸那麼粗。

腳扭得好厲害。

「嘖，跑出來了。」

「…………」

不，我什麼都不問了。

這個女騎士的女同力比我想像中高好多。

被塞蟲的少女神情恍惚地痙攣抽搐，嬌喘著全身反弓扭動，又突然激烈顫抖。第一次看到真正的蟲姦啊。糟糕，有點成就感。

我心中的ＣＧ畫廊又穩穩補了一格。

「喂，這傢伙真的是禁衛騎士嗎？」

「對、對啊，應該是。」

連火大暗精靈都火得有點縮了。

「騎士」的部分魔導貴族也說過，所以不會錯，可是「禁衛」的部分就難說了。不曉得是獵龍之後晉升，還是原本就這樣，無從判斷。總之是有些人事異動才會來到這裡吧。

「對了，梅賽德斯。有件事我想問妳。」

「什麼事？」

女同騎士應聲之餘不時往豬籠少女瞄。

到底是多想磨她豆腐啊。呃，其實我懂她的心情啦。

「妳隊上其他的人怎麼了？」

「喔，就是那個，怎麼說，被敵軍猛攻的時候分散了……」

「原來如此，是這樣啊。」

問是問了，但真實性很可疑。

梅賽德斯，妳該不會是故意落單的吧？刻意挑釁敵軍使部隊瓦解，自己單獨行動——腦中很快就浮現這樣的情境。如果眼前出現我喜歡的直瀏海金西瓜皮美少女，至少我會這麼做。因此，她也會這麼做。

啊啊，肯定沒錯。

「那麼，這樣戰力上有點危險，我們趕快回城吧。」

「既然有你在，就算有個萬一也不會有危險吧？」

「現在的我只是一個小兵，領多少錢做多少事。」

「……知道了。可以的話還真不想走。」

妳以後愛怎樣我管不著。

就算她重回戰場，抓個新妞徹底蹂躪一番，也與我無關。我是很想看她反過來被敵軍輪姦啦，到時候煩請走唔殺後的啊嘿墮落路線。

就這樣，事情談妥了。

然而又有狀況。

「……喂。」

暗精靈忽然出聲。

聲音壓得很低，讓人聽了自然就繃緊背桿。平常不說廢話的她會開金口插嘴，肯定是有緊急發現。

「什麼狀況？」

「敵人包圍我們了。」

「不會吧……」

不愧是前線，有夠忙。

有多少人呢。

「……突破得了嗎？」

「不知道，但我不想死在這裡。」

「合作得好就有機會，我來支援。」

「那當然。喂，那個騎士，妳也來。」

暗精靈對梅賽德斯說。

「知道。我還有要務在身，必須帶這個俘虜回城堡徹底拷問，再怎麼樣都不能在這裡倒下。我肩負著全國的未來啊！」

今天的梅賽德斯鬥志好高啊。

魔導貴族不在這裡，又逮到一個喜歡的少女。來勁也是當然的。

「來了！」

暗精靈大喊。

同時，魔法從林子裡飛來。

一次就是幾十枝冰柱。

我第一個念頭是飛上天空，可是她們倆怎麼辦？不習慣前後位置混亂的遭遇戰，使我產生猶豫。在這瞬時的遲疑中，冰柱仍不斷接近，直逼眼前。

這下不妙。

我以硬吃中彈為前提，準備放治療魔法。

然而還不用和風臉行動，威脅已在劍勢之中消散。

冰柱鏗鏗鏗地尖聲碎裂。梅賽德斯和暗精靈以眼所不及的速度，解決了這波攻擊。

幾十枝冰柱，瞬間被她們的劍鋒掃蕩殆盡。

是怎樣，帥到爆啊。

「妳們都好厲害喔……」

兩人背對背，把我夾在中間，累贅感大爆發。臨機應變這種事，終究是一天經驗一天強。一不注意就被她們保護，讓我這個死處男有點爽。

尤其這一次，她們動作特別迅速。

這裡是森林地帶，不適合用火球術。雖然遇到蟲那時我差點就用了，但後來仔細想想，那肯定會造成森林火災，所以對方才射冰柱吧。

「不錯嘛。有兩把刷子。」

想著想著，林子另一邊傳來人聲。

聲音清凜，感覺是十幾歲的年輕少女。

「什麼人！」

梅賽德斯舉劍大喊，暗精靈也毫不疏忽地往聲音來處戒備。兩個人都好帥喔，而且都是肉彈型。怎麼說呢，她們的魔鬼身材超適合這種緊張氣氛。

換成艾絲特就遜掉了。

「喔喔喔喔喔呵呵呵呵呵！問我什麼人？不知天高地厚！」

緊接在戒備之後，是強烈的喔呵呵呵感。

同時，敵軍從林間現身。

聲音的主人也沙沙沙地穿過草叢登場了。

「要說的話，就是你們敵軍的主將吧？還不趁現在好好拜見我的英姿！」

高聲尖笑讓我聯想到鑽頭捲髮型時，出現的人竟然真的是個金毛鑽頭捲。這個世界還是很美好的嘛。而且她還在這種密林裡穿豪華禮服，一身紅得絢爛，又穿高跟鞋，屌到不行。

「……主將？」

對於我這自然而然的問題，她答得十分詳細。

「說到普希共和國亞杭子爵屬地之主朵莉絲·歐布·亞杭，除了我沒有第二個！我將在這次進攻率領我軍，讓多利庫里斯從佩尼帝國的版圖上消失！」

來了個好狂的角色。

她的頭髮實在有夠搶眼。

那捲之又捲的金黃色鑽頭，每根頭髮都幾乎是橫著跑，令人嘆為觀止。即使末端十分尖銳，也能隨肢體動作搖曳生姿，表示那是並非單純定型的自然捲法。肯定耗費不少功夫。

大師級工藝。

「主將都上前線了，看來普希戰況告急了嘛。」

暗精靈代表我們回嘴。

「喔呵呵呵呵，你們精靈就是頭腦簡單這點不好，腦筋要更靈活一點才行喔。這場戰爭，因為有敵軍主將親自上陣，戰況是一面倒呢。」

「……妳說什麼？」

「我是說這樣最有效率啦！無知真是太恐怖了！」

「什麼……」

對方年紀乍看之下和艾絲特差不多，約是十到十五左右，可是身材卻完全不是這回事。她不只語氣很大，胸部也一樣大。波濤洶湧海咪咪。

相較於艾絲特天天身體力行極貧主義，她實在是雄偉得不得了。胸部大到可以媲美服侍艾絲特的蕾貝卡，簡直奇觀。

最驚人的是，她恐怕比艾絲特還嬌小，搞不好連一百四十都沒有，非常迷你。蘿莉度爆表。

巨乳蘿莉，妙趣橫生。

妙趣橫生啊。

而且她一點都不胖，細到一個極致。再拿艾絲特跟她比較，啊啊，真的很細。胸部那麼大，腰卻那麼細，不是要逼死我嗎？救救我啊，艾迪塔老師。

這麼不平衡的身材是怎麼回事。奇蹟般的金髮巨乳蘿莉。

再加上高品質的鑽頭捲和腦子開洞的說話方式，真是棒呆啦。如果能被這種肉彈嗨蘿強姦，我死也甘願。可以滿懷幸福，用蝶式橫越三途河了。

「要玩無聊透頂的派系鬥爭就算了，竟敢動我們普希共和國的主意，你們就儘管後悔吧！」

「……那是什麼意思？」

「喔喔喔喔喔呵呵呵呵呵呵呵！跟小兵解釋那麼多也沒意義！」

話說，有隻蜘蛛爬到妳右邊鑽頭上了耶。

還爬來爬去的，不要緊嗎？

「給羅士，把他們宰了！」

鑽頭捲高聲說道。

這個叫做給羅士的人，多半就是站在她身邊的男性吧。身高與我相仿，年紀約是二十幾歲。鑽頭捲實在太可

愛，使他完全變空氣。

裝扮部分呢，全身包在黑中帶紫的金屬盔甲底下。及肩黑髮從頭盔縫隙鑽出來，膚色也與盔甲相近，整體顯得很陰鬱。怎麼說呢，對了，就是幽鬼系男子吧。

「遵命，主人。」

「太快收拾掉很沒意思，陪他們玩玩吧。」

「是，如您所願。」

少女下令之後，他脫去頭盔。

露出意想不到的東西。

他頭部兩側竟然長了一對好大的角，中間扭了一圈，造型令人會想到公羊。再加上任憑其中分長髮下垂那狂放不羈的感覺，實在有夠帥，很適合他削瘦的長相。

仔細一看，他還真的滿帥的嘛。

感覺很像最近流行那種有點噁心的帥哥，也就是以電動間或動畫社團為主戰場的那種。對我這種免不了被扣上噁宅帽子的死處男來說，是一種理想。嫉妒死人了。

真希望能有人說我留長髮很好看。在我還有頭髮的時候。

「啊……」

見到雙角帥哥，暗精靈一臉驚愕。

沒想到老是損人的虎姑婆會有這種反應。

「知道害怕已經太晚了喔。」

「唔……」

是怎樣。

難道是特別喜歡這種帥哥，心兒怦怦跳嗎？

暗精靈這樣的黑肉婊，對這型的好像接受度還滿高的。

那我回去啦。

「……怎麼了？」

「還我問怎麼了！」

然而她回的話相當迫切。

那我也來認真緊張。

羊角哥這麼可怕嗎？有這種動物屬性的人，城裡明明到處都是，看起來比他恐怖的一大堆。例如背上長翅膀的、脖子以上是魚的很多很多。

對中世紀奇幻一年級生來說，實在不曉得判斷危險的基準在哪裡。

另外，敵人不只是噁長毛。同時出現的十幾名軍裝人員，已各持法杖刀劍包圍我們。沙、沙沙的感覺。比起之前戰場上的兵卒，服裝感覺高級多了。

若少女沒有唬爛，應該是相當於禁衛的角色吧。

他們剛好包圍住梅賽德斯所提供的凌辱區。

「你為什麼要插手人類世界的事！難道那個女孩子也是嗎？」

「妳可別誤會了，主人是不折不扣的人類。」

「不然是為什麼！」

「因為我是主人的忠僕，服侍主人就是我的快樂。」

「……你以為我會相信你的鬼話嗎？」

「妳信不信，和我一點關係也沒有。」

「唔……」

噁長毛和暗精靈發生對話。

真希望他們能說得讓第三者容易了解一點。一開口就用匪夷所思的對話耍帥是無所謂，可是這樣很不體貼其他人耶。

既然要開打，就是屬性視窗上場的時候了。

好像很久沒開了。

名字：伊萬給羅士
性別：男
種族：高等惡魔
等級：986
職業：M奴隸
HP：870000／870000
MP：1903000／1903000
STR：107500
VIT：69322
DEX：92994
AGI：94442

INT：128030
LUC：19329

喔呼，怎麼突然跑出這麼強的。

足以瞬時理解暗精靈為何怕成這樣，也能明白敵將為何親上前線。有這麼強的戰力，單槍匹馬攻陷多利庫里斯也不足為奇，非常有效率。

還一併發現噁長毛和鑽頭捲背後的關係了。

我實在不想知道這種事。

「田中，耳朵過來。」

「什麼？」

身旁，梅賽德斯叫了我。

這好像是她第一次叫我名字。

好高興。超級高興，感動死了。

既然她是鐵打的女同，表示應該是處女。就算她鮑鮑相撞搞破了膜，我也能給她例外。和變態的她來一場熱情又前衛，飛簷走壁的初體驗也不錯。我有全力疼愛她的自信。

但是不准玩蟲。

我還不想被多腳生物鑽得小菊花吱吱叫。

「怎麼了？」

「還我問怎麼了！快溜啊！」

「說得也是……」

看過屬性以後，我也沒有其他選擇。單挑還有得說，但我沒有自信在需要保護肉彈雙姝的狀況下安然打倒他。我薄如紙的裝甲吃一發就要掛了，這裡又空間狹小，敵我雙方容易混成一團，很難打。

要攻擊也得先了解對方用什麼樣的魔法，不然很危險。我怎麼也不能失去寶貴的肉彈。啊啊，梅賽德斯叫我名字以後股價狂飆啊。漲停板了。絕對要救她。

我也沒辦法啊，處男就是容易戀愛。

問題是逃得逃不掉。對她們來說，包圍我們的人也是絕不能忽視。對上雜兵能開無雙的黑肉彈，對上禁衛也能那麼威猛嗎？

這麼說來，只能那樣了。

咬牙承受良心的苛責，拿梅賽德斯的肉便器當人——

「你們都別動！敢動一下，她就沒命了！」

當我發現，女同騎士的劍尖已經指在她肉便器的咽喉上了。

威風凜凜。那動作是多麼精湛啊。

明明是相當卑鄙的行為，她卻做得像自己才是正義的一方。而且沒握劍的手乍看之下是抱住她的腰，事實上還繞到背後抓她的屁股。而且是揉到屁股變形那樣使盡全力的高速狂揉。

好強的執著。

生命遭遇危機，使梅賽德斯的性慾暴增為平時的十倍。

「…………」

「怎麼樣？俘虜派上用場了吧？」

她以露牙的爽朗笑容，炫耀其性癖的成果。

這當中，她的手指依然抓在她屁股上揉呀揉呀揉呀揉呀揉個不停。

肉便器口中不時洩出的嬌喘，是梅賽德斯的活力泉源。

「……就是說啊。」

「所以我才說嘛，抓俘虜就是為了這種時候。」

知道了啦，不要一直講。

「對、對啊，嗯……」

很遺憾，我們沒事先商量，眼神也沒交會，卻都想到了人質這招。從她身上，我感到了更甚於默契的東西。

原本應該是值得高興的事，現在卻有點哀傷，這是為什麼呢？她的階級真的是禁衛騎士嗎？我實在很懷疑。

這傢伙從頭到腳都比我還渣啊。

「哎呀，怎麼有這麼卑鄙的人啊？竟然抓敵軍士兵當人質。」

「用這麼多人包圍我們三個，還好意思說這種話啊。我看你們卑鄙多了。」

「那我答應妳，我自己和周圍的人都不出手。」

「唔……」

「怎麼啦？能請妳快點釋放我軍的士兵嗎？」

「這、這個，我……」

結果猖狂也只是一下子，馬上就被人家說倒了。

非常梅賽德斯，讚。外表冰雪聰明，事實上是腦裡長肌肉的二楞子，算是她的缺點兼優點。她傑出的直覺、品味與本能本該使她高人一等，卻反而突顯出她的憨。

好了，先把梅賽德斯的評價放一邊。

現在該思考的事如何脫離這場遭遇戰。

「別跟她多說，直接逃吧。」

沒時間說大道理了。

總之先拿梅賽德斯的肉便器當肉盾開溜。

「人民可是國家之寶耶。做這種事，我實在看不下去……」

「不、不然妳想怎麼樣！」

「給羅士！」

「遵命，主人。」

金毛鑽頭捲一聲令下，噁長毛動身了。

比想像中快好多。

速度與等級相符，不是一般人跟得上。

「！……」

抽出腰際佩劍的同時，劍尖所指的果然是梅賽德斯。距離最近，手上又有人質，自然是首要目標。

她立刻舉起武器，卻被對方第一動就彈飛。

「唔……」

「主人要我鎮壓敵軍，妳就乖乖受死吧。」

飛走的劍痛快地「唰！」一聲，刺在樹幹上。

丟了武器，梅賽德斯的反應是——

「殺、殺得了就殺殺看啊……」

把肉便器架在正前方叫囂。

怎麼還在揉啊。

而且她是怎樣，手指都整個插進前面的洞了。

「啊、啊嗚、啊啊啊……」

直瀏海金西瓜皮美少女外套滑落，在名叫給羅士的男子正前方暴露她身纏藤蔓的模樣。見到她面泛潮紅又難堪地喘息，我就恨不得用火球把這裡燒個精光，就我一個人狠狠強姦她。

金髮啊嘿中毒直瀏海，真是太可愛了。我愛妳。排卵吧。受精吧。

「既然妳都這麼說了，我就試試看。」

「！」

噁長毛淡然低語，手驟然一抽。

是所謂眼睛看不見的一擊。

緊接著，梅賽德斯抱俘虜的右手被砍飛了。

真的什麼也沒看見。

「梅賽德斯！」

「呃啊啊啊啊啊啊啊啊啊啊！」

她發出不是一般女性的慘叫，蹲成一團。

平平是受重傷，艾絲特比她可愛多了。

這傢伙有種大叔味。

「我、我馬上治好！」

但我也不能見死不救，快放治療魔法、治療魔法。

魔法陣浮現。

在她腳下。

有大叔味也沒關係，我還是想強姦梅賽德斯。

「唔、唔唔……啊啊……」

「妳清醒一點！」

「這、這就是治療魔法……」

她似乎已經察覺自己身體變化，喃喃這麼說。

傷勢只有右臂遭砍斷，算不上致命傷，用普通的治療魔法就瞬間癒合傷口，重長手臂。原來的手臂還掉在地上，怎麼說呢，我好像看見了某些可能性。

「哎呀呀？以人類來說，你的魔力很厲害嘛。」

「……是嗎？」

「喔喔喔呵呵呵呵呵！可是我的僕人還是比你強多了！」

「他的確是高人一等的樣子。」

不知何時，俘虜已落入敵方手裡。守在鑽頭捲身邊那群親衛隊似的人，正在切斷綑綁直瀏海的藤蔓，為她披上衣物。好像跑完負責段落的接力賽選手。

淫水汗水流滿身的裸體沒得看了。

好哀傷啊。我還想多看幾眼。

直瀏海金西瓜皮美少女。

然而，我已經看得見此後的劇情。

返回母國後，她也抹不去遭敵軍強姦的事實，同時感到自己身上出現不小的變化。不過最大的變化，卻是周遭對她的目光，開始充滿好奇。尤其是男性的淫邪視線。最後，發生接觸。

結果她也躲不過口嫌體正直法則。

啊啊，光是幻想就能穩尻三槍。

「給羅士，把他收拾掉。」

「主人，他的魔力非比尋常。」

「所以怎麼樣？」

「今晚的獎賞，請給我全套。」

「沒問題。」

「萬分感謝！賤奴自當全力以赴！」

「好，儘管去吧。」

「是！」

名叫給羅士的男子注意力轉到我身上。

八成是剛才的治療魔法讓他斷定我是威脅吧。肯定是認為治來治去很浪費時間，不如先幹掉我。滿聰明的嘛，等級近千不是蓋的。不過，我也不是省油的燈。

追著我打，反而正合我意。

「妳們趁我拖延長角男的時候快逃！」

「知、知道了！」

應該是見過我和龍對戰的關係，梅賽德斯火速領命。能在這時候發揮默契真是太好了。

「白痴，別傻了！他不是人類敵得過的對手……」

暗精靈則是開口罵人。

該不會是擔心我吧？是的話還滿開心的。

可是現在我沒有和肉彈爭辯的閒工夫。

「梅賽德斯，她就交給妳了！」

「知道了！」

女同騎士在這種時候實在可靠。她無視於種族之分，與暗精靈過剩地肢體接觸，簡直像個發情的中年大叔。她將對方的上臂緊按在自己胸部上，硬是將暗精靈拖離現場。

「妳、妳做什麼！放手！」

「這裡很危險。聽他的話，我們快撤。」

她只有表情認真。肉體全為享樂而動。

「那個男的能幹什麼？他不是只會治療魔法嗎！」

「相信我就對了！還是妳想當奴隸當到死！」

「唔……」

「快點！我們留在這裡，他不能放手去打！」

「……知、知道了。」

「這邊走！」

「夠、夠了！把手放開！噁心死了！」

暗精靈好快就投降了。

一聽梅賽德斯要她拿未來評估輕重，她隨即乖乖照辦，快步逃離現場。說不定其實是過剩的肢體接觸奏了奇效。從她聲音變得有點尖來看，後者的可能相當濃烈。

至於敵軍，鑽頭捲兌現了她的承諾。即使她們經過包圍現場的士兵，士兵的法杖和劍也全無動作，表示他們十分信賴噁長毛的能力。

這當然讓我很緊張。

能把這麼厲害的男人當狗養，可見鑽頭捲不是相同水準就是比他更強，所以我希望肉彈拍檔盡快遠離這裡。兩個近千等級加起來就是四位數等級，若配合得好，視作克莉絲汀層級也無妨。

我實在沒自信在需要保護他人的情況下戰勝他們。

畢竟這裡是森林地形。

不能使用過去的戰術。

等級高的對手，我幾乎只能靠飛行魔法在空中逃竄並猛丟火球。在樹木這麼茂密的地方，很難隨心所欲地飛。

而對手的攻擊力足以一劍砍光我ＨＰ還有剩。

「看我瞬間解決你。」

可能是想表現自己遊刃有餘吧，噁長毛刻意等到看不見肉彈拍檔才動身，腳一蹬地就直線逼來。長髮隨風向後飄逸，真是有夠帥，好羨慕啊。

學生時代的記憶忽然甦醒。我曾經沒考慮自己顏面偏差值而留長頭髮，以為能加點分，結果一個跟我沒講過多少話的同學說我像流浪漢。可惡。隔天我就剃光頭了。

啊啊，不管怎麼說都是長髮的錯。可惡的長髮。

「謝謝你特地預告……」

怎麼辦？

該怎麼辦才好？

敵人仍在我思考時逼近。

現在不是顧東顧西的時候。

喔。

為能夠帥留長髮的王八蛋獻上毀滅。

「哼！」

怕你森林大火喔。

吃我的全力火球啦。

肉彈拍檔在我背後，前方是鑽頭捲和噁長毛，還有部分包圍此處的禁衛隊。根本不需要管他們死活，全部燒光光就對了。

長髮有什麼了不起。長髮算什麼，算什麼。

「應該說瞬間解決你的人，是我！」

要失去奇蹟般的巨乳蘿莉，我也是千百個不願意。

可是我的命只有一條。

我朝進逼的噁長毛伸出雙手。

我也很想要受社會認同的長髮生活啊。

留長髮可是醜男的夢想耶。

我也好想以長髮、以長髮為傲，充滿自信地活下去。

下略一萬字。

我心頭一熱，不必要的咆哮脫口而出。

「喔喔喔喔喔喔！」

前方浮現魔法陣。

中央閃現燭火般的火苗，剛誕生的火氣霎時膨脹，成為巨大火團。而且是比對戰克莉絲汀時更大上十公尺以上的超巨大火球。

附近草木瞬即化為灰燼，進逼的噁長毛也要遭殃。

「……主、主人！請退避……」

聲音淹沒在火團後。

管他們去死，上啊火球！

「看招——！」

我向手臂使力，火球隨之向前飛去。

站在噁長毛後方的鑽頭捲和禁衛都在路上。火球威力毫無減退，連他們後方的林木也一併吞噬。

像全自動火耕機般不斷前進。

火球愈飛愈遠。

它的背影在森林中留下燒焦的裸露土地，好比十多公尺寬的街道，朝遠方拉出一長條直線。

燒紅的土石表面還在冒泡。等它們冷卻，眼前儼然是一條又平又直的優質馬路。

一會兒後，遠方迸出轟隆爆炸聲。

殘局也收拾得十分乾淨。

殘存的禁衛剎那間就蜘蛛離巢般逃之夭夭。

*

順利救回來自中央的禁衛女同騎士之後，我們併用治療魔法兼程趕路，連走一整天返回多利庫里斯。先前經過的不知名村莊，我們片刻也沒停留。

痛失肉便器的梅賽德斯始終悶悶不樂，所以我才這麼趕。

不然怕她一停下來就想找下一個目標。

因此，我們正在多利庫里斯的冒險者公會回報任務完成。凶臉肌肉櫃員要我們稍候，我就和梅賽德斯跟暗精靈一起到會館裡的四人桌位等待。

主要是和梅賽德斯閒聊，暗精靈依然擺臭臉。

「對了，費茲克勞倫斯大人在哪裡？」

「不好意思，我來這裡以後也沒見到她。」

「這樣啊。」

「聽說她在城堡裡下指揮，在那裡應該找得到她。」

「……了解。」

「有事嗎？」

「也、也不是那樣啦，只是有點想知道而已。」

這個蕾絲妹的好球帶還真大，現在也是沒事就偷瞄暗精靈的大腿，同時對艾絲特的四肢極盡幻想之能事，展現其高度的進取心。

這傢伙肯定是有洞六十分。

啊啊，完全是男性的腦袋。

「妳去過城堡了嗎？」

「不，還沒。」

「妳不是帶一隊兵上戰場嗎？」

「都是從公會裡的人徵調的。如果只需要兩三個正規兵就算了，想調一定數量的人，就要跑很麻煩的手續。我完全沒那種閒工夫。」

「這、這樣啊……」

妳是缺什麼全部自己搞定，直衝前線喔。

太厲害了，令人崇拜的行動力。

如果出生在現代日本，一定是會創業的那種。

和梅賽德斯分享些有的沒有的資訊幾分鐘後，暗精靈開始等得不耐煩，手指在桌上叩叩叩地敲。這時，那個差爺從櫃檯後現身了。

並帶著很疲憊的表情朝我們走來。

這個人也很多事要忙吧。

「想不到你們一天就達成任務……」

「是啊，算是運氣好吧。」

「恕我冒昧，請問這位騎士大人是？」

「喔，我就是梅賽德斯。」

「幸會幸會，感謝您在百忙之中大駕光臨。」

差爺態度變得十分恭敬，與對待我和暗精靈截然不同。中央騎士的地位果然不是一般高啊。尤其在這種地方都市，更是能發揮其威力。就像在東京大企業工作的人回鄉參加同學會時，會有很多人拍馬屁那樣。

也許在一般人眼中，梅賽德斯已經是非常值得敬畏的人物，只是之前她都跟在魔導貴族跟艾絲特等地位突破天際的人身邊，變得黯淡無光。感覺上來說，算是靠資歷進中央機關任職五年的地位吧。口氣也有點跩。

「我已經通知上級了，能請您隨我進城一趟嗎？」

「好，沒問題。」

「太好了，非常感謝您。」

「下次動作要再快一點。」

「遵、遵命！」

不過呢，之前老是看她下跪，今天耍威風的樣子倒是非常新鮮。剛才的對話也怎麼看都像是替她將來的大磕頭時代插旗，很不可思議。

「請教一下，您和這位冒險者似乎很親近，不知兩位是什麼關係……」

「有什麼問題嗎？」

「沒有，單純是我自己好奇。」

「我跟這個冒險者志趣相投，以前還曾經一起出生入死。」

「原、原來是這麼回事……」

梅賽德斯瞥瞥我說。

想不到會有沾她光的一天。

回想起第一次見那當時，實在是感慨萬千。

「那麼，我們兩個接下來要做什麼？」

「抱歉怠慢，當前就請兩位一起進城吧。城裡除了有準備小小的筵席給騎士大人洗塵之外，對於本次任務成功，領主大人也有些賞賜要給二位。」

「這樣啊。」

是要獎勵什麼呢？

這次好像也沒表現到什麼。

算了，去了就知道。

「外頭已備好馬車，三位請。」

「嗯。」

女同騎士點頭起身。

和風臉和暗精靈也隨後跟上。

＊

【蘇菲亞觀點】

在城裡探夠險之後，我返回會客室。法連大人、艾絲特小姐和龍小姐似乎已經談完，圍著桌子喝茶。

有女僕站在房間角落，應該沒錯。我離開房間之前，房裡還只有他們三個。既然可以有外人在，表示事情已經談完了。

「對、對不起，我回來得太晚了！」

我怕他們都在等我，趕緊鞠躬道歉。

艾絲特小姐毫不介意地說：

「沒關係，妳也來喝一杯吧？」

「不了，我、我還應該替各位泡茶才對呢。」

「是喔。那我不強迫妳，總之先坐下吧。」

「遵、遵命！」

她往自己身旁的位置拍了拍。四個座位空出的位子，正好就是艾絲特小姐身邊，讓人非常緊張。我這就坐。我坐嘍。體重一放下去就包覆整個腰臀的感覺真教人受不了。是一張好沙發呢。

我一就座，原本站在房間角落動也不動的女僕不知何時已經靠了過來，替我倒茶。同樣是女僕，卻能受到這種待遇，整個人飄飄然的。

即使我客氣婉拒，她還是替我倒茶，可見是行家。好帥喔。而且這款茶，啊啊，是田中先生找來的茶。艾絲特小姐也喜歡這種茶嗎？還是一樣好喝。

「接下來呢，妳需要和法連大人一起行動。」

「……咦？」

「可以嗎？」

我差點就把嘴裡的茶全部噴出去。

艾絲特小姐說了什麼東西。

「不了，那、那個，我、我我、我這種市井小民怎麼能跟法連大人同進同出呢……」

「只要有你在，他就更不可能拒絕此人的要求。」

離開首都前，好像也聽過這句話。

「他」指的是田中先生，而「此人」多半就是指龍小姐吧。

可是再繼續跟著法連大人，我的心會死翹翹。我不行了，就讓我留在艾絲特小姐身邊吧，最好是放我回家。我想回宿舍吃好吃的飯。自己吃。

「那、那艾絲特小姐……」

「我要留在城堡調查田中去哪裡了。」

「那個……」

不等我求情，艾絲特小姐已經轉向龍小姐了。兩隻眼睛似乎忘了怎麼眨眼，注視著她說：

「老實說，放一個曾經傷害他的人在我的領地裡亂飛，讓我除了不舒服還是不舒服。可是現在的我殺不了妳，所以才准妳去找他。」

『口氣很狂妄嘛，嗯？不怕我當場殺了妳？』

「就像妳對他堅稱的一樣，我也遲早會戰勝妳。絕對要。」

『一個人類也敢說這種大話，先撒泡尿自己照一照吧。』

「所以了，蘇菲亞，現在得麻煩妳去找他。根據調查，他好像是到前線去重建戰線了。地點很空曠，是一大片草原，從空中找應該很快就能看見。」

「……好、好的。」

要和法連大人一起坐在龍背上，來一段田中先生搜索之旅呢。

我難過到眼淚都快淚光閃閃了。怎麼受得了。

這時候，突然有人敲門。

「費茲克勞倫斯大人，下官有事向您稟報。」

是粗粗的男性聲音。

「你就進來吧。」

「是。」

行禮入室的，是先前也在城堡裡見過的男性，也就是照艾絲特小姐的命令，去調查冒險者人流狀況的貴族。

肚子好凸，眼睛好細好垂，非常噁心。

艾絲特小姐竟然能平心靜氣跟他說話，真是令人敬佩。

「怎麼了？」

「有個來自中央的禁衛騎士請纓率領一個小隊，在薩培利森林擊潰中隊規模的敵軍。後來這位禁衛騎士因此在前線遭到孤立，於是公會派出兩名冒險者前去搜救，目前已成功救回。」

「是嗎，那麼雙方都應該得到應有的獎賞。給禁衛騎士升一級，給去救人的冒險者優渥獎金。如果財務不方便，可以換成冒險者連升兩級。」

「這樣好嗎？」

「既然中央不想出兵又不說原因，我們不就只好請冒險者拚命一點了嗎？現在需要定期給一點能夠振奮他們的話題。」

「可、可是，要給禁衛升級的話……」

「禁衛的人事問題，晚點我會請父親交代一聲，不必擔心。這也在費茲克勞倫斯家的影響範圍內。」

「費茲克勞倫斯大人，請恕下官直言。這樣城裡的規矩會……」

「論功行賞不是理所當然的事嗎？而且別忘了，我才是領主。的確，新來的我還需要向各位學習如何管理領地，也還沒實際執政，但是最後需要對這片領地負責的，除了我沒有第二個。」

義正詞嚴的艾絲特小姐好帥喔。

心都熱起來了。

看不出她比我小呢。

如果是男人，我肯定會愛上她。她穿男裝超搭的。

「……知、知道了。」

「是嗎？那你可以下去了。」

「不好意思，還有一件事。」

「什麼事？我還有事要忙呢。」

「城裡的人都很期待見您一面。」

「很抱歉，現在我有很重要的事要查，晚點再說。」

「知道了。冒犯之處，還請大人恕罪。」

垂眼貴族恭敬鞠躬，離開了房間。

靜悄悄關上門之後，以噠噠噠的跑步聲遠去。

「總之就是這樣，拜託妳啦，蘇菲。」

「好、好的……」

她竟然用暱稱叫我。

被貴族叫我蘇菲，心裡有點怦怦跳呢。

我一直很憧憬這種事情。

該不會我在宿舍扮貴族的時候，神聽見了吧？

「所以說定了吧？那我們就趕快出發。」

法連大人以這句話收場。

大家都離開沙發開始行動。

大概是因為需要請龍小姐變回巨龍吧。我們離開會客室，前往中庭。至於路上經過的人都非常緊張地向我們敬禮，應該是除了艾絲特小姐之外，還有法連大人與我們同行的緣故。

感覺有點爽。

看他們在我一介平民面前鞠躬哈腰，真的好爽。

好像連我也變成大人物了。

沒多久，我們到達中庭。

來到寬敞的地方以後，法連大人說：

「那麼龍啊，再變回原來的樣子吧。」

『不要。』

「……什麼？」

想不到龍小姐竟然拒絕了大貴族的請求。

這是為什麼呢？

當我有此疑問時，她接著說下去：

『這樣不是比較容易說服他嗎？』

「是、是啊，話是這麼說沒錯。可是……」

龍小姐不曉得在想什麼，離開法連大人身邊幾步，突然趴倒在我們正前方的草皮上。不知情的人看了，會以為她是踢到石頭跌倒吧。

她雙手貼著身體兩側伸得直直的，雙腳也一樣伸得直直的，像根棒槌一樣趴在地上。只有頭朝我們轉，用依然自信十足的表情盯著我們。

「……妳這是在做什麼？」

『趕快坐上來，要出發了。』

表情好跩。

「…………」

連法連大人都說不出話了。

她要我們坐上去，可是她的身體怎麼看都是個年幼女孩，嬌弱得普通人一坐就會壓扁似的。

中庭裡有幾個衛兵站崗，不時還有看似正在做事的女僕經過。要在他們眼前挑戰騎乘小妹妹，難度實在太高了。

但是龍小姐卻毫不在乎地催促我們。

『怎麼啦？動作快。』

「呃，先等等。為什麼不變回原來的樣子？」

『這樣不是比較方便嗎？』

「是這樣沒錯……」

『那就沒必要再花時間變回去。』

「可、可是妳這樣實在……」

『趕快上來。變不變沒有什麼不同，這樣去就行了。』

「…………」

龍小姐完全沒有變回去的意思呢。

固執成這樣，會是因為她怕田中先生嗎，還是有其他原因呢？我一個小女僕無從得知。但就眼前事實來說，她對法連大人跟我都很囂張。有夠囂張。

『少廢話，快上來。』

「可、可是，這、這真的……」

『怎麼啦？快一點。不然我要把整座城夷為平地喔。』

「……唔，嗯。」

龍小姐不斷催促，不准我們說不。

而法連大人也果真是明事理的人。

到了這地步，他稍微遲疑之後大步一跨，在趴地的龍小姐背上坐定。雙腳一左一右，一屁股壓下去的感覺。

看了就覺得好痛。

好像法連大人在欺負龍小姐一樣。

「那、那個，艾絲特小姐……」

「蘇菲，他、他就交給妳嘍？」

艾絲特小姐眼睛好像在飄，還完全跟自己切割掉。

看來就連艾絲特小姐也覺得有點那個呢。

見到這般情境，衛兵和女僕都停下來看戲，小聲交頭接耳起來。

好害羞。真的羞死人了。

「女、女傭！動作快！」

「遵、遵命！」

法連大人也是會害羞的樣子。

我聽從命令，也往龍小姐的背走去。即使是魔導貴族，也不太想坐在趴地的小妹妹身上吧。屁股有點翹，腳還有點抖。

「失、失禮了……」

一坐下去，屁股就傳來軟綿綿的感覺。

好溫暖。龍小姐好溫暖喔。

『坐好啦？我們走嘍。』

龍小姐話一說完就突然飄起來。

「咿咿咿咿咿！」

我重心不穩，差點掉下去。

情急之下，忍不住抱住坐在前面的法連大人。

「對、對對對對對、對不起咿咿咿咿！」

「喂，吵死了！不要一直在我耳邊叫！」

「是————！對、對不起咿咿咿！」

沒救了。做這種事，我死定了。死定了啦。

人家是大貴族，抓他身體是重罪。慘了，要處極刑了。可是放手就會掉下去，摔成肉醬一樣死。我們已經飛得好高了。飛得好高了。

坐在龍背上飛的我，把自己的心殺死了。

我什麼都不管了。什麼都不管了。

啊啊，對不起對不起對不起。

＊

我們來到前幾天也來過的謁見廳。

和風臉和梅賽德斯一起跪在紅毯上，前方墊高幾階的寶座依然空著，上次也在的條碼頭肥仔就在旁邊，位置和上次一樣。

艾絲特不在嗎？

「佩尼帝國禁衛騎士團騎士梅賽德斯，妳從中央隻身前來，僅僅數日便剿滅散布於薩培利森林一帶的敵軍，功績卓越。特此升妳為禁衛上級騎士，以資獎勵。」

「謝領主大人！屬下萬分榮幸！」

「另外，這只是簡式。回首都以後，陛下會再親自為妳授勳。」

「感謝領主大人在此戰忙之時如此費心，屬下銘感五內。」

看來女同騎士在我不知道的時候立下了功勞。

敵將都親自出馬了，戰果肯定不小。

先不談動機、目的為何，過程也擺一邊。她的性能絕不算低，再加上發自下半身的行動力加持，她能打出什麼樣的成績，我心裡有數。

其實這個女同騎士比我想像的更菁英嘛。

禁衛頭銜真的沒唬爛。

聽說那比亞倫所在的王立騎士團更高等。

而且這次戰果好像又讓她更上一層。

話說禁衛的晉升是地方貴族可以全權決定的嗎？感覺中央應該有專門的人事機構才對。聽剛才的對話，說不定這裡還有遠距離通訊的魔法存在。

「我們已經備好交通工具，明天就送妳回中央。」

「！」

梅賽德斯震驚地瞪大眼睛。

啊啊，我見過那眼神。

就是知道沒得抓肉便器時激姛的眼。

「請、請等一下！我還有保衛前線的要務在身啊！」

「妳現在的任務是返回首都，接受陛下的讚賞。」

「可是！我聽說普希共和國的軍隊仍在蹂躪我軍前線！我不需要更高的官階，此時此刻，保護國民免於敵軍侵襲之苦，才是我騎士職責所在！」

「！……」

女同騎士熱切抗辯。

要是不知道她的性癖，我還會以為在這裡發現聖女。

然而實情卻完全相反。

不過，站在臺階上的貴族似乎接受了她的訴求。

「唔，嗯，妳說得有道理。」

「請命令我返回前線！不管是怎樣的戰場，只要那裡有敵軍，我就會戰到最後！不管是山、是森林、草原，還是被酷寒封閉的冰天雪地，我都在所不辭！」

「我也是治理國家的一方，十二萬分明白妳的心意。」

「所以拜託！我不需要什麼上級騎士的位子！」

「然而我辦不到。上面給妳的任務，就是到中央報到。安潔莉卡公主殿下從費茲克勞倫斯子爵聽說了妳的事情後，很關心妳的安危。讓自己侍奉的主人知道妳強健如昔，是妳身為禁衛的首要義務。」

「……怎麼這樣。」

梅賽德斯彷彿面臨世界末日班流露真情。

滴垂的淚水，在紅毯留下點點濕痕。

是真的在哭。

見到她被絕望擊垮的模樣，擠滿謁見廳的其他貴族也為之感嘆。不分老少男女，每個都有如看見光明般注視著她，清一色是尊敬的眼神。

這是當然。

她是真心難過。

絕不是演戲。

打從心底，為自己無法上前線而悲傷。

返回多利庫里斯之前，她跟我抱怨了一大堆，所以我懂。

「明白了嗎，禁衛上級騎士梅賽德斯？」

「……明、明白了。」

女同騎士腦袋意志消沉地重重一垂。

有點做了壞事的感覺。

如果讓她帶回直瀏海，她就不會這麼難過了吧。

「冒險者，換你領賞。」

「是。」

「你拯救禁衛上級騎士梅賽德斯有功，賜你准尉之位。」

「謝大人！小民感激不盡！」

感覺身分又提高了點。

准尉是什麼階級啊。

階級是可以這樣跳跳跳的嗎？

我不禁有此疑問。

但既然人家要升我的級，現在就先接受再說，詳情晚點再問梅賽德斯就行了。國家這麼大，可想而知階級一定是分得很複雜。

「今後要更努力為佩尼帝國效力。」

「是！」

我照單全收，低頭領命。

看來這裡的事件要結束了。

「那麼，本次謁見到此結束。」

對我講的話，比梅賽德斯少了很多，封建社會真不是蓋的。只要身分高低是影響他人評判的重點因素，我這和風臉不管走到哪裡都是平民吧。

乾脆以禁衛為目標好了。

這樣說不定能加減添一點女人緣。

「要記得，你們今日的獎賞代表的是費茲克勞倫斯子爵期待你們未來的表現。為了佩尼帝國的發展，希望你們能做出更大貢獻。」

「……感謝領主大人賞識。」

「是！」

我和女同騎士一起低頭應聲。

這次的獎勵時間就此結束。

＊

離開謁見廳後，我們回到等候室。

「可惡，怎麼會這樣……」

梅賽德斯憤恨不已。

狀況外的暗精靈見到她這樣很是不解。她沒和我們一起進謁見廳，是鑑於她的奴隸身分吧。要是讓她晉級，就不能把她當奴隸管了。

再加上種族問題，一旦她脫離奴隸身分肯定會棄戰，逼她上場也照樣會找機會逃跑。不如保留現在身分用到死為止。留她在等候室，官員心思是昭然若揭。

「這女的是怎麼了？」

「好像是在之前戰鬥中，和看上眼的女人生離死別的緣故。」

「……她真的是那樣啊。」

暗精靈離開沙發，稍微遠離她。看來被梅賽德斯用奶子猛蹭上臂不是蹭假的。經過這些事，暗精靈也摸清了她的本性。

仔細一看，肩頸部位還冒出一顆顆的雞皮疙瘩。

「虧我都來到這裡了……」

另一方面，梅賽德斯完全不理會我們這邊。

打從心底懊喪的她咬牙切齒，手好像還握到指甲刺破掌心，血滴個不停。

會不會太誇張。

但若站在她的立場想，戰爭可是免費取得合法奴隸的大好機會，千載難逢，也不是無法聊解她為何難過成這樣就是了。

因此，我還是道個歉吧。

「梅賽德斯……這件事，那個，對不起。」

「你沒必要道歉。」

「可是……」

「我不能忽視公主陛下的要求，我要回卡利斯了。」

「這、這樣啊。」

「不過，我不會這樣就死心。」

「……妳打算怎麼做？」

「既然我們有志一同，我有件事要拜託你！」

「…………」

真的假的？

有夠不想幫她做事。不要在這種時候才當我是朋友好不好。梅賽德斯一定是想借遊戲才會稱兄道弟的那種。以後叫妳霸佔騎士喔，混蛋。

這時，我突然想到一件事。

她該不會是想對公主出手才被打進大牢吧？擔任禁衛而時常與公主見面，久而久之就開始動歪腦筋的感覺十分濃烈。看她在艾絲特暈船時性騷擾得那麼熟練，不是不可能。

但話說回來，就算是梅賽德斯也不會對公主出手吧，根本是找死。

「拜託，拜託你在這個戰場……完成我的悲願。」

「不不不，悲願就應該是自己來完成……」

要是逮到了，誰要給這個蕾絲妹啊。

每週跟我玩五次３Ｐ才有得談。

「拜託，交給你了。既然你連龍的攻擊都不放在眼裡，一定可以成功。我相信你辦得到。我們掏心掏肺的那一夜，我到死都絕不會忘記。」

「…………」

糟糕，今天的梅賽德斯是認真模式。

眼睛都變一個人了。

好像愛上小妹妹的中年大叔。

「那、那好吧。」

「謝謝，感激不盡。」

為這種事受人感謝，根本高興不起來啦。

這時候，差爺回來了。

從頭到尾都負責帶我們，不知是幸還是不幸。

「梅賽德斯大人，我在城裡為您留了一間房，能麻煩您隨我到房間看看嗎？我們明天就啟程，時間並不多，希望您盡可能休息，消除戰爭的疲憊。」

「……知道了。」

「這邊請。」

梅賽德斯就此跟隨差爺離開房間。

踏上走廊之際，眼睛朝我瞥來。

全靠你了。

好像在對我這麼說。

「…………」

「竟然有這麼扯的騎士，人類社會也真夠腐敗。」

「還、還好啦，有人說水果是熟透了比較好吃嘛。」

「吃了一定會拉肚子。」

「…………」

女同騎士率先把我原本該一肩扛起的事堅持到了最後一刻，看得我都嚇傻了。

感覺她能成為比艾絲特或魔導貴族更偉大的人物。

最後不是大成功就是大毀滅。不管怎樣都只有這兩條路吧。

*

城中謁見結束後，差爺匆匆帶我們來到的下一個地方，果然又是公會會館。什麼公會呢？就是龍蛇混雜，專為冒險者設立的公會。帶我們來這裡，多半是馬上又要派我們出差吧。

才這麼想，上司就降旨了。

「那麼，下一個工作……」

我和暗精靈坐在四人座桌位。

差爺站在一旁，看著手上紙條說：

「兩位要去位在多利庫里斯西方一天車程的——」

「那個，不好意思，能打擾一下嗎？」

「……什麼事？」

「請恕我冒昧，可以讓我們在這裡休息嗎？」

這樣連續上前線搏命，實在很磨人。

所以我試著和差爺商量。

然而得到的不是正向答覆。

「兩位要知道，我也只是和照公會歸章和國家法律在辦事。在國家危急之時，你們的命就是交給冒險者公會，這當中沒有任意休息的自由。」

「……這樣啊。」

「那麼，你們下一個任務的地點是……」

暗精靈凶狠地瞪著他。要不是有項圈，她已經砍人了吧。員工不滿情緒持續高漲，罷工是遲早的事，我們需要一點休息。

這種派了又派的生活要持續到什麼時候呢？

想不到會在劍與魔法的奇幻世界窺見短工派遣的黑暗面。

這樣怎麼會不累啊，王八蛋。

即使升了階級也感覺不到任何好處。我現在只想和蘇菲亞閒聊，一起吃她準備的飯。

用蘇菲亞滋潤我在戰地枯黃的心。

再加上艾迪塔老師的走光就更棒了。

「還有很多地方正受到普希共和國猛攻，你們要到那裡去支援。現在就搭公會外的白篷馬車到那裡的指揮部報到。」

「……知道了。不過，我有個不情之請。」

「怎樣？」

「差爺您照顧了我們這麼多天，我想知道您的名字。」

「……我的名字？」

「對。」

「…………」

是該客訴的時候了，然而太直接並不好。

所以我用迂迴方式表達不滿。在這裡問名字本身沒有壞處，在他知道我和梅賽德斯關係密切的狀況下問名字，應該是個不錯的牽制。若手段太強硬而激怒他也不好。

「……我叫諾伊曼，有什麼問題嗎？」

經過這幾天相處後，我重新審視他全身樣貌。

年紀約二十下旬。看起來比我年輕很多，可能勉強能稱為青年。特色在於他近兩公尺的身高、三七頭黑髮、苔綠色眼睛。

服裝算是佩尼帝國公務人員的標準穿著吧，其他地方也看得到。下身是淺綠色褲子配黑皮靴，上身是白色襯衫加黑色燕尾服。

就像歐洲史課本十七世紀部分的圖片那樣。

長相是標準的西方紳士。可惡。

「事實上，您的職位等於是我的上司。雖然只是暫時，但是諾伊曼先生，作屬下的想和上司交流交流，應該是很理所當然的事。您覺得呢？」

「你、你說交流？」

「對。您不覺得上司部下坐在一起喝酒聊天，是非常普遍的嗎？我和她也是因為您給的任務才能升官得這麼快。」

「…………」

「在這裡喝一杯慶祝一下，應該不為過吧？」

暗精靈用一副「你在鬼扯什麼」的臉盯著我看。

可是社畜不會輸的。

在這種封建到不行的階級社會中，與上司私交圓融比什麼都重要。就算不至於會因此去接上司的位子，或稍微有點想太多，有無後盾還是天壤之別。

「您覺得呢？」

「這、這個嘛，我是能了解你的意思……」

不知是我一再堅持己見，還是先前戰果的影響，差爺開始有些許接納我說法的現象。這時候，乘這股氣勢推到底才是上上策。

「一晚就行了，能讓我擺一桌嗎？我請客。」

「呃，可是……」

「她也跟我們一起喝。喝點小酒而已，她應該不會拒絕。」

「呃，喂！你憑什麼幫我決定！」

她馬上就發火了，但現在不必管她。不管她。

她的項圈好像和蘇菲亞的一樣，會因為特定暗語而勒緊，且程度八成是比女僕緊，可以稍微拗一下。

現在該以攻略眼前這位上司為優先。

「如果差爺您願意，我也可以請那位禁衛騎士一起來。」

「！……」

搬出梅賽德斯的效果十分顯著。

差爺突然就軟了。

「……知、知道了，就讓你們晚一天出發。所以就別打擾禁衛騎士大人了，做那種事對誰都沒好處。」

「謝謝您的諒解。」

真是個明理的人。

順利得到睡床舖的權利啦。

＊

於是這天夜裡，我們在多利庫里斯的酒館裡開喝了。

結果差爺的情緒比我想像中還狂。

「所以我、我真的、真的很想和老婆女兒住在首都，可是那個同期的，嗚嗚嗚……只因為我爬得稍微快一點就處處刁難，可惡、可惡、可惡嗚嗚嗚嗚嗚嗚。」

「原來如此，真是委屈您了……」

這個青年喝醉就會哭啊。

而且還狂抱怨。

酒品好點行不行。

「啊，暗精靈小姐，請幫我拿那個醬。」

「嗯……」

所以我是自顧自地大口猛吃。

最近都在吃應急乾糧，沒滋沒味。我和暗精靈要彌補損失似的，準備要把菜單全點一遍。幸好錢包夠厚，在地方酒館根本吃不怕。

「你聽我說，我、我好不容易買房子了，結果被貶到這種地方來，嗚嗚嗚……我再能爬，也只能爬到這裡了。我、我只能，永遠待在這種偏僻的地方了啦！可惡！都是同期的在搞我！」

「呃～是啊是啊，真的是太慘了。」

看來這個諾伊曼原本走的是宮廷顯貴路線。

原本仕途一帆風順卻遭同儕眼紅，才淪落到今天這地步。

在這時候被貶到多利庫里斯，恐怕沒機會修回正軌了。就算不會有生命危險，也可能像死在戰場上那些遭到清理的騎士那樣，操到老死。

「就是說啊！我好不容易才有那麼一個女兒，她又還那麼小……要是太太在我不在的時候跟其他男人勾搭上，勾、勾、勾搭上……不可以！拜託！拜託！不要走啊，妮娜！」

「一定沒問題的啦。諾伊曼先生您可是堂堂男子漢呢。」

「你、你這麼想嗎！真的這麼想嗎？」

「當然啦，像你這麼棒的上司要上哪找啊。」

「這樣啊……我、我很棒嗎！」

為什麼明天就要上前線的死處男，要在這裡安慰有老婆、小孩和房子這種幸福條件全湊滿的人啊。是長相嗎？果然是長相問題嗎？這個世界真的有夠莫名其妙。

不由得想起亞倫的帥臉。

「喂，那一盤給我。」

「啊，好。拿去。」

我應暗精靈的要求，將桌角的盤子遞給她。盤子上是看起來像炸雞，吃起來也像炸雞的餐點，味道很不錯。

現在最後一塊要被她幹走了。

「店員先生，不好意思。這位精靈在吃的再給我一份！」

「沒問題！」

「慢著，兩份！」

喂喂喂，太會吃了吧，黑肉妹。

「沒問題！」

差爺趴在桌上大哭小叫。

和風臉和暗精靈就只是在他旁邊狂嗑。

＊

諾伊曼曝露泣飲癖後隔天一早，宿醉的他鐵青著臉送我們離開多利庫里斯。

同樣是那輛白篷馬車。裡頭還有幾個不知名的冒險之徒，目的地照樣是最前線。

「……你們保重。」

儘管臉有點臭，態度還是稍微放軟了點，正好在第三次的送行第一次聽他說送行會說的話。這樣看來，他還滿有人味的嘛。

而我好像也差不多，開始有為他多努力一點的想法。只是因為這麼一句話就心生鬥志，人的感情還真是不可思議。

就這樣，我們在馬車上搖了一陣子。

「不曉得這次會被送到什麼樣的地方呢？」

我對坐在身旁的暗精靈說。

任務出來出去，我們還是在一起。

能感覺到這是命運的安排，可是我連她的名字都還不曉得。

「我哪知道。」

「不要是森林就好，可是這裡森林有夠多……」

「就說我不知道了啦。」

暗精靈半發火也仍乖乖應聲，感覺還不錯。

願意和我說話的異性就是這麼寶貴。而且對方還是黑肉彈，有點像以前的黑臉辣妹，令人心跳加速。好想讓她裝備泡泡襪。

「精靈小姐妳對蟲的抵抗力好高，我好崇拜啊。」

「是你太弱了而已。」

「女人拿劍戰鬥的樣子真的很帥，妳不覺得嗎？」

「問我這種問題？」

亂聊當中，一旁有人出聲。

「聽說和普希共和國邊境有大規模部隊聚集，所以我們也要把散布在這附近的戰力集合過去，這輛馬車就是要去那裡。」

聲音的主人是我正前方的甲冑少年，年約十歲上旬。

看起來有騎士身分，到處可見佩尼帝國的徽記，造型和亞倫的裝備有點像。很可能是上級派來監督我們的人。

「大軍？那是真的嗎？」

「對，我聽上級說的，應該沒錯。」

「……這樣啊。」

開戰至今十多天，雙方已經暖完身了嗎？也有可能是前天我讓他們丟了主將，想還以顏色。

無論如何，我們都只是上場殺敵罷了。

小兵真命苦。

「我叫克萊茵，您呢？」

「騎士大人多禮了，敝稱田中。」

「田中啊？好特別的名字。」

「是啊。如您所見，我是外地人。」

「原來如此，真的是外國來的啊。」

寒暄幾句後，克萊茵小弟露出可人的笑容。長相神似亞倫，當然也是個帥哥。柔順金髮加上水靈靈的大碧眼，根本是正太國王子。

雖然年紀小讓他缺乏男人味，但因此充滿中性魅力。說他帥，不如說他可愛。

「該不會這輛馬車是您的吧？」

「……對。很抱歉，讓我這種小孩居上位。」

「哪裡哪裡，騎士就是騎士，要抬頭挺胸。」

「不好意思，還讓您鼓勵我，真不敢當。」

話說回來，這孩子教得還真好。

在喜歡奉承的大人圍繞下還這麼謙遜，實在了不起。

「剛才您說的那件事，可以跟我多說一點嗎？」

「啊，好。」

經我一問，克萊茵相當乾脆地點了頭。

「不過呢，我也不是那麼了解就是了。」

他用一段的含蓄的話作開頭，娓娓道來：

「這場戰爭，中央好像很不願意出兵。除了一部分我這樣的騎士以外，戰力都是從冒險者或傭兵這些非軍方人士徵調來的。」

「佩尼帝國該不會是反戰的國家吧？」

「不，我想應該沒這種事。」

「那又是為什麼……」

「我在首都卡利斯聽來的解釋，是說中央郊區有高等獸人之類高等級的怪物出沒，正規軍到那裡去調查，無法臨時調到多利庫里斯。」

「這樣啊。」

話說亞倫和柔菲之前就是受到召集，去維護周邊治安嘛。

如果不是我中途抓他們走，他們應該還在作戰當中。

「可是，這件事只動用騎士團和軍隊整體的一小部分兵力。就我幾天前在營裡所見，城裡還有很多士兵。所以，那個，我覺得這場戰爭不單純，上面可能有其他打算。」

「戰場上真的是冒險者多很多呢，我也是其中一個。」

「啊，果然沒錯。」

「是啊。」

克萊茵小弟看了看和風臉和暗精靈，明白了些什麼。

「我原本也是隸屬於中央騎士團，可是我們家被捲進派系鬥爭……最後算是被貶到多利庫里斯來了。我知道在這裡說這種話會削弱各位的士氣，真的非常抱歉。」

貶還算好了，根本就是宣判死刑嘛。

最前線超危險的啦。

像他這種正太，第一天就會被敵軍肌肉男灌成洋菜凍香腸。

「騎士團啊，我也有認識一兩個。」

「咦，真的嗎？」

「您認識一個叫亞倫的嗎？」

「您、您認識亞倫哥嗎？」

「是啊，我跟他有點緣分。」

「亞倫哥是我們這種年輕一輩的偶像耶，那麼年輕就能當上分隊長，好厲害喔。我也跟他說過幾句話，感覺他真的好棒喔。」

「就是說啊，亞倫先生的為人非常值得尊敬。」

是怎樣，亞倫那傢伙還是正太偶像喔。真的有一套。

不過他做人那麼成功，受後輩景仰也是當然的。好像很照顧人的樣子。

「我的夢想，就是有朝一日能成為亞倫哥那樣的人。」

你可以的，肯定可以。你的顏值已經為你掛好保證了。只要沒有連下半身也仿傚他，老老實實過日子，還能帶給這世上的醜男弟兄心靈祥和的境地。

「這是去最前線的馬車，您小小年紀就能和我這樣陌生的冒險者大方交談，一定能成為亞倫那樣的模範騎士。」

「不、不好意思，我都在講自己的事。」

「別這麼說。像這種時候，自己的事也是很好的話題。像我身邊這位精靈小姐老是在生氣，車上有人願意和我聊點天，讓我實在很高興。」

「……喂，我聽得見喔。」

精靈立刻起反應，用肥美的大腿頂我。有點爽。

「這、這位精靈是……」

小兄弟表情有點緊張地問，一定是處男。我的同類雷達有反應。

「聽說她是遭人欺騙，變成冒險者公會名下的奴隸。不過在這場戰爭裡立下了很多功勞，說不定公會會願意特赦她呢。」

「這、這樣啊。」

「你不要老是亂說好不好？」

「不是嗎？我自己是很希望公會能放了妳呢。」

「唔……」

明明自己也很期待還要逞強，現在才會出糗啦。動不動就生氣的毛病害妳吃虧了吧。一臉不甘心的暗精靈可愛到極點，男人就是喜歡欺負倔強的女孩子。

真想抓這種愛生氣的暗精靈當奴隸，服侍我一輩子。

『在我死之前，妳永遠都是我的奴隸喔。』

『聽、聽你在放屁！』

幾年後。

『呃啊……開、開心了吧。這下妳就自由了……』

『振作一點！我永遠作奴隸都沒關係！拜託您不要死！不要死啊，主人！』

這種變化真是甜到不行，奴隸就是要這樣才對。重點不是身分，謙虛又具備奉獻精神才配稱為奴隸。

好想跟她結婚，把全部財產跟器官都送她當聘禮。

「那、那個，我還聽說一個流言……」

對了，我還在跟正太說話嘛。

小兄弟要替拌嘴的醜男和暗精靈圓場般開口。

看來是害他為我操心了。

真是個好正太。

「聽說這場戰爭，和宰相深有關聯。」

「宰相？」

說到宰相，就是獵龍成功後國王謁見時，站在他身邊顧時間的老爺子吧。若說國王是國家的頭臉，站在最高點鳥瞰國家走向，那位老爺子就是實際上的最高管理職，負責幹活。

既然外交也是國政的一部分，沒關係才奇怪。

「深有關聯是深到什麼地步？」

「那個，怎、怎麼說……」

聽我反問，正太難以啟齒地扭動起來。

扭動是蘿莉的特權耶。

「怎麼了嗎？不方便說的話，也不用——」

「有人說這場戰爭，其實是宰相刻意引起的……」

喔？

「原來如此，這的確很耐人尋味。可是我聽說，這場戰爭是普希共和國先動手才打起來的呢。」

不是別人，就是這裡的領主艾絲特給我的第一手消息。

可信度極高。

「沒、沒錯，所以那個……宰相就是故意讓敵國打過來……」

正太似乎不太敢繼續說下去，愈說愈小聲。

喔喔喔。

他說得沒錯，真的很有爆點。

「這樣啊，那關係的確是很深呢。」

「那個，這、這件事，就是，之前被搞垮的哈根貝克家的人來我家的時候，我碰巧聽見的。說什麼這樣做，可以保護某個很重要的東西之類的……」

哈根貝克。

似乎在哪聽過這名字。

啊，對了。讓我見識到蘇菲亞泛黃內褲皺褶的那個貴族子弟，好像就是姓哈根貝克。

學校的傳聞說，他們被抄家了。

和他同校的妹妹，也在凌辱PLAY後慘上斷頭臺，那顆腦袋還擺在城裡某處示眾。

「難道您也和哈根貝克家有關。」

「對，不是直系，只是旁系的末稍才能活到現在，但還不知是幸還是不幸……」

「原來如此。」

難怪他能聽到一些別人不會知道的消息。這樣的正太被派來前線，多半也是因為背景問題吧。連這麼小的孩子都不放過，實在有夠封建。一絲不苟到令人驚訝，突顯出費茲克勞倫斯家多麼可怕。

不過話說回來，這孩子口風還真鬆。

是因為和陌生中年大叔聊天，讓他拚了命想找話題吧。隱約有這種感覺。我也是溝通障礙一族，自然就感覺出來了，令人哀傷。

無論如何，要緊事還是別告訴他的好。

「哈根貝克家的人好像都過世了呢。能在今天這樣的日子認識克萊茵先生您，真是我的榮幸。」

想到我和艾絲特的關係，立場就變得很尷尬。

「不好意思，說了那麼多沒意義的事……」

「不會不會，其實很有意思。只不過，這件事最好不要再跟別人說比較好。如果是亞倫，一定也會這樣。」

「好、好的！」

搬出他的名字果然很有效。

不愧是亞倫。

喔不，現在應該叫齊藤。

＊

【蘇菲亞觀點】

我是龍……我是龍……

所以抓貴族的身體也沒關係。

沒關係。

「喂，女傭！趕快下去，少礙事！」

「遵、遵命咿咿咿咿咿咿咿！」

不知不覺地，刷過臉頰的風已經停了。我們也已經落地，人在分不清東西南北的大草原裡。四周有木材和破布搭成的帳篷零星散布，感覺很淒涼。

照艾絲特小姐所說，這裡就是佩尼帝國和普希共和國交戰的地方。

「聽說他就在這一帶。」

『喔……』

我和法連大人起身離開之後，趴地著陸的龍小姐也站起來拍拍雙手，拍去衣服上的灰塵。有點可愛呢。不過她還是一頭龍，差點就要被外觀騙了。

拍完灰塵以後，她的注意力轉移到其他地方去。我們面對的方向，有幾間搭在草原上的臨時小屋，連成一排，全都又破又髒。除非有必要，否則我實在不想進去。

「我們走。」

法連大人邁開大步向前進。

龍小姐跟在他身旁。

當然，我也只好跟上他們倆。

在這種地方落單，有幾條命都不夠死。

「那邊那個！」

一見到帳篷邊的人，法連大人就開口問話。

對、對方是一個長相很恐怖的人。身材高大，頭光得發亮，眼睛下面還有刺青，絕對是罪犯。會不會是所謂的奴隸戰士啊。啊，可是，好像有點帥。

「啊？你是什麼人？」

「你聽過叫田中的人嗎？」

「田中？喂喂喂，大叔你認識他啊？」

「所以你聽過嗎？」

長相恐怖的人對法連大人說話很不客氣。大人身穿華貴的衣物和披風，一眼就看得出是貴族，可是他仍然毫不在乎地那樣說話。感覺長相恐怖的人態度都比較傲慢呢，看得我都緊張死了。

「是啊，他幫了我很多。」

一聽見田中先生的名字，奴隸戰士的態度就稍微軟化了。

不過即使是遠遠看，恐怖的長相還是很恐怖。

「他去哪了？告訴我。」

「哎，這我也不曉得。現在應該是趕去其他戰場救人吧。」

「城裡的紀錄說，他被派來這裡了。」

「在我們連戰三天三夜，以為終於沒戲唱了的時候，他出現了，然後用短短半天就帶我們反敗為勝。看到他我才相信，天才是真的存在。以前也經常有人這樣誇我，可是他才是真正稱得上天才的人。」

「是啊，說得沒錯。」

「喔？這位貴族大叔，你也懂啊？」

「那當然。我算是特別了解他的人。」

「……你是他的敵人嗎？」

然而輕鬆氣氛轉眼就沒了，凶臉人的表情又變得好凶狠。

周圍的人也開始有動靜。

天啊，一下子就有幾時個冒險者包圍我們。他們手拿劍、杖、槍等各種武器瞪著我們，每個都面帶殺氣，而且大多長得很凶狠。

很恐怖對不對。好恐怖喔。害我都失禁了。噗咻一下然後啾嚕嚕嚕那樣。大腿都濕了。滴滴答答。因為我真的忍好久了，中途都沒讓我下來上廁所。

田中先生和這麼恐怖的人共事過嗎？

好佩服喔。

我就不行，好想回去。我想回家了。

「我不知道你是什麼人又為什麼找他，但要是你想對田中動歪腦筋……我們黃昏戰團可不會默不吭聲喔！最好給我考慮清楚了。」

一威嚇起來，表情更恐怖了。

可是，我覺得他這樣真的不對，說什麼都不能招惹貴族。法連大人超強的。雖然和田中先生在一起顯得相形失色，但他好歹是能夠一擊打倒龍的魔法師。

胸口好痛。

肚子好痛。

呼吸困難。

不要吵架啦。

吵架是不好的。

「若問我是敵是友，那算是友吧。」

「真的嗎？」

「哪個敵人會帶著兩個女孩來找他呢？」

「…………」

法連大人的問題讓凶臉人沉默不語。

他不知在想些什麼，開始盯著我和龍小姐看。好害羞喔。都失禁了還被人家盯著看，害羞死了，不過我連出聲的勇氣也沒有。

啊啊，膀胱裡剩的尿又啾嚕嚕流出來了。

有穿幫嗎？希望沒有。

「……嗯，說得也是。」

凶臉人的表情忽然放鬆，浮現幾分苦笑。

啊啊，一定穿幫了。完全就是那樣的表情。

誰教我的女僕裙都濕了呢。濕答答的了。

「那我就說吧。他和一個暗精靈一起行動。外國人和暗精靈的搭檔，不可能不引人注意。到多利庫里斯的冒險者公會去，應該能問出他的去向。」

「原來如此。」

「知道了就快走吧，這裡不是你們這樣的貴族該待的地方。要是受傷了，上級可是會拿我們問罪的。不管你從哪裡來，還是早點離開這裡比較好。」

「好，我這就走。」

「再見啦，貴族大人。」

「嗯，謝謝你提供的消息。」

「！……」

看來是和平收場了。太好了。

沒人需要掉腦袋，真的是太好了。最近老是見紅，害我很緊張。

我不想再看到悽慘的畫面了。

『怎麼樣？他不在啊？』

很快地，龍小姐向法連大人問。她是看事情告一段落才開口的吧。在沛沛山那麼凶暴，現在卻乖乖地等，在我看來除了詭異還是詭異。

「他好像已經離開這裡了。」

『哼，那個丫頭還真沒用。』

丫頭指的是艾絲特小姐吧。

「別這麼說。沒經歷過戰爭的人，很難想像戰場上的人行蹤會有多難查。」

『那就去下一個地方！現在就走！』

「唔，嗯……」

啊啊，龍小姐又在地上趴得直直的了。

在幾十個冒險者圍觀的狀況下，我又要被逼著坐到她身上去了嗎？好害羞喔。而且我現在嚇得尿褲子，屁股大腿、裙子內褲都濕透了。

「……妳在等著什麼？快點上來。」

先坐上去的法連大人似乎已經習慣，動作迅速確實。

然後照樣催我上去。

「可、可是，那個，我、我、我現在……」

往周圍一看，發現那一大群冒險者都在看我。歪著頭看我。其中好像還有幾個人誤會，有不少皺起了眉頭。感覺在這裡待太久會有危險。

「妳在發什麼抖？快點上來！」

「遵、遵命！」

失禁成這樣，真的可以坐上去嗎？

啊啊，可是不坐上去會被罵。

法連大人和龍小姐是不是都沒發現啊。

對不起。對不起。對不起。

我的尿慢慢滲到龍小姐的禮服裡了，還擴散到前面法連大人的披風上。慢慢地、深深地，染上尿痕。我的尿、我的尿……

對不起。對不起。對不起。

肚子好痛。

＊

隨馬車晃了一整天，我們終於抵達目的地。

多虧能和克萊茵小弟談天，路上沒有閒到發慌的時候。我們從彼此背景聊到昨晚吃什麼，最近熱衷些什麼，雙方應該都聊得很開心。

然而能與正太共度的愉快時光也到此為止了。

馬車停駐的地點，是個四面都漫無邊際的大草原。

矮草一直延綿到地平線彼端。

不過，這裡和先前的戰場有些不同。

馬車邊有幾間用木材搭建的小屋，周圍還有更多帳篷一類。大致看來，規模有先前的幾十倍。

十足是戰爭的場面。

「這裡是……」

「拉瑪草原吧。聽說十五年前，佩尼帝國和普希共和國也在這裡大戰過，到處能見到當年的殘跡。」

「這樣啊。」

克萊茵小弟和我一樣從馬車踏上地面。

來到我身邊就直接替我說明。

「這次也要在這裡開戰的意思吧……」

「沒有其他地方更適合兩國大軍交戰了嘛。雖然類似的草原還有一片，不過已經在我們的掌控之下了。」

「啊，原來是這樣。」

大概就是岡薩雷斯和亨利還在奮鬥的地方吧。

「國境沿線上其他方都是濃密的森林或溪谷，難以進攻。」

肯定就是女同騎士努力狩獵敵兵的地方。

竟然好死不死讓她逮到散布在森林地帶的游擊兵。她也是在滿足自身慾望方面能夠發揮超凡能力的人，有種隨本能過活的感覺，實在不像是十幾歲的人。感覺有點親近。

「克萊茵先生好博學喔，我學到很多。」

「哪、哪裡，您過獎了！」

中年光棍和正太受令待命。暗精靈也在一旁，可是她完全沒有聊天的意願，說討厭人類不是說假的。大概是覺得獨孤天涯比較帥的年紀吧。

周圍的先遣部隊見到增援，為納編手續而忙碌地東奔西走。車夫叫我們等到負責人來帶人為止，但不曉得要等到什麼時候。

感覺就像校外教學時，一整個班級在機場大廳乾等老師一樣。

結果沒多久，有人對我們說話了。

「感謝你們千里迢迢趕來邊境！你們就是我們部隊的增……」

「啊……」

是齊藤。齊藤在這啊。

「亞倫學長！」

克萊茵小弟大叫。

「田中先生？還有你，你不是克萊茵嗎！」

想不到會在這裡遇到他，太教人意外啦。

對方也驚訝得眼睛睜超大。

「你好啊，亞倫先生。明明距離上一次見沒幾天，感覺卻好像過了很久，都還好嗎？」

「託你的福，我很好。我也完全沒想到會在這見到你。」

話說我離開首都多久啦，大概十天多一點吧，應該沒有二十天。長期流連戰場，使我對日期的感覺有些紊亂，況且睡眠時間也不固定。

「請問，該、該不會是學長來指揮我們吧？」

「看來中央沒有派出其他階級較高的騎士，所以包含你在內，這邊這些二個中隊大小的隊伍，就是由我來指揮。」

「真的要在學長的指揮下作戰啊！我、我好感動喔！」

「我也是第一次指揮這麼大的隊伍，可能會有很多不足的地方，還請各位盡可能替我彌補。最後，我們一定要活著回去。」

「是！」

克萊茵小弟注視亞倫的眼神好可怕。閃亮到不行。

說是崇拜，但實際上陶醉得多了。

感覺踏錯一步就會菊門洞開。

「亞倫學長……」

閃亮正太身旁的亞倫轉向了我。

然後他不知想些什麼，突然對我深深鞠躬。

「田中先生，能否請你在戰場上給我些建議呢？」

「咦？我嗎？」

「對。在沛沛山，您帶頭作戰之餘還能下達明確指揮的英姿，我仍深深記在心裡。」

「別這麼說，那說起來其實算是各位主動做好自己的事，才有那樣的結果。」

用自衛隊編制來說，一個中隊大概是兩百人吧。從周圍聚集的冒險者來看，的確是有這個數字。以法人來說，大概是一個事業部大小吧。或者說小有規模的中小企業那麼大。

我怎麼可能有指揮這麼多人的經驗呢，社畜時代也頂多只帶過兩三個派遣工和後輩而已。想掌握裁決權，根本是痴人說夢，每天都覺得我會平庸地結束一生。

現在是要我怎麼辦啦。

「你指揮得真的很好，我也渴望有朝一日能觸及您的水準。」

「過獎過獎，那全是拜各位合作無間所賜。」

要是讓他繼續抬我轎，到時候出糗只會摔得更重。克萊茵小弟還在看著呢，來硬的也得改變話題。不然萬一變成要代他指揮，怎麼受得了。

我環顧四周，尋找新題材。

想著想著，不小心和身旁的暗精靈對上眼。

她馬上撇開。

我知道啦。

丟給妳也是害到我自己呀。

沒辦法，只好把丟給我的球丟回原主。

「對了，亞倫你來多久了？」

「我是昨晚才剛到。」

「這樣啊，也沒多久。」

依我在戰地取得的消息來看，亞倫這樣的菁英不太可能是受上級指示而來，多半是自發性。那麼原因應該就是艾絲特了。

「……那個，怎麼說呢，我也真是個蠢蛋。」

「怎麼突然這麼說，出了什麼事嗎？」

以開朗與笑容為賣點的帥哥臉龐蒙上陰影。

然而他連憂鬱起來都很帥，真的讓人有夠吐血。全自動人生就是這樣。就算丟著不管，只要還會勃起就會有女人搶著養他。

我也好想嘗嘗當小白臉的滋味喔。

「我太專注於自己的事，沒有看清楚周圍。就連我口中比什麼都重要的她，也什麼都沒看見。」

「所以你才來到多利庫里斯啊。」

猜對啦。

他果然很重視艾絲特。

不然也不會賭命上前線吧。以亞倫的屬性而言，就算不出差錯也很可能陣亡。若他有魔導貴族那麼強，能見到的世界也會不一樣吧。

「是啊。說來慚愧，我是問蘇菲亞以後，才知道你在艾絲特啟程的隔天早上就已經離開卡利斯了。」

……什麼。

這我可不能不管。

「我只是聽從公會的召集而已，並沒有做什麼了不起的事。反而是你自動自發來到這裡，才真的是英勇無比。」

「就算是這樣，學校學生不是每個人都無視徵兵令嗎？騎士團也大半都慶幸自己不用出兵呢。」

「我不是貴族，接受也是為了生計而不得已啊。」

亞倫這傢伙該不會在我出征的時候和蘇菲亞勾搭上了吧？怎麼會這樣。一旦讓他進了門，那個拜臉女僕肯定會在太陽下山之前就把能做的全做了。

而且很可能是她主動勾引亞倫。

可惡。

才覺得最近我們感情有點進步耶。

有種花了很長時間慢慢削血的怪被網路廢人搶走的感覺。

「蘇菲亞還說了我什麼？」

「啊……那個，她說她很擔心你。」

我可沒漏看那零點幾秒的遲疑啊。

醜男的對人技能會在三十歲後暴增，別小看處男脫離社會正軌以後的觀察力。好像是沒人問什麼時候結婚以後就會開始成長喔。不管什麼年代，都是不怕喪失的人最強。

「那真是太好了。」

「是啊。你要早點回去，讓她看見你平安無事。」

「在這個份上，我也無論如何非得打贏這場戰爭不可呢。」

「就是說啊。」

突然好想喝酒啊。

昨晚都在狂吃，沒喝到多少酒。

回去以後要來個淋頭痛飲。

對了，上街找找好酒也不錯。

這是一個人喝酒的風情。

「那、那個！亞倫學長！」

「嗯？克萊茵，什麼事？」

默默旁觀我們對話一會兒後，正太開口了。

並以下定某種決心的感覺問：

「我有一個很冒昧的問題……」

「沒關係，你問吧？」

「那個，請、請問……這位田中先生和您是什麼關係？」

「啊，都忘了還沒向你介紹，抱歉抱歉。」

正太眼神熱切地問。

對此，亞倫則是簡單地道歉。

接著向我展臂說道：

「這位是田中先生，全世界我最景仰的人。」

「咦……亞、亞倫學長，最、最景仰的……人？」

「嗯。啊，以後可以叫我齊藤嗎？」

「咦？」

「齊藤。」

「齊、齊藤……學長？」

「嗯，謝謝。」

「哪、哪裡……」

改名齊藤的亞倫露出爽朗笑容。

你怎麼還抱著這個設定啊。

罪惡感讓我的心陣陣抽痛啊。

「好了，站著聊太久也不好，我們換個地方吧。作戰上，我們稱為第一中隊，有我們專用的營帳，先到那裡去吧。裝備也是在那裡領，還要帶其他人過去呢。」

「原來如此，那我也來幫忙。」

「謝謝你，田中先生，真的是幫了我大忙。這裡人很多，大部分又不是正規兵，我一個人實在不曉得怎麼辦呢。」

「我、我也要幫忙！」

「這樣啊。謝啦，克萊茵。那麼，那我們就趕快吧。」

我們遵從亞倫的指示，開始將人員帶往我們的營帳。

＊

花了快一小時，我們在近晚時分處理好所有人員。

裝備配給順利結束後，大夥在帳篷內外或近處待命。據說敵人正在國境另一邊累積戰力，觀察情況，簡單來說就是膠著狀態。

因此，和風臉利用時間前往亞倫所在。

請他紓解至今的疑問。

「亞倫先生，我有件事想請教一下。」

「請說。」

出了帳篷，就見到帥哥在營釘邊。

「我想多了解一點這個國家的階級制度。」

這是我沒能對暗精靈問的事。

這個黑肉彈呢，一不注意就不曉得上哪去了。可能是人多心煩吧，不在帳篷裡。畢竟這裡人比岡薩雷斯和亨利那邊還要多。

聽說除了亞倫率領的中隊，這裡還有十幾個相同規模的中隊。帳篷數量好比中小規模的聚落，人又基本上都是喜歡逞凶鬥狠的冒險者。面對如此生死之戰，每個都是血氣衝腦。

在這樣的地方，脖子上掛奴隸項圈的巨乳美女會有何遭遇呢。

光是想像，我尻槍手的血液就沸騰啊。

所以她是為了避免白濁色的未來而躲起來的吧。

「這方面對外國人來說，也許是複雜了點。由於佩尼帝國有很長一段歷史，階級制度和其他國家比起來，難懂的部分比較突出。」

「這樣啊？」

「對呀。例如我的階級是中央——也就是王立騎士團的分隊長。」

「克萊茵對你讚不絕口喔，說你是他們的偶像呢。」

「我沒那麼厲害，單純是運氣好而已。以這個分隊長階級為例，中央以外的地方騎士團也有同名階級存在。」

在艾絲特家的騎士團，就是費茲克勞倫斯公爵領地中騎士團的分隊長。」

「不好意思打個岔，地方騎士團是指……」

「就是地方領主自己建立的騎士團，也就是私人軍隊，需要中央許可。而我所在的騎士團是王立騎士團，也就是國家、王室所建立的騎士團。」

原來如此，就是持股主管和集團子公司主管的感覺吧。

曾有段時間，這種某某控股的一下子冒出一大堆呢。

「兩者不一樣嗎？」

「對。而且隊長、分隊長這些頭銜本身階級是一樣，不過各騎士團有強有弱。同樣是分隊長，也會因為所屬騎士團的勢力關係而有實質上的高低之分。」

「這真的是……」

感覺好複雜。

「同樣是分隊長這樣的階級，會因為家世或時代背景、過去歷史、首領地位或種種檯面下的關係而分出高低，就是佩尼帝國的麻煩之處，事實上也是我們最花心思的地方。」

「原來如此。」

像平平都是部長，大企業和中小企業說話分量不一樣。

也就是大家心知肚明的就職排行榜。哪個貴族的騎士團地位比哪個貴族的騎士團高之類的。而位於其金字塔頂點的，八成就是俗稱中央，亞倫所屬的王立騎士團。

「不只是騎士團，在軍隊、禁衛甚至修道院，都會因為組織間勢力強弱的關係而造成階級差異。這就是佩尼帝國權力結構的真面目。」

「還真是複雜得很啊……」

經常能在新聞報導上見到自衛隊少尉相當於警察體系中警視補的說明。看來在這個世界，更是複雜到像民間的官階那樣。

再加上這個封建到不行的社會制度，有必要在日常生活中特別注重，反映在每一句問候上吧。

光想就好煩。

「所以這年頭長官常說，與其死背，不如去習慣。離開軍隊，和教會合作的時候，還要考慮到他們的階級，例如祭司或主教等，字詞的範圍又更大了。」

這麼說來，亨利也說過類似的詞嘛。

「對外國人來說，難度有點高呢。」

「可能真的是這樣。」

亞倫面泛苦笑。

聽他說來，光是這碼子事就能寫一本書了。拜託艾迪塔老師寫寫看好了？她應該能寫成一本名著吧。不管是當工具書還是看好玩的，好像都會有市場需求，怎麼辦呢？

雖然只和蘇菲亞一起生活沒幾天，但我感覺她對這方面的事會有興趣。

…………

糟糕，腦袋都跟著蘇菲亞跑。都是亞倫的錯。

「不過在階級複雜的佩尼帝國，還是有一道明確的分隔線。」

「那是什麼呢？」

「有無貴族身分。」

「……這樣啊。」

出來啦，貴族。

封建階級制度的精華。

「有無貴族身分，是評估權力高低的重大指標。」

「我想也是。」

「當然，貴族也有分很多階級，在某些非公開場合可能還有搭配其他考量，不能單以官階論高低，所以很麻煩。但貴族的高低大多會優先於其他官階的高低，算是比較容易。」

「有明確的區分法真是太好了。」

「是啊。」

這麼說來，問題主要是在於我這個非貴族階級的官階高低。

若有必要去記這些東西，事情就麻煩了。

就像要背某季刊的各種排行那樣。

「我愈想愈糊塗了。亞倫先生你真厲害，能夠天天活在你所說的複雜世界裡。這種事，我實在是做不來啊。」

「要歸功於我父母從小嚴格教育我。」

「原來是這麼回事。」

是一對盡責的父母吧。

有這種感覺。

不然養不出這麼爽朗的正直帥哥。

而且他沒有謙虛帶過，直接認同我的話，表示那真的不容易。儘管我一點也不想進入魔導貴族和艾絲特那樣的頂層族群，還是多少學一點以防萬一比較妥當。

「貴族以上嘛，我想想，應該每個國家都差不多。最低是準男爵，沒有領土，只有貴族年金，且只限一代。再來是領土在邊陲地帶，或是在宮中有職位的男爵，一路往上排。」

「這樣啊。」

「排在哪裡都是由陛下決定，所以至少在檯面上是不容侵犯。」

「能用一句話就決定，感覺貴族世界也是暗濤洶湧呢。」

「就是啊，我也不太想故意擠進去。就這方面而言，艾絲特可說是比我堅強多了。費茲克勞倫斯家權大勢大，朋友自然就多，但這不會讓敵人變得比較少。」

他的表情有些陰影。

也許是因為艾絲特的貴族身分曾讓她有過不愉快的經驗。

還是他聽說了艾絲特遇刺的事呢？

不得而知。

問是很簡單，可是在這時候談這種話題恐怕會引火上身。那個婊子遲早會回到自走炮身邊，醜男沒必要拿自己的血給她祭刀，讓她乾乾淨淨地回巢。

「有前面這些概念以後，我整理給你看。不過你可能會有些誤解……」

帥哥從懷中抽出紙張，寫起東西來了。

稍後，他寫出一張表。

「首先是軍階是這樣。」

〈軍階〉

上將

中將

少將

上校

中校

少校

上尉

中尉

少尉

准尉

一等曹

二等曹

三等曹

一等士

二等士

三等士

「原來如此。」

「三等士是給新兵的階級，所以實際上是由二等士開始，冒險者公會召集來的人也都是這個階級。但我聽說，B級以上冒險者會比照一等士辦理。」

「分得滿細的嘛。」

「由於人事是很敏感的問題，想不那樣也難。」

以前拿的語言技能又派上用場了。

我現在好像是准尉，是不是還挺高的啊？很接近正中間的位置。不用盡所有資源好像會出大事，沒問題吧？應該有人負責管理吧？不太放心耶。我可不要事後才背鍋。

「而這些是中央騎士團的階級。」

筆尖滑過紙面，增添一條條字串。

〈騎士團〉

團長

副團長

隊長

副隊長

分隊長

一般騎士

「副隊長以上只有貴族才當得了，分隊長也大半是準男爵或男爵等貴族階級，或是其子弟。在這裡，一般騎士相當於軍隊裡的准尉，所以和軍隊聯合行動時，一般騎士也能作指揮官。」

原來如此，愈聽愈像是顯貴之路。

「如果是地方騎士團，地位要降個兩三階。例如一般騎士相當於二或三等曹那樣。再來就是看領主之間的強弱關係吧。」

「這部分最困難呢。」

「是啊，我也這麼想。最後呢，是禁衛的階級。」

亞倫的手寫上更多字。

〈禁衛〉

特級騎士

上級騎士

中級騎士

下級騎士

「同樣是騎士，名稱卻和你們那裡差很多呢。」

「好像是考慮到很多歷史背景才用這些名稱。這裡從特級到下級，全部都是貴族或其子弟才能當，沒有平民涉足的餘地。」

「是喔……」

原本還期待自己有朝一日能當公主的護花使者，看來是不太可能了。

沒能挑戰皇家豔遇就要死心是也。

「和軍隊聯合行動時，下級騎士相當於中尉，而這也是中尉以上絕大多數是貴族的緣故。不過禁衛的人事有很多特例，不能一概而論，升降也很頻繁。」

「這、這樣啊。」

梅賽德斯家裡是貴族喔。

那我為什麼會在牢裡認識她呢，莫名其妙。不過呢，不管她有怎樣的背景，我也不會驚訝就是了。對她認真就輸了，還是別想下去的好。

「對了，亞倫你也是貴族嗎？」

「不，我不是貴族。」

「你不是啊？」

「不過我也不想對你有任何欺瞞，所以正確來說，至少現在是平民。若情況不理想，以後也都是平民吧。」

「……這樣啊。」

意思好像是可能在近期變成貴族。

當然。要跟艾絲特交往，這是必經之道吧。

很拚嘛，亞倫。

有點敬佩。

在人群中往上爬，真的不容易。需要捨棄其他事物的決心，失敗就什麼都沒了。在心裡有些感嘆時不知是怎麼了，亞倫稍微沉下臉繼續說：

「我想你應該知道，貴族有所謂的派系。首領都是像艾絲特她父親那樣的大公爵，下面是跟隨其腳步的公爵、侯爵、伯爵、子爵、男爵等。然後依照這個順序，公爵是侯爵的老闆，侯爵是伯爵的老闆，依此類推。」

帥哥好像要講很重要的事。

我不插嘴，等他說下去。

「貴族想出人頭地，大半要利用自己的派系，讓老闆指派你做更優渥的缺。除非土地和職缺增加，不然貴族的總數幾乎是不會變。然而當貴族領地經營失敗或遭逢厄運而垮臺，自然會有新的家族出現來填補這個空缺。」

「我想也是。」

「派閥中的高位者，就是經常在思考怎麼安插自己的人到那些新出現的空白地帶裡，剩下的就是時間問題了。如果在空缺還沒填起來的時候，有人拿出舉世矚目的驚人成績，平民也可能受國王提拔而成為貴族。」

「所以貴族之路也是會為平民而開的啊。」

就像企業中的連鎖人事異動那樣。

「然而這條路非常窄，如果貴族看不上你，成績再好也不會提拔你。大多要花好幾年時間來博取貴族的信任，等待安排。能創造話題的成績，劇本多半也是由老闆，也就是頂頭貴族寫的，空缺被外人佔走是非常稀有的事。」

從亞倫的語氣聽來，多半是屬於前者吧。

可見他不是平白當上中央騎士團的分隊長。

「不過我覺得，有一點可能就已經很好了。」

「……就是啊。」

亞倫的眼神變得有點飄渺。

感覺他這一路上，絕不是只有歡笑。

應該是條需要不斷鞠躬哈腰，壓力堆不停的路。

若遇人不淑，搞不好還已經吸過兩三根屌了。

「……田中先生，該不會你也想成為貴族吧？」

「不，我喜歡無拘無束的生活，平民比較適合我。」

「是嗎？我還覺得憑你的能力，遲早會闖出一番大事業。」

「不會的啦。我在以前待的地方是萬年底層呢。」

「那麼，現在不就是你翻身的機會嗎……」

亞倫失去了平時的那份溫文，抬舉我的方式也變得有些強硬。或許是因為如此，見到他說這些話，使我不禁覺得——

他說不定是誤會了。

主要是在我和艾絲特的關係上。

然而他還是把人生規劃也一併大方告訴我，的確很有亞倫的風格。有種不只贈敵予鹽，連米跟醬油都一起奉上，這傢伙也未免太好了吧。

這種超正派人家子弟的行為，實在教人生不了他的氣啊。

「謝謝你，亞倫先生。不過我真的沒有興趣，你就別多想了。為了你們的幸福，我始終是希望你能出人頭地的。」

「！……」

一聽見「你們」二字，帥哥的肩膀就跳了一下。

「對、對不起，我真是個小人。」

「不，你為我解釋得那麼詳細，是一個大好人才對。」

「謝謝你，給我……這麼多鼓勵。」

我也不能冷眼旁觀。不然到時候拖著疲憊的身軀回宿舍，卻目擊蘇菲亞和亞倫為愛連結的畫面，我肯定冷靜不了。當場就衝出學校，直奔艾迪塔老師家，下跪求她給我上。

不難想像我拿救命人情為口實，強迫她獻身的模樣。而且是哭著哀求。處男浪漫碎滿地啊。

話說回來，實際上是怎樣，你搞過她了嗎？把蘇菲亞的膜膜戳爆了嗎？要是客廳沙發上有紅斑，我有在臥室

關半年的自信。

現在無法確認，讓人掛心肝。

回去以後試探看看好了。

「謝謝你無微不至的講解。」

「哪、哪裡。讓你替我操心，我還要向你道歉呢。還有其他想問清楚的事嗎？不嫌棄的話，在我能回答的範圍裡，我一定知無不言。」

「再問下去，我腦袋恐怕會炸掉。」

「只要你願意，回首都以後再聽我說吧。」

「真的嗎？那太好了。」

「哪裡哪裡，小事一件。」

由亞倫教授主講的佩尼帝國階級制度序論講座門票到手啦。現在我能自由閱讀艾迪塔老師的著作，比起在學校上課，學習我想要的新知應該是有意義得多了。

好一個慷慨的帥哥啊。

人格真是高尚。

管得住下半身就無話可說了。

「不好意思，開會的時間快到了……」

「啊，抱歉抱歉，拖住你這麼久。」

「不會，別在意。」

「謝謝你講得這麼淺顯易懂。」

「你有聽懂，我也很高興。先走了。」

「好。」

我目送亞倫離去。

其背影很快就消失在一整排木屋之一裡。

話說肉彈女怎麼還不見人影啊。

到底跑到哪去了。

＊

開戰通知在深夜到來。

「各位快起來！敵軍有動作了！」

亞倫的叫喊響徹士兵與冒險者睡成一片的安靜帳篷。

從喉嚨抖得頗厲害聽來，絕不是胡扯或玩笑，敵人真的朝這裡開始進軍。

躺在帳篷裡的所有人都立刻爬起來。

這次的編隊和岡薩雷斯跟亨利那時不同，有男有女，女性比例將近兩成吧。能看到少女剛睡醒而頭髮亂翹的樣子，令人深深感動。讚。

我往帳篷中央丟一顆火球當燈。飄在半空中。

「謝謝你，田中先生。」

「不客氣，可以告訴我詳情嗎？」

「好、好的。」

我們睡的是可以容納數十人的大型帳篷。

由於隊伍人數有一百出頭，不能每個人都躺平，有幾成在外站哨，還有幾成睡在帳篷外，剩下的全睡裡頭。

我們劃分合適時間，輪流換位置。

而敵人正好是在我在帳篷裡時開始動作。

「看來敵軍是準備全面進攻，還用夜色掩護，在戰場上散布大量魔法師打游擊，第三大隊已經在交戰當中。」

「是喔……」

「敵軍數量，大概是我們十倍。」

喂喂喂，怎麼又差一位數。

「這還真教人不曉得該說什麼呢。」

「是啊……」

仔細一看，亞倫雙腳都在抖。

第一次指揮中隊就對上十倍數量的敵軍，根本就是懲罰遊戲嘛。以我們這裡有四千多一點來看，對方是超過四萬的大軍吧。

這樣恐怕是很難以小衝突的方式收場，不曉得實際上會是怎麼樣，畢竟現在真的是戰爭時期。

考慮到與敵國接壤的是艾絲特的領地，我就很想避免搞成全面開戰。所以我該怎麼辦呢？

「不過，那個……我們好像是分配到後援工作。」

「雖然在這種狀況下笑不出來，但運氣算不錯了吧。」

「……是啊。」

若有原因，多半就是亞倫的存在。負責指揮的中央騎士是在權貴大道全速前進的冠軍跑者，要是讓他白白犧牲，拉拔這帥哥到今天的某貴族就要顏面掃地了。

令人不禁想像他有怎樣的背景。

「無論如何，我們都先到崗位上吧。亞倫，麻煩你指揮了。」

「好、好的。」

第一中隊的成員，開始按照亞倫的指示行動。

我也跟隨其他人出帳篷。

目標是己方陣勢的最後方。

如果我用飛行魔法衝過去，像轟炸機那樣連丟火球，說不定能造成巨大打擊。可是現在烽火連天，兩軍打成一團。

浮現在前方幾十公尺處的魔法光輝，究竟是哪一邊的呢？在這個狀況下不能隨便使用無法揀選對象的大規模魔法，想對戰場造成決定性傷害保證會因而困難許多。總之就是責任問題。

「喂，人類。」

不知不覺，暗精靈出現在我身邊。

還是用那副臭臉看我。

「有睡好嗎？」

「能在這種狀況下睡著的也只有你了。」

「不好意思，最近都睡眠不足。」

配給的毛毯意外地舒服啊。

不過我應該只是單純累了。心好累。亞倫和蘇菲亞在我出門的時候喔～喔～了嗎？每次見到他都會害我想起這件事。

看來是真的要認真考慮金髮蘿莉美少女肉便器奴隸姊妹的事了。

「只有傻子才會在這種地方放鬆警戒。」

「是啊，妳說得沒錯，不好意思。」

她還是一樣愛生氣。

成天這樣不會累嗎？

「就算負責後援，看樣子也是很快就要上場了呢。」

「對，就是那樣。」

我們看著前方幾十公尺處，在草原上飛來飛去的魔法這麼說。

隊上其他人也急忙整裝，列隊備戰。我們這中隊是分成前後兩層組成箭頭陣形，以亞倫為主將，和風臉及暗精靈站他兩旁。

幾十個中隊所組成的大隊整體，不知是誰來總指揮，目前是類似魚鱗陣形，而我們所在的第一中隊位在最後。再往後好像就是負責總指揮的大隊長。

人就在先前那種木屋裡。

也就是沒退路了。

「啊……剛那一下炸掉了好多人……」

前方發生巨大爆炸。

魔法造成的吧。

一次炸飛了我軍幾十個人。十幾秒後，骯髒血肉啪噠啪噠地灑下來。

幾滴紅色碎屑噴在和風臉頰上。

有夠靠北。

「唔……」

改名齊藤的亞倫同樣染紅了臉，握緊了拳。

我軍損害甚大。

「…………」

目前有兩個選項。

一是抱著亞倫和克萊茵小弟逃走，一是無視於傷害自軍，變身轟炸機從空中灑火球。以整體而言是後者比較有效，但我背景薄弱，很可能事後被冠上戰犯的罪名。

再說這場戰事也被上頭用來當處理飯桶騎士的拍賣會。

最好的狀況是讓自軍撤退，在兩軍界線明確時轟炸。

然而我是一介來路不明的外國人，現場指揮官不可能聽從我的請願。再說敵軍將近十倍，保證一往後退就會被他們一舉淹沒。

真的是很難下判斷啊。

就在我苦惱的時候——

「喔喔喔喔喔喔喔喔喔呵呵呵呵呵呵呵！」

有尖銳笑聲傳來。

是耳熟的喔呵呵感。

我方兵員開始瓦解，左右分斷。放棄崗位轉身就逃的人並不少。看來勝負剛開戰就底定了，感覺還不到三十分鐘呢。

陣形遭對方從中輕易突破，潰不成形。人數劣勢不是蓋的啊。對上千百人還有辦法的冒險者戰術，對上上萬敵軍也難以回天。

最後，那金光閃耀的鑽頭捲在我們面前駕到了。

「……我實在沒想到妳在那個狀況下還活得下來呢。」

「你以為那種程度的火焰燒得死我嗎？」

我軍士氣已經銳減，主動讓道似的退開，讓我在戰場上得見敵軍在我軍之中悠然闊步，往我走來的奇景。

而敵軍的主將呢，氣焰就是這麼囂張。

但她並不是萬全狀態。

原本左右各一條的鑽頭捲現在只剩右邊。大概是在森林被我燒掉了吧，燒焦的頭髮參差不齊，左側頭部悽慘地露出頭皮，像不良少年的削邊頭那樣。

那個噁長毛照例站在她身邊，少了一隻手，缺乏填充物的外套右袖軟趴趴地隨風擺盪。他們不會用治療魔法之類的嗎？這讓我深感疑問。

難道是先前傷得太重，虛弱到現在？

「妳、妳究竟是什麼人……」

總之，鑽頭捲和噁長毛十分唐突地現身。

亞倫見到他們而發出疑問，雙腿還是抖得很厲害。至於視線呢，一樣是在巨乳蘿的削邊頭和噁長毛的角來去。不覺得奇怪才怪呢，我也很在意。

不過當事人無視於帥哥的問題。

意氣風發地對我叫囂。

「在這裡遇到你正好！上次的恥辱，我要你在這裡還清！」

看來是沒得談了。

敵軍有數量優勢，這也是當然的。

話說她頭髮重量不平均，頭稍微往右傾呢。

「輸不起嗎？以一個領導者來說，這樣不太好吧？」

我隨便回幾句垃圾話撐場面。

既然鑽頭捲的注意力在我身上，那麼不好意思，就先把亞倫擺一邊，我來充當談判窗口。要是他胡亂跳進來，事情反而麻煩。要抱怨以後有的是時間，現在強人所難也要堅持下去。這樣對彼此都好。

我要傾盡全力讓他負責的中隊存活下來。

若在此留下汙點，對亞倫日後升遷肯定大有影響。就算輸了這場仗，只要亞倫的部隊平安倖存，他的背後老闆想拿這點跟別人推銷肯定是無往不利。一個人在大組織中的分數，往往就是身邊人替他打的分數。

「帥哥熬出頭，醜男撿便宜」作戰啟動。

就先這麼辦吧。臭帥哥。

「都這時候了，你的嘴還這麼倔啊？」

「見到上一場那種結果，妳還覺得對我有勝算嗎？」

「！……」

「但只要妳還想挑戰，我也不會吝於奉陪的。」

我擺出跩臉，盡可能嚇唬她。

那似乎對鑽頭捲造成不小動搖，臉上閃過一抹緊張。

不過她背後那一票金髮巨乳蘿軍，仍是強大的靠山。

她很快就穩住陣腳，找到話繼續逞強。

「我、我倒要看看你還能囂張到什麼時候！」

「千年萬年，要多久有多久。」

「唔……你是看不見我背後那群大軍嗎？」

「再多也是烏合之眾，不值一提。」

「你、你說什麼！才不是呢……」

每戳一下就會吱吱叫的鑽頭捲還滿可愛的嘛。

緊張的心情也因此稍微放鬆。雖然黑肉精靈才剛訓過我不能鬆懈，可是可愛的東西就是可愛，我也沒辦法。

而且她今天是缺一邊的搞笑造型，效果加倍啊。

「主人。」

「我知道啦！」

鑽頭捲身旁的噁長毛對她耳語。

跟著吠起來的她是知道什麼呢。

「喔喔喔喔喔喔喔喔喔喔呵呵呵呵呵呵呵！」

尖銳的喔呵呵攻擊好刺耳。

「你也只有現在能這麼悠哉了。」

我明白鑽頭捲為何還能猖狂。佩尼軍已是毀滅狀態。

一般來說，讓敵軍到形同主將面前的這個地方，表示勝負已經揭曉。

然而對方似乎仍對下最後一步有所遲疑，原因多半是在森林裡翻過船吧。

因此，想趁虛而入就只有現在。

「如果妳想看見自軍弟兄好不容易打進敵軍大營卻慘死的樣子，我絕對不會阻止妳。但是我要問妳，此時此刻，佩尼帝國哪裡值得你們付出如此慘重的代價？」

「喔呵呵呵呵，這種事去問你們的上級不是比較快嗎？」

「……我們的上級？」

「儘管為小看我們普希共和國後悔吧。」

又是頗富含意的話。

我不想再陪她猜謎了，我這種小兵什麼都不知道。

話說這幾天，在其他地方好像也聽過幾次類似的抱怨。談條件需要很多重要資訊，我一個也沒有。

所以沒辦法，只好正面接招了。

到了這個地步，也不得不靠火球解決問題。

「既然如此，我們也不能坐以待斃。」

————本該是這樣的。

「抱歉了，人類。」

「……咦？」

暗精靈的聲音在極近處響起。

同時，視野猛然一晃。

好像還聽見一道低沉的「嗡」。

「……怎麼……了？」

眼中景物突然開始旋轉。

想看發生什麼事，但手腳沒反應。

暗精靈猛揮到底的劍，出現在視野角落。

伴隨四濺的血花。

短瞬後，某個失去頭部的身體映入眼中。

仔細一看才發現不得了，是我的自己的身體。

「他們要解放我的奴隸身分，我沒有拒絕的道理。」

「這、這樣、啊……」

看來我是被她砍掉腦袋了。

＊

【蘇菲亞觀點】

追蹤田中先生的去向很快就耗掉半天，我們又回到多利庫里斯的城堡。和上次一樣，我們一到會客室，法連大人就和艾絲特分享資訊。

「咦，真的嗎？」

「那裡的人就是這麼說的。妳這有消息嗎？」

「請、請等一下，我馬上去拿！」

可能是事情關係到田中先生，艾絲特小姐的言行變得很急，對法連大人說話的態度也有點隨便，不過法連大人一點也不在意。這兩個人說不定還挺合得來的。

艾絲特小姐噠噠噠地匆匆離開房間。

房裡只剩法連大人、龍小姐和我，沒有城堡裡的人。像參與城中高官的會議一樣，心兒怦怦跳。

在貴族房間裡談上流社會的事，正中市井姑娘愛作夢的那一塊。回家以後，可以跟隔壁雜貨店的米莎炫耀呢。米莎現在不曉得在做什麼，可以的話，希望她跟我換。

『找到他在哪了嗎？』

「我們有跟到他的腳步，還需要一點時間。」

『人類生這麼多幹什麼，找起來真麻煩。』

龍小姐鬱悶地發牢騷。

這種話已經不曉得重複多少次了。

或許是這個緣故吧，法連大人咬上這個餌了。

「我知道你們龍有哪些地方比人更優秀，但我並不

認為這就表示人類遜於龍這種物種。」

『……喔？有意思，繼續說。』

「在那之前，有件事我想問妳。」

『什麼事？』

「據說紅龍一生頂多只有一兩個孩子，那你們古龍是如何？」

『只會在想生的時候生，可是這年頭沒有公龍會讓我這麼想。真是的，世上都是些窩囊廢，傷腦筋。』

看來在龍族社會，雌性對雄性的要求也很高呢。雖然我也知道眼光太高很差勁，但是選伴侶的時候就是忍不住會那樣。

「原來如此。不過，還是有統計數字之類的吧？」

『我們的繁殖能力很低。再怎麼淫蕩，一輩子頂多就幾頭而已。』

「我想也是。」

『……所以你到底想說什麼？』

龍小姐的聲音變得有點恐怖。

明明是小妹妹的聲音，卻讓我直打哆嗦。

「據說，久壽的龍遠比人類聰明，那妳應該想得到我想說什麼吧？」

『少廢話，快說。』

「人的個體本身，的確是很脆弱，跟龍完全不能比。可是想生的話，一輩子要生出二位數也是大有可能。」

『雜碎生再多也還是雜碎。』

「而且個體壽命只有短短幾十年，達到三位數是世間少有。綜合上述所言，龍要幾百年才會生下一個子孫，而人只要活十幾年就能生。」

『…………』

「另外，壽命短也代表文化代謝得快。而文化會超越個體的世代，使整個群體獲得強大的力量。」

法連大人說得慷慨激昂。

感覺好熱血喔。

拳頭都握起來了。

『那又怎麼樣？』

「我問妳，古龍的個體數有多少？」

『個體數？』

「你們在這個世界上，有多少數量？」

法連大人目光閃耀地問。

即使是沒有學問的我，也能輕易了解他怎麼會那樣。

法連大人正醉心於調查龍小姐的生態啊。

『不知道，我們不是群居。』

「原來如此。」

『即使數量贏過我們，只要我在這裡發個威，你們都得死。』

「肯定是那樣沒錯。然而，人類仍會留存下去。就像小飛蟲能鑽過指縫一樣，就算只留下極少數，我們還是能帶著文化流傳後世。」

『留存下來做什麼，吸泥水過活嗎？』

「假如我們當初就是吸泥水過活，最後迎來今天的繁榮，妳還有臉說那句話嗎？」

『……喔～』

對瞪起來了。

法連大人和龍小姐目不轉睛地互瞪著。

『不怕我殺了你嗎，人類？』

「在這裡殺了我，妳就再也見不到他了。無所謂嗎？」

龍小姐的金色眼睛看起來好像在發亮。

應該白色的部分不知道為什麼黑漆漆的，非常恐怖。

『…………』

「…………」

啊啊，突然好想上廁所。這是為什麼呢？最近老是失禁，該不會養成了不好的習慣吧。艾絲特小姐，請您快點回來，拜託。

就在我這麼想的時候，會客室的門砰一聲敞開。

「我回來了！」

天啊，艾絲特小姐真的回來了。

手上捧著一大疊紙。

一定是跟這次戰爭有關的文件。

「回來啦，理察的女兒。」

「近一個月的資料我全都找來了！」

紙疊重重地放在沙發桌上。

真的很大一疊。

同樣是一個月的份，那比我們家的店裡帳簿還要厚。如果全都要看完，領主也真是辛苦的工作。而且那些還不是全部吧。好厲害喔，我一定沒辦法。

「嗯，我也來查。」

「您也要幫忙嗎？」

「反正沒其他事好做。」

法連大人也往文件伸手。

艾絲特小姐坐上沙發後也開始動作。

看來接下來是調查時間。我只是一介市井小姑娘，不能幫這個忙，只能在旁邊祝福他們。

田中先生，你到底跑去哪裡了啦。

田中②（舊名：田中的工作室）完

後記

這本輕小說的正文，全是屬於出場角色所有。別說第一人稱的敘述文，就連第三人稱的時候，也是隨附於劇情當下活動的角色。至少我是這麼想的。

因此，再怎麼下流的言詞，我都能毫無抵抗地寫出來。

全都是角色的錯。

下流的是角色，並不是作者。

所以沒在怕。

大力寫下去。

然而後記並不在此限，正文裡的角色一個也不會出來。如同裡頭寫的都是感謝或致歉所示，完全是舞臺之外，說穿了就是公共場所。

在這種地方說低級的話，會發生什麼事呢？

相信不用我說也知道。

平成二十八年（註：二〇一六年）四月二十五日，I責編向我聯絡，通知有關後記的事——要在連假結束之前，寫出六頁後記。

據說利用後記調整頁數的事很常見，會視整體字量增減。看到後記很長的書時，就請當作頁數沒控制好。

而我有六頁。

哎呀，頁數沒控制好。

不靠書中角色要撐六頁，難度非常之高。

可以想見沒他們協助是多麼困難的事。

其實我在第一集也面對過這樣的問題，當時是跟I責編拗掉幾頁，再把行距加好加滿，才好不容易克服這難關。

所以呢，這次我也和第一集一樣拗成四頁了。給I責編添麻煩了，真的很抱歉。感謝在百忙之中抽空處理我的要求。

想當小說家的人，一般稱為Wannabe。我也有扮演這個稱作Wannabe的角色前前後後約十年的經歷。因此對後記這個段落，平時就有非比尋常的關切。

以前我經常在反覆妄想，自己成功出道成為小說家以後，後記要怎樣怎樣寫，用虛幻的喜悅娛樂自己。那是非常甜美的單人遊戲。

不過實際上寫起來，比想像中困難多了。

全都是因為我寫的作品太下流了。

假如本作是高檔優雅有氣質的作品，我或許能寫出高尚又對自己充滿期許的後記。例如能讓出浴後穿絲質浴袍的讀者，手拿葡萄酒邊摸貓邊看的後記。

多麼美妙，多麼理想啊。

但不管怎麼說，本作就是那麼下流，寫什麼都沒有說服力。高尚又對自己充滿期許的後記根本是作夢比較快。這傢伙寫這什麼裝模作樣的東西啊？小小田中也敢痴心妄想？真的，一點也沒錯。

所以我老老實實吐露一切，好不容易才達成目標。

傷了各位的眼，真是非常抱歉。

接下來，先為先看後記的讀者給第二集做點簡單介紹。

成書版與「成為小說家吧」刊載的部分相比略有不同，有經過些許增寫和訂正。除了經讀者指出而修改的錯漏字之外，一些寫了但沒有放上網站的部分，也復活成原來的樣子。

關於增寫部分，大約是網路刊載兩三次字量的新篇章。我不太會寫脫離時序的獨立故事，所以大多是根據主線發展而來。

然後是關於第三集的報告。

第三集會早一點出，但詳細日期仍無法奉告。至少不用第一、第二集這樣的出書間隔就能送到各位手上。第二集讓各位等這麼久，實在非常抱歉。（註：此指日版）

第三集預定和第二集一樣，再新增一些篇幅，總字量應該會比第二集還多。希望能隨著一集集的增寫，讓成書版和網路版產生歧異。

最後是一些感謝的話。

真的非常感謝支持本作的讀者。各大討論站上的寶貴感想，都是讓我繼續寫作的原動力。對於自己疏於回覆，我也感到十分抱歉。雖然不敢稱作補償，不過我以後會多加把勁，以每週更新來報答各位。

抽空繪製精美插畫的MだSたろう老師，工作緊湊也依然無微不至地支援我的I責編，校稿、營銷、版面設計等負責人，Crowd Gate 公司與所有書店等曾為本作提供協助的全體關係人員，請受我一拜。

我當前的目標，就是果果露，我可愛的果果露是也。我會拿出不惜粉身碎骨的拚勁繼續邁進，先把果果露送出場再說。

煩請各位繼續關照起步於「成為小說家吧」，GC NOVELS 發行的《田中》。

ぶんころり（金髪ロリ文庫）

※編輯部註：

ぶんころり老師說是寫四頁沒錯，但我們總算是把它灌成六頁了！

國家圖書館出版品預行編目資料

田中：年齡等於單身資歷的魔法師 / ぶんころり作
; 吳松諺譯. -- 初版. -- 臺北市 : 臺灣角川, 2019.06-
冊； 公分
譯自：田中：年齢イコール彼女いない歴の魔法使い
ISBN 978-957-564-990-6(第2冊：平裝)

861.57 108005634

Kadokawa
Fantastic
Novels

田中～年齡等於單身資歷的魔法師～ 2

（原著名：田中～年齢イコール彼女いない歴の魔法使い～ 2）

2019年6月26日　初版第1刷發行

作　　者：ぶんころり
插　　畫：MだSたろう
譯　　者：吳松諺

發 行 人：岩崎剛人
總 經 理：楊淑媄
資深總監：許嘉鴻
總 編 輯：蔡佩芬
編　　輯：林子堯
美術設計：胡芳銘
印　　務：李明修（主任）、黎宇凡、張凱棋

發 行 所：台灣角川股份有限公司
地　　址：105台北市光復北路11巷44號5樓
電　　話：（02）2747-2433
傳　　真：（02）2747-2558
網　　址：http://www.kadokawa.com.tw
劃撥帳戶：台灣角川股份有限公司
劃撥帳號：19487412
法律顧問：有澤法律事務所
製　　版：巨茂科技印刷有限公司
I S B N：978-957-564-990-6